BIANCA.

AF274855

MAISEY YATES

PACTO AMARGO

HARLEQUIN™

Cualquier forma de reproducción, distribución, comunicación pública o transformación
de esta obra solo puede ser realizada con la autorización de sus titulares, salvo excepción
prevista por la ley.
Diríjase a CEDRO si necesita reproducir algún fragmento de esta obra.
www.conlicencia.com - Tels.: 91 702 19 70 / 93 272 04 47

Editado por Harlequin Ibérica.
Una división de HarperCollins Ibérica, S.A.
Avenida de Burgos, 8B - Planta 18
28036 Madrid
www.harlequiniberica.com

© 2025 Harlequin Ibérica, una división de HarperCollins Ibérica, S.A.
N.º 506 - 24.10.25

© 2011 Maisey Yates
Pacto amargo
Título original: The Argentine's Price

© 2012 Maisey Yates
El legado oculto del jeque
Título original: Hajar's Hidden Legacy
Publicadas originalmente por Harlequin Enterprises, Ltd.
Estos títulos fueron publicados originalmente en español en 2012 y 2013

Todos los derechos están reservados incluidos los de reproducción, total o parcial. Esta
edición ha sido publicada con autorización de Harlequin Books S.A.
Esta es una obra de ficción. Nombres, caracteres, lugares, y situaciones son producto
de la imaginación del autor o son utilizados ficticiamente, y cualquier parecido con
personas, vivas o muertas, establecimientos de negocios (comerciales), hechos o
situaciones son pura coincidencia.
Sin limitar los derechos exclusivos del autor y del editor, queda expresamente
prohibido cualquier uso no autorizado de esta edición para entrenar a tecnologías de
inteligencia artificial (IA) generativa.
® Harlequin, Bianca y logotipo Harlequin son marcas registradas por Harlequin
Enterprises Limited.
® y ™ son marcas registradas por Harlequin Enterprises Limited y sus filiales, utilizadas
con licencia. Las marcas que lleven ® están registradas en la Oficina Española de
Patentes y Marcas y en otros países.
Imagen de cubierta utilizada con permiso de Harlequin Enterprises Limited. Todos
los derechos están reservados.

I.S.B.N.: 979-13-7000-580-1
Depósito legal: M-16219-2025
Impreso en España por Liber Digital
Fecha impresión Argentina: 22.4.26
Distribuidor exclusivo para España: LOGISTA
Distribuidores para Argentina: Interior, DGP, S.A. Pienovi 211 - Avellaneda
Cap. Fed./Buenos Aires y Gran Buenos Aires, VACCARO HNOS.

Capítulo 1

POR QUÉ estás comprando las acciones de mi empresa?

Vanessa aferró el bolso que llevaba en la mano e intentó hacer caso omiso del calor y de la tensión que sentía en el estómago. El hombre alto y de traje negro al que había formulado la pregunta era Lázaro Marino, su primer amor, su primera decepción amorosa y, al parecer, el responsable de un intento de OPA hostil a la empresa de su familia.

Lázaro la miró y dio su copa de champán a la rubia esbelta que se encontraba a su izquierda. Se la dio de un modo tan desdenoso como si la tuviera por poco más que un posavasos con un vestido caro. Vanessa lo notó y se dijo que, por lo menos, ella era algo más para él; aunque solo fuera porque habían estado a punto de acostarse en cierta ocasión.

Al pensarlo, su mente se llenó de imágenes tórridas y sus mejillas se tiñeron de rubor. Lázaro tenía ese efecto en Vanessa; llevaba treinta segundos a su lado y ya había conseguido que extrañara su cuerpo.

Nerviosa, clavó la vista en el cuadro que adornaba la pared para escapar de sus inteligentes y oscuros ojos; pero siguió sintiendo la fuerza de su mirada y tuvo la sensación de que la sangre le hervía en las venas.

A pesar del tiempo transcurrido, la presencia de Lázaro la arrastró a un verano muy concreto de su adolescencia, cuando ella tenía dieciséis años y todas las mañanas se sentaba y se dedicaba a observar al chico que trabajaba en el jardín.

El chico con el que le habían prohibido que hablara.

El chico que, al final, le infundió el valor necesario para romper las normas impuestas por su familia.

Por desgracia para Vanessa, aquel chico se había convertido en un hombre que aún tenía la capacidad de acelerarle el pulso. Se excitaba por el simple hecho de ver una fotografía suya en alguna revista. Y si lo veía en persona, era peor.

—Hola, señorita Pickett...

Un mechón del cabello de Lázaro cayó hacia delante. Vanessa tuvo la certeza de que no había sido un accidente. Tenía aspecto de haber dormido poco y haberse arreglado a toda prisa. De hecho, cualquiera habría pensado que se había limitado a pasarse una mano por el pelo y a ponerse un traje de mil dólares.

Y, por alguna razón, le resultó increíblemente sexy.

Tal vez, porque al preguntarse por el motivo de sus prisas matinales, imaginó lo que habría estado haciendo en la cama y deseó haberla compartido con él.

Pero no quería pensar en esos términos. No podía cometer el mismo error. Ya no era una adolescente inexperta que confundía el deseo sexual con el amor; ni Lázaro, por otra parte, tenía ningún poder sobre ella.

Ahora, el poder era suyo.

–Por favor, Lázaro, llámame Vanessa... al fin y al cabo, somos viejos amigos.

Él soltó una risotada profunda y ronca.

–¿Viejos amigos? No es precisamente la definición que yo habría elegido, pero si te empeñas... está bien, serás Vanessa para mí.

Vanessa notó que su acento había mejorado bastante, aunque todavía pronunciaba su nombre como antes, acariciando las sílabas con la lengua y consiguiendo que pareciera asombrosamente sexy.

Además, los años le habían sentado bien. Era más atractivo a los treinta que a los dieciocho. Su mandíbula era más fuerte y sus hombros, más anchos. Pero en todo lo demás era igual, sin más excepción que su nariz, ligeramente hundida.

Vanessa supuso que se la habrían partido en una pelea. Siempre había sido un hombre apasionado, en todos los sentidos posibles. Ella lo sabía muy bien; porque al final, después de esperar mucho tiempo, había conseguido sentir toda la fuerza de aquella pasión.

Solo se habían acostado una vez, pero Lázaro consiguió que se sintiera la única mujer del mundo y el ser más precioso de la Tierra.

Vanessa dio un paso atrás, aferró el bolso con más fuerza que antes e intentó que su voz sonara tranquila y natural.

–Me gustaría hablar contigo –dijo.

Él arqueó una ceja.

–¿Hablar? Pensaba que estabas aquí para socializar.

–No, he venido para hablar contigo.

Lázaro le dedicó una sonrisa irónica.

–Pero a pesar de ello, estoy seguro de que habrás donado algo a la organización del acto... te recuerdo que es una gala benéfica.

Vanessa se mordió el labio inferior y redobló los esfuerzos por mantener la compostura. De haber podido, habría alcanzado una copa de champán y le habría tirado su contenido a la cara; pero no estaba allí por eso.

–Por supuesto que sí, Lázaro; he dejado un cheque al entrar.

–Qué generosa...

Vanessa lanzó una mirada rápida al grupo de mujeres, todas preciosas, que estaban junto a él. Reconoció a algunas, aunque no las había tratado mucho. Su padre siempre se había opuesto a que se relacionara con personas de lo que él consideraba una clase social inferior.

Personas como el propio Lázaro.

–Tenemos que hablar –insistió ella–. Sin público.

–Como quieras. Por aquí, querida...

Él le puso una mano en la espalda y ella se maldijo para sus adentros. Había elegido un vestido tan abierto por detrás que la mano de Lázaro entró en contacto con su piel. Una mano cálida que todavía entonces, a pesar de tantos años de trabajo de oficina, mantenía las durezas del trabajo físico. Una mano que recordaba perfectamente porque le había acariciado la cara y todo el cuerpo, de arriba abajo.

Vanessa se estremeció, pero su reacción le pasó desapercibida a Lázaro porque acababan de salir del edificio y hacía fresco.

La enorme terraza del museo de arte estaba ilumi-
nada por los farolillos de papel que habían colgado
para decorarla. En las esquinas más oscuras se veían
parejas que aprovechaban la intimidad del lugar para
besarse o charlar en privado; pero era una intimidad
ficticia, porque había periodistas e invitados por todas partes.

Vanessa pensó que su padre le habría prohibido
que asistiera a un acto como aquel. La discreción
siempre había sido el elemento central de su escala
de valores. Y también lo era de la escala de valores de
su hija.

Pero estaba allí de todas formas. No tenía más remedio. Necesitaba hablar con Lázaro sobre Pickett Industries, porque sospechaba que no estaba comprando
las acciones de la empresa por puro altruismo.

Al llegar a la barandilla, él se apoyó y dijo:

–¿Tenías algo que preguntar?

Ella se giró hacia él y adoptó una expresión lo más
natural posible.

–¿Por qué estás comprando las acciones de mi
empresa?

–Ah, ¿ya lo sabes? –Lázaro sonrió–. Me sorprende
que te hayas dado cuenta tan pronto.

–No soy estúpida, Lázaro. De repente, todos mis
accionistas están vendiendo sus títulos a tres corpo-
raciones diferentes que tienen un apellido en común:
Marino.

–Veo que te he subestimado...

Lázaro la miró con intensidad, como si esperara
un estallido de indignación. Pero Vanessa no le iba a
dar ese placer.

–No me importa que me subestimes; de hecho, me da igual lo que pienses de mí. Solo quiero saber por qué te has empeñado en tener tantas acciones de Pickett Industries como mi familia y yo.

La sonrisa de Lázaro adquirió un fondo cruel y completamente carente de humor, aunque no perdió ni un ápice de su devastador atractivo.

–Pensé que apreciarías la ironía...

–¿La ironía? ¿Qué ironía?

–Que yo, precisamente, me convierta en copropietario de tu empresa. Que una sociedad tan antigua y tan respetada entre la élite pase a manos del hijo de una simple criada –respondió–. Es maravilloso, ¿no te parece?

Ella lo miró a los ojos y se quedó sin aliento al reconocer la profundidad y la oscuridad de sus emociones. Fue entonces cuando se dio cuenta de que se había metido en una trampa. Y sintió el deseo de huir y de olvidar para siempre a Lázaro.

Pero no podía. Pickett Industries era responsabilidad suya. Ella era la única persona que podía encontrar una solución.

Su padre había sido muy claro al respecto. El asunto estaba en sus manos. Si no convencía a Lázaro, lo perderían todo.

–¿Insinúas que estás comprando las acciones por diversión? ¿Por el simple placer de satisfacer tu sentido de la ironía?

Él rio.

–No tengo tiempo para hacer ese tipo de cosas por diversión, Vanessa. No habría llegado adonde estoy si fuera tan irresponsable... Quizás no lo recuerdes pero, a diferencia de ti, yo no heredé mi dinero ni mi posición social. No me los sirvieron en bandeja de plata.

Vanessa pensó que Pickett Industries tampoco había sido un premio para ella. Bien al contrario, era una carga que había asumido por el bien de su padre y, sobre todo, por Thomas; porque sabía que su hermano habría asumido la dirección de la empresa con la profesionalidad, la dignidad y la amabilidad que había demostrado siempre.

—Entonces, ¿por qué lo haces?

—Pickett se hunde, Vanessa; lo sabes de sobra. Tus beneficios han caído tanto en los tres últimos años que ahora estás en números rojos.

—Son cosas que pasan, cosas cíclicas —se defendió—. Además, es lógico que nuestra producción se reduzca en tiempos de crisis económica.

—El problema no es la economía, sino que Pickett Industries está anclada en el pasado. Los tiempos cambian...

—Ya. Pero, dime, si realmente crees que mi empresa se está hundiendo, ¿por qué inviertes tu dinero en sus acciones?

—Porque es una oportunidad y porque soy un hombre que no desaprovecha las oportunidades —contestó.

Vanessa supo que sus palabras tenían un sentido doble y se estremeció. Al hablar de oportunidades, Lázaro no se refería únicamente a su empresa, sino también a ella.

—¿Y qué pretendes hacer con mis acciones?

—Eso depende... supongo que las podría usar para echarte de la dirección.

Vanessa se sintió como si le hubieran tirado un cubo de agua fría.

–¿Echarme? ¿Por qué?

–Porque Pickett Industries es demasiado para ti. Esa empresa no ha dejado de tener pérdidas desde que asumiste el cargo... Los accionistas necesitan a un persona que sepa lo que hace.

–He estado trabajando en un plan que cambiará las cosas.

–¿Durante tres años? –ironizó–. Me sorprende que tu padre no te haya echado.

Ella se puso tensa.

–No me puede echar. Cuando me nombraron directora, firmó un acuerdo para evitar ese tipo de situaciones. A los miembros de la junta directiva les pareció que ese tipo de diferencias no serían buenas para nadie.

Vanessa sabía que no era un genio de los negocios, pero dirigía la empresa con dedicación y lealtad absolutas. Lo hacía por su padre, que en general no tenía queja de su trabajo. Y, sobre todo, lo hacía por Thomas, su difunto hermano.

Jamás olvidaría el día de su muerte. Ella tenía trece años cuando su padre la llamó para que fuera a su despacho. Allí le informó de lo sucedido y le dijo que las responsabilidades de Thomas serían suyas a partir de ese momento.

Y Vanessa no le podía fallar. No iba a permitir que Pickett Industries se hundiera. Al fin y al cabo, había sido el sueño de su hermano de sonrisa fácil, del hermano que siempre tenía tiempo para ella, del que siempre le había demostrado su afecto.

–El mercado ha cambiado y la competencia es más dura que nunca –continuó–. Admito que la empresa de mi familia está pasando por un momento difícil, pero no vamos a trasladar nuestra producción al tercer mundo. Nos quedaremos aquí y mantendremos los puestos de trabajo de nuestros empleados.

–Una intención digna de elogio, aunque poco práctica.

Vanessa pensó que Lázaro tenía razón. Las empresas como Pickett Industries no podían competir con los salarios bajos de otros países. Sabía que estaba luchando por una causa perdida; pero la mayoría de sus empleados llevaban veinte años con ellos y no quería dejarlos en la estacada.

–Puede que sea poco práctica, pero no se me ocurre nada mejor.

–¿Que no se te ocurre nada mejor? Eso me intranquiliza, Vanessa. Te recuerdo que ahora soy accionista de Pickett Industries.

Ella entrecerró los ojos.

–¿Qué quieres de mí, Lázaro?

–Sinceramente, nada. Aunque me divierte el hecho de que tu empresa se encuentre ahora en mis manos.

–¿No decías que no estabas comprando las acciones por diversión? –replicó.

–Por supuesto que no. Esto es un negocio –replicó con firmeza–. Pero tiene su gracia, ¿no te parece? Cuando éramos niños, mi madre era la criada de tu padre, que le pagaba un sueldo de miseria... y ahora, en cambio, tengo dinero de sobra para comprar vuestras propiedades y vuestra empresa.

–Ah, comprendo. Estás comprando esas acciones porque nos quieres someter a tu voluntad.

–¿Como Michael Pickett con mi madre y con tantos otros?

Ella se mordió el labio. Conocía a su padre y sabía que había sido un hombre implacable, pero era todo lo que tenía, toda la familia que le quedaba.

–No voy a decir que sea perfecto, pero ahora es un anciano y... bueno, Pickett Industries significa mucho para él.

Lázaro la miró en silencio durante unos segundos y dijo:

–¿Qué es más importante, Vanessa? ¿El negocio? ¿O la tradición?

Vanesa pensó que, si le hubiera preguntado a su padre, probablemente habría contestado lo segundo. Se había casado con una mujer de la aristocracia y quería que su hija mantuviera su estatus social y se casara con un hombre de su misma clase. A los hombres como él no les importaban ni la integridad ni el trabajo. Solo querían mantener un modo de vida que estaba tan anticuado como sus prácticas empresariales.

–El negocio, sin duda. Pero estamos hablando de Pickett Industries –le recordó–. Mi familia la ha dirigido durante décadas... si nosotros nos vamos, no sería lo mismo.

–Claro que no sería lo mismo. Se convertiría en una empresa nueva y moderna, justo lo que tu padre no pudo conseguir. Vuestros sistemas no han cambiado nada en treinta años. Están completamente anticuados.

Ella carraspeó.

–Tal vez. Pero no sé qué más puedo hacer.

A Lázaro no le sorprendió que Vanessa confesara su impotencia con tanta facilidad. No era precisamente la típica directiva de una empresa grande. En más de un sentido, le seguía pareciendo la chica encantadora de dieciséis años que se sentaba en el gigantesco jardín de la casa de su familia, con un biquini rosa que despertaba sus fantasías juveniles, y se dedicaba a observarlo.

Lázaro sabía que se sentía atraída por él, pero suponía que era un gesto de rebeldía contra su padre. Nada podía molestar tanto a Michael Pickett como el hecho de que su hija se encaprichara de un chico pobre y, además, inmigrante.

Desgraciadamente, la dulzura y la belleza de Vanessa terminaron por seducirlo. Pero tardó poco en descubrir que había estado jugando con él. Lo dejó bien claro la noche en que lo rechazó. Y esa misma noche, aunque más tarde, se despertó en un callejón con la nariz rota. Unos matones de Michael Pickett le dieron una paliza como advertencia, para que no se acercara nunca más a su heredera.

Al día siguiente, Michael despidió a la madre de Lázaro, logró que la desahuciaran de su piso y la dejó en la calle sin trabajo y sin esperanza de conseguir otro. Fue el principio de una etapa muy dura para los Marino. Sin embargo, él no se quejaba; con el tiempo, había llegado a la cumbre. Su madre nunca había tenido esa oportunidad.

Al pensar en su madre, apretó los puños con fuerza e intentó contener la rabia. Aquella familia le había hecho sufrir un infierno.

–Pickett Industries se puede salvar. Y yo sé cómo.

Ella entrecerró los ojos.

–¿Lo sabes?

–Naturalmente. He hecho mi fortuna a base de salvar empresas que parecían acabadas. Aunque te supongo al tanto.

–¿Cómo no? Casi no hay día en que tus logros no aparezcan en la portada de la revista *Forbes*...

–En cualquier caso, la puedo salvar.

–Sustituyéndome por otra persona...

–No necesariamente.

–¿Ahora vas a tener piedad de mí? –ironizó Vanessa–. Discúlpame, pero no te creo.

El corazón de Lázaro se aceleró. Allí, delante de él, con su cabello castaño recogido en un moño cuya discreción contrastaba con el corte increíblemente sexy de su vestido de noche, estaba la clave de su plan maestro. El último paso que le faltaba para que se le abrieran las puertas de la alta sociedad.

Lázaro era millonario, pero necesitaba los contactos de los Pickett para que su poder fuera absoluto. Además, quería ver la cara de Michael cuando tomara posesión de su empresa y de su hija.

Por fin se le presentaba la oportunidad de vengarse. Del hombre que los había dejado a su madre y a él en la calle, sin dinero y sin casa, condenados a los rigores del invierno de Boston. Del culpable de que su madre perdiera lentamente sus fuerzas y falleciera en un refugio para personas sin hogar.

Apretó los dientes y pensó en todo lo que podía conseguir si se casaba con Vanessa. A lo largo de los años, había considerado muchas veces la posibilidad de casarse con alguna mujer de la élite de Estados Unidos; pero siempre rechazaba a las candidatas. En el fondo de su corazón, seguía enamorado de aquella adolescente de biquini rosa y de los besos que se habían dado una noche.

Ahora podía matar dos pájaros de un tiro. Daría satisfacción a su necesidad de llegar a lo más alto y al deseo que sentía por ella.

Porque deseaba a Vanessa. No la había dejado de desear en ningún momento de los doce años transcurridos desde que se vieron por última vez. La había deseado cuando se acostaba con otras mujeres y la había deseado en sus días de soledad.

Y estaba a punto de ser suya.

–Te ayudaré, Vanessa.

Ella lo miró con desconcierto.

–¿Me ayudarás?

–Sí, pero mi ayuda tiene un precio.

Vanessa alzó la barbilla, orgullosa.

–¿Qué precio?

Lázaro dio un paso adelante. Después, llevó las manos a su cara y sintió una descarga de energía tan intensa que se excitó de inmediato. Por lo visto, Vanessa todavía tenía poder sobre su cuerpo. Pero él también lo tenía sobre el de ella, como pudo comprobar por el rubor de sus mejillas.

–Que te cases conmigo.

Capítulo 2

ES QUE TE has vuelto loco?

Vanessa lanzó una mirada rápida hacia atrás para asegurarse de que nadie los estaba mirando. Si su padre llegaba a saber que se había reunido con Lázaro Marino, se enfadaría tanto que la repudiaría como hija y encontraría la forma de quitarle la dirección de Pickett Industries.

—En absoluto.

—Lo digo muy en serio, Lázaro. ¿Es que te has dado un golpe en la cabeza? Nunca fuiste el hombre más refinado del mundo, pero parecías lúcido.

—Y lo soy. No te finjas ajena a la idea de casarte con alguien por conveniencia.

Vanessa no tenía intención de fingir. Su padre le había presentado a todos los hombres con los que había salido. En algún lugar de su despacho, siempre había un sobre con un nombre adecuado para ella, de la familia correcta, con las credenciales correctas y la reputación correcta.

Pero ella no quería eso; en el fondo, seguía siendo la adolescente romántica de dieciséis años empeñada en que la quisieran por su forma de ser, no por su cuenta bancaria. Lamentablemente, su padre no era de la misma opinión. Había encontrado al hombre perfecto, Craig Freeman, y estaba decidido a que se casara con él.

Hasta entonces, Vanessa había conseguido retrasar el matrimonio; primero, con la excusa de sus estudios universitarios y después, con las exigencias de dirigir Pickett Industries. Pero la sombra de Craig se alzaba en su futuro inmediato.

—No, no soy ajena a ese concepto –admitió–, aunque eso no significa que me guste. Y no quiero casarme contigo.

—¿Querer? ¿Crees que tiene algo que ver con nuestros deseos? ¿Crees que yo me quiero casar? No, Vanessa, esto es una simple y pura cuestión de necesidad. Hace tiempo que soy consciente de que, si quiero entrar en la élite del país, tengo que casarme con una mujer de buena familia... y tú eres la mejor de las candidatas.

—¿Seguro que no te has dado un golpe en la cabeza?

—Seguro.

—Pues tampoco recordaba que fueras tan canalla.

—La gente cambia con el tiempo. Tú tampoco eres quien fuiste, ¿no?

—No.

Vanessa mintió; al menos, en parte. El encuentro con Lázaro había despertado en ella unos sentimientos que creía enterrados; sentimientos que solo la asaltaban en la intimidad de la noche, cuando estaba sola en su enorme y solitaria cama y soñaba con un hombre con quien podía compartir su amor y su vida, Lázaro Marino.

Pero todas las mañanas, al despertar, la realidad

borraba el sueño y la enfrentaba a la tortura de dirigir una empresa que se estaba hundiendo.

Además, también estaba el asunto de Craig. Su padre le había organizado un matrimonio con un hombre al que apenas conocía; entre otras cosas, porque la idea le disgustaba tanto que no se había molestado en conocerlo.

A sus dieciséis años, cuando conoció a Lázaro, descubrió que necesitaba el amor con todas sus fuerzas y creyó que lo podía conseguir. Fue un error. Se enamoró de él a simple vista. Le pareció especial, único. Pero ahora sabía que Lázaro Marino no era un hombre único, sino uno como tantos, obsesionado con el poder y el dinero.

En ese momento, él la miró con intensidad. Vanessa se sumergió en la profundidad de sus ojos oscuros e intentó recordar al chico que había sido.

De repente, el paisaje nocturno de la ciudad se desvaneció y ella se encontró en el pasado, doce años antes, en una noche de verano.

Vanessa miró hacia atrás para asegurarse de que su padre no los había visto. Fue un gesto puramente instintivo, porque su padre no salía nunca del despacho.

—No deberías hablar conmigo, Lázaro.

Él sonrió.

—¿Por qué no?

—Porque... ¿no tienes nada que hacer?

La cercanía de Lázaro la había puesto nerviosa. Pero lo había observado durante todo el verano y su deseo inicial se había convertido en algo más. Vivía para que él girara la cabeza en algún momento y le dedicara una mirada. Vivía por ver un destello de interés en aquellos ojos grandes y oscuros.

–No –respondió con una sonrisa de oreja a oreja–. Ya he terminado.

–Ah...

–Pero me quedaré a esperar a mi madre. Me iré con ella cuando termine su turno.

Vanessa se sintió súbitamente desprotegida con su biquini rosa, tan pequeño que ocultaba muy poco. No estaba acostumbrada a utilizar su cuerpo para llamar la atención de los hombres. Con Lázaro había hecho una excepción porque él era diferente, porque le hacía sentir de forma diferente.

Hablaron durante el resto de la tarde. Hablaron de sus estudios y de lo distintos que eran el instituto público de él y el colegio privado de ella. Hablaron de lo mucho que Lázaro quería a su madre y de lo mucho que Vanessa extrañaba a la suya. Y durante la conversación, descubrieron que les gustaban la misma comida y la misma música.

Hablaron todos los días de aquella semana. Cada vez que podían, se encontraban en algún lugar remoto de la propiedad, a salvo de miradas. Y al final de la semana, Vanessa se dio cuenta de cosas; la primera, que se había enamorado de él; la segunda, que su padre despediría a Lázaro y a su madre si se llegaba a enterar.

El mundo podía haber cambiado, pero Michael Pickett era un hombre de otros tiempos; creía en las diferencias de clase y solo se relacionaba con personas de su posición. No había ninguna posibilidad de que su corazón se ablandara. Ya había renunciado a muchas cosas y sacrificado muchos sueños por prepararse para dirigir su empresa, pero eso significaría tan poco para Michael como el hecho de que estuviera sinceramente enamorada de Lázaro.

Entre Lázaro y Vanessa había un abismo social infranqueable, aunque a ella no le importaba en absoluto. Y, en consecuencia, estaba dispuesta a correr el riesgo de que su padre los descubriera.

–Veámonos esta noche –dijo Lázaro un día–, donde nadie nos pueda ver.

Se habían escondido en una habitación de la casita de invitados, uno de los lugares más seguros de la propiedad.

–De acuerdo. Nos veremos aquí.

Vanessa estuvo el resto de la tarde intentando decidirse sobre la ropa. Se cambió cien veces. A fin de cuentas, era su primera cita. Mientras la mayoría de sus amigas ya habían perdido la virginidad, a ella ni siquiera la habían besado. Su padre la vigilaba tan de cerca que alejaba a todos sus pretendientes. Y por si eso fuera poco, había tomado la decisión de casarla en el futuro con un chico de buena familia, Craig Freeman.

Sin embargo, Craig no le preocupaba en ese momento. En primer lugar, porque se había marchado a estudiar a la Costa Oeste y, en segundo, porque no era un problema inminente, sino a largo plazo.

Al final, se decidió por lo que a su padre le habrían parecido un top demasiado ajustado y una falda demasiado corta. Pero ella no era su padre y no se vestía para gustarle a él.

Aquella noche, solo le importaba la aprobación de Lázaro.

Pocos minutos antes de la hora convenida, apagó la luz y salió del dormitorio. Su padre se había ido al club de campo y había pocas posibilidades de que volviera antes de la medianoche; pero a pesar de ello, Vanessa tomó todas las precauciones posibles.

Cuando llegó a la casita de invitados, Lázaro ya estaba allí.

—Has venido...

—Por supuesto.

Ella abrió abrió la puerta y lo invitó a entrar.

—No podemos encender la luz. Podrían vernos.

—No importa. No necesitamos luces.

Lázaro le puso una mano en la espalda y le acarició el cabello con la otra. Después, se inclinó sobre ella y le dio un beso en los labios.

El mundo se detuvo para Vanessa. Le pasó los brazos alrededor del cuello, entreabrió la boca y se concentró en la caricia de su lengua. No se parecía nada a las descripciones que le habían hecho sus amigas. Le habían contado que algunos chicos besaban muy mal, pero Lázaro era perfecto. Y se alegró de que fuera él y no el insípido Craig Freeman quien la besara por primera vez.

De repente, Lázaro rompió el contacto y la tomó de la mano.

—Vamos.

—¿Dónde? —preguntó, embriagada.

—A un lugar más cómodo.

Vanessa asintió y lo siguió hasta la parte interior de la casa, donde solo había dormitorios. Ella lo sabía perfectamente y se preguntó si estaba preparada para llegar tan lejos. Pero confiaba en él. Era distinto a los demás.

Por fin, Lázaro abrió una puerta. Vanessa miró la enorme cama y su corazón se aceleró por los nervios y la emoción.

–Bésame –dijo él.

Ella lo besó y sus preocupaciones desaparecieron a instante. Olía muy bien. Olía a limpio. No a colonia, como los chicos del club de campo, sino a jabón y a piel. A Lázaro.

Sin dejar de besarse, caminaron hacia la cama y se sentaron en ella. El beso se volvió más profundo y las caricias, más apasionadas. Vanessa ya no pensaba en nada más. Estaba tan concentrada en él que no se dio cuenta de que se estaban tumbando hasta que sintió el contacto de la cama en la espalda.

Entonces, le acarició el pelo y pensó que tenía que decírselo. Decirle que se había enamorado de él, que quería que aquel momento durara para siempre, que no le importaba lo que pensaran su padre o los demás.

Súbitamente, Lázaro le levantó el top lo justo para acariciarle el estómago. Ella se arqueó y él aprovechó la ocasión para besarla en el cuello.

Vanessa sintió un placer intenso que despertó sus necesidades y derrumbó sus muros. Siempre estaba sola. Desde la muerte de su hermano, tenía un vacío en el corazón que nadie podía llenar. Por lo menos, hasta que conoció a Lázaro.

Él le había devuelto la luz y la vida.

Cuando las manos de Lázaro se cerraron sobre sus

pechos, no protestó; se limitó a dejarse llevar y a disfrutar del momento. Pero unos segundos después, se levantó de la cama.

–¿Qué haces? –preguntó, extrañada.

–Buscar un preservativo.

Lázaro empezó a buscar en uno de los bolsillos de sus pantalones.

–¿Un preservativo? No, no... yo...

Vanessa se sentó, tan, asustada como dividida entre el miedo y la necesidad de hacer el amor con él.

–No, Lázaro... además, ¿qué pensaría la gente?

Los ojos de Lázaro se oscurecieron.

–¿La gente? –preguntó, claramente ofendido–. No sé lo que pensarán, aunque supongo que no pensarán nada... supongo que habrás hablado con los jardineros para que se mantengan alejados de aquí.

Ella se quedó atónita.

–¿Cómo?

–Bueno, es lo que hacéis en estos casos, ¿no?

–¿En estos casos?

–Vanessa, tú no eres la primera niña rica con la que me acuesto.

Vanessa deseó insultarle, pero se le había hecho un nudo en la garganta y no pudo hablar. En ese momento, solo deseaba acurrucarse en la cama y lamerse las heridas.

Lázaro la miró durante unos segundos y dijo:

–Está bien. Será mejor que me marche.

Él dio media vuelta y salió de la habitación. Vanessa comprendió que Lázaro había reaccionado de esa forma porque su comentario sobre la gente le había ofendido de algún modo.

Pero no hizo nada por detenerlo.

Pensó que se volverían a ver al día siguiente y que, entonces, arreglarían las cosas.

Lamentablemente, no se volvieron a ver.

Lázaro desapareció y Vanessa llegó a la conclusión de que ella no significaba nada para él, de que solo buscaba sexo. Pero, a pesar de ello, no lo olvidó.

Y aquella era la primera noche que se veían desde su encuentro en la casita de invitados.

—Tienes pocas opciones, Vanessa. Si quieres que Pickett Industries se salve, tendrás que casarte conmigo.

—No. Me niego a casarme por conveniencia.

—Eso me resulta difícil de creer...

—¿En serio?

Él asintió.

—Por supuesto que sí. No pretenderás convencerme de que tu padre va a permitir que te cases por amor, ¿verdad?

Ella sacudió la cabeza.

—No, pero... es complicado.

—Ya me lo imagino.

Vanessa intentó mantener la calma.

—No puedo casarme contigo, Lázaro.

—¿Por qué? ¿Es que te has comprometido con algún niñato de la alta sociedad? ¿O es que estás esperando a que alguno caiga en tus redes?

—En las redes de mi padre, querrás decir –puntualizó–. Ya sabes cómo es; nunca deja cabos sueltos.

—Ah, Michael ya te ha buscado esposo...

–Sí.

–¿Y lo amas?

–No.

Vanessa decidió ser sincera. No estaba enamorada de Craig Freeman. Incluso había hecho planes para librarse de él; aunque por lo que sabía, Craig estaba tan poco interesado en su matrimonio como ella misma.

–Pues no lo entiendo, Vanessa. Si habías aceptado un matrimonio de conveniencia con otro hombre, ¿por qué lo rechazas conmigo?

Ella respiró hondo. Esta vez no le podía decir la verdad. Casarse con Craig por interés era muy distinto a casarse con Lázaro por el mismo motivo. Craig no le aceleraba el pulso ni despertaba su deseo; Lázaro, en cambio, sí.

–Porque no puedo ir más lejos contigo sin saber antes lo que pretendes –contestó–. ¿A qué viene esto?

–A que los amigos de tu padre se niegan a hacer negocios con un hombre como yo. Prefieren dejar que sus empresas se hundan lentamente mientras ellos fuman puros en sus clubs de campo.

–No creo que tengan nada contra ti. Simplemente, mi padre y sus amigos pertenecen a un mundo viejo y sus valores son tan viejos y tan decrépitos como ellos mismos –observó Vanessa.

–En eso te equivocas. Se niegan a tratar conmigo porque me desprecian; porque no pertenezco a su clase social.

–Tonterías...

–Vamos, Vanessa, no lo niegues. Lo sabes tan bien como yo.

Vanessa no insistió. Sabía que Lázaro estaba en lo cierto.

–¿Y crees que cambiarían de actitud si te casas conmigo?

Lázaro soltó una risita.

–Bueno, estoy seguro de que me ganaría su respeto si me convirtiera en el yerno de Michael Pickett.

–Salvo que mi padre me desherede por casarme contigo en lugar de casarme con el hombre que ha elegido para mí.

–¿Sería capaz?

Ella lo consideró un momento y respondió:

–No, no sería capaz. Ha invertido demasiado en mí y, por si eso fuera poco, tengo más acciones de la empresa que él... si me desheredara y me expulsara de la familia, perdería Pickett Industries.

–Pero existe la posibilidad de Pickett Industries se hunda antes...

Ella volvió a sacudir la cabeza. No podía perder la empresa por la que tanto había trabajado y por la que había renunciado a tanto.

–No. Esa no es una opción posible.

–Y no te vas a arriesgar a perderla...

–Claro que no.

–Entonces, cásate conmigo.

–Sería una locura, Lázaro.

–¿Más que el matrimonio que te ha buscado Michael?

–Sí –replicó.

Lázaro apretó los dientes. No le extrañó que respondiera de ese modo. Ella era una princesa y él, el hijo de una simple criada. Nunca había olvidado lo que le dijo aquella noche, en la casita de invitados, cuando se disponían a hacer el amor. Lo miró con espanto y preguntó qué pensaría la gente. Qué pensarían los suyos, la alta sociedad.

Habían pasado muchos años desde entonces; pero, por lo visto, Vanessa se seguía creyendo mejor que él.

Y él la deseaba con la misma intensidad. Quería su cuerpo; quería terminar lo que habían empezado aquella noche. Quería a Vanessa desnuda, excitada, en la cama, gritando su nombre. Quería hacerla suya.

Cerró los puños y respiró hondo.

Casarse con Vanessa era lo mejor para Pickett Industries y para él mismo. Además, quería ver la cara de Michael cuando supiera que su única hija se iba a casar con el hombre al que había ordenado que dieran una paliza por atreverse a tocarla. Por tocarla con sus manos de trabajador, de inmigrante, de pobre.

–Te estoy ofreciendo una solución sencilla, Vanessa.

–¿Sencilla? ¿En qué mundo es sencillo el matrimonio? –preguntó con sarcasmo.

–En este. El mundo está lleno de matrimonios de conveniencia que funcionan extraordinariamente bien. Y no me vengas con objeciones morales, porque tú ya habías aceptado al candidato de tu padre.

–Pero con la intención de librarme de él. Si me caso, será por amor.

Él sonrió.

–El matrimonio es un contrato, Vanessa. No tiene sentido que se mezcle con el romanticismo.

Ella tragó saliva.

—Y tú nunca has sido un romántico...

Vanessa no lo dijo con tono de pregunta, sino como afirmación. Sabía que no era un romántico desde que se apartó de ella en la casita de invitados para buscar un preservativo en el bolsillo de sus pantalones. De hecho, le parecía irónico que Lázaro fuera el primer hombre que le ofrecía el matrimonio.

No podía negar que Pickett Industries se encontraba en una situación muy difícil. Si no hacía algo, se declararía en bancarrota, perdería el respeto de su padre y destrozaría un legado familiar que se había mantenido en pie durante más de un siglo.

Pero casarse con Lázaro Marino era como hacer un pacto con el diablo. Tenía un cuerpo tan magnífico que muchas mujeres habrían pagado por él. Y mientras contemplaba sus hombros anchos y su cara perfecta, supo que el suyo no podría ser un matrimonio de conveniencia como tantos. Le gustaba demasiado.

—Bueno, no tenemos que casarnos de inmediato —dijo él, sacándola de sus pensamientos.

—¿Ah, no?

—No. Primero hay que organizar la boda. Sobre todo, porque pretendo que nos casemos por todo lo alto.

—Veo que lo has pensado bien...

—En absoluto —declaró con una sonrisa—. Pero una boda de la alta sociedad tiene que estar a la altura.

Vanessa nunca había querido una boda con muchos invitados. Había asistido a bastantes bodas de ese tipo, más pensadas para impresionar a la gente que para celebrar la unión de dos personas. Por supuesto, sabía que Michael se habría empeñado en que su boda con Craig fuera un acontecimiento, pero nunca le había preocupado porque, en el fondo, estaba convencida de que no se llegarían a casar.

–¿Y qué piensas hacer hasta el día de la boda?

Él sonrió de nuevo y la miró con una calidez que reconoció al instante. La deseaba. Y el deseo de aquel hombre de veintiocho años era tan devastador como el deseo del chico de dieciséis que había sido.

Lázaro alzó una mano y le acarició la mejilla.

Ella sintió que las piernas le flaqueaban y que sus senos se volvían más pesados. Había pasado mucho tiempo desde la última vez que la habían tocado de ese modo, y mucho tiempo más desde que se había sentido de ese modo.

–Dedicarme a seducir a mi prometida –respondió Lázaro.

Su voz sonó tan ronca y profunda que a Vanessa se le hizo la boca agua. Quería seducirla. Quería hacerle el amor.

Inmediatamente, sus pensamientos retrocedieron a la noche en la casita de invitados, cuando él se levantó de la cama para buscar el preservativo. Ella también se quería acostar con él. Pero entonces estaba enamorada o, al menos, creía estar enamorada; porque a los dieciséis años, las chicas tendían a confundir el amor y el deseo.

–No me voy a acostar contigo, Lázaro. Apenas te conozco.

–Eso lo hace más divertido, ¿no crees?

–No, no lo creo.

–Oh, vamos, tranquilízate... el cortejo será una simple representación para tener contentos a la prensa y a mis futuros clientes. A la gente le fascinan las grandes historias de amor.

–Te recuerdo que los amigos de mi padre tampoco son unos románticos.

–Puede que no; pero es importante que nuestro amor parezca real.

–No sé, Lázaro...

–¿Qué es lo que no sabes? Has admitido que estás dispuesta a hacer cualquier cosa por salvar Pickett Industries.

–Pero ¿no hay otra forma de hacerlo? ¿Por qué tenemos que casarnos?

Él suspiró.

–¿Y por qué insistes tú en rechazar esa solución? ¿Por qué te niegas a que te ofrezca la ayuda y los conocimientos que pueden salvar tu empresa? ¿Porque hago contigo lo mismo que tu padre y sus amigos han hecho con otros?

–No, yo...

–Nada es gratis en esta vida. Nada.

–Lo sé.

La voz de Vanessa sonó apagada. Lo sabía muy bien. Conocía perfectamente el precio de elegir las responsabilidades por encima del deseo. Pickett Industries no era su sueño. Craig Freeman no era su sueño. Había aceptado la dirección de la empresa y se había mostrado dispuesta a casarse con Craig por su sentido del deber.

–En tal caso, ya conoces mis condiciones. Puedes aceptar mi oferta o rechazarla. Tú decides, Vanessa.

Ella se sintió como si la tierra se abriera bajo sus pies. Pero la tierra seguía donde siempre, como los farolillos que iluminaban la terraza y la gente que charlaba a su alrededor, ajenos a sus problemas personales.

Jamás habría imaginado que llegaría a caer tan bajo.

Jamás habría pensado que sería capaz de casarse con un hombre por dinero y poder.

Sin embargo, sabía que no se iba a casar exactamente por eso. Se iba a casar por su reputación, que quedaría manchada para siempre si llegaba a perder Pickett Industries a manos de un hombre como Lázaro. Y se sentía como si se estuviera vendiendo.

–Muy bien. Acepto.

La expresión de Lázaro no cambió. Siguió mirándola fijamente, con intensidad. Pero ella notó un cambió leve en la energía que irradiaba.

–Una decisión inteligente, Vanessa.

Vanessa lo miró y pensó que, para él, era una simple cuestión de negocios. Se iban a casar porque le convenía.

Si quería sobrevivir a aquel matrimonio, tendría que hacer lo mismo. De lo contrario, le rompería el corazón.

–No tengo muchas opciones, ¿verdad?

Lázaro sacudió la cabeza.

–No, esta es la única que asegura un final feliz para tu empresa. Y tú eres una mujer lista. Sabes que los resultados son lo único que importa.

Vanessa no era la mujer que Lázaro creía; ella no pensaba así. Pero se dijo que haría un esfuerzo y que intentaría ser esa mujer, porque era quien iba a sacar la empresa familiar del pozo donde se estaba hundiendo.

Asintió, lo miró a los ojos y dijo:

–Sí. Eso es lo único que importa.

Capítulo 3

VANESSA tuvo una intensa sensación de irrealidad cuando despertó a la mañana siguiente y recordó que se había comprometido con Lázaro Merino. Era tan surrealista como un cuadro de Dalí. Pero, por surrealista que fuera, era cierto.

La sensación de irrealidad se mantuvo hasta que llegó a la oficina. Era tan temprano que el sol empezaba a asomar tras los rascacielos de Boston. Vanessa alcanzó su móvil y sacó una fotografía del paisaje. Pensó que habría quedado mejor con una cámara, pero nunca encontraba el momento de comprar una. Pickett Industries no le dejaba ni un segundo libre para sus pasatiempos.

Se inclinó hacia delante, apoyó los codos en la fría superficie de la mesa y respiró hondo. Era consciente de que su compromiso matrimonial con Lázaro Merino empeoraría su falta de tiempo, pero había tomado una decisión y no había vuelta atrás.

Entonces, súbitamente, la sensación de irrealidad se transformó en un acceso de euforia.

La amenaza de casarse con Craig Freedom había desaparecido de su futuro. Ya no iría de su brazo al altar, sino del brazo de un hombre que la excitaba; del hombre que la había enseñado a romper las normas.

Fue un sentimiento liberador y terrorífico a la vez. De haber podido, se habría regodeado en la rebeldía que acababa de recuperar. Pero no podía; seguía siendo la directora de Pickett Industries.

Y estaba a punto de casarse.

Al pensar en ello, se acordó del obstáculo que quedaba en su camino. Su padre no reaccionaría bien cuando supiera que, en lugar de casarse con Craig, se iba a casar con Lázaro. Su ira sería monumental. Pero la empresa se encontraba entre la espada y la pared y Vanessa supuso que, al final, Michael entraría en razón. A fin de cuentas, era lo único que podía salvar el legado de la familia.

En ese momento, llamaron a la puerta.

–Adelante...

La puerta se abrió y Vanessa se estremeció. Lázaro siempre se las arreglaba para estremecerla. Tanto si habían transcurrido doce años como si solo habían pasado doce horas desde su encuentro anterior.

–Buenos días –dijo él.

–No tan buenos... ¿qué te trae por aquí?

Lázaro le dedicó una sonrisa absolutamente encantadora.

–Solo he venido a ver a mi preciosa novia.

Vanessa se dio cuenta de que hablaba con ironía, pero eso no impidió que su corazón se acelerara al instante.

–Ya. ¿Qué haces aquí?

–Quiero hablar contigo de ciertos detalles.

–¿Detalles?

–Quiero que firmemos un acuerdo prematrimonial.

Ella asintió.

–Ya me lo había imaginado.

Vanessa tragó saliva y se preguntó si sería capaz no solo de casarse con aquel hombre, sino de vivir con él y de compartir su cama con él.

La perspectiva le daba tanto miedo que le faltó poco para echarse atrás. Pero se mantuvo en silencio porque el precio era demasiado alto. Habría perdido la empresa y todo lo que la convertía en Vanessa Pickett.

–Compréndelo –dijo él–. No espero que nuestro matrimonio sea una bendición.

–¿Ah, no?

–No, pero espero que te comportes con tanta lealtad y tanto compromiso como el cónyuge de un político.

–¿Qué significa eso? –preguntó, confundida.

–Cada vez que un político se mete en un lío, su cónyuge se mantiene a su lado como si la vida le fuera en ello. Es su trabajo. Este matrimonio será tu trabajo.

–¿Es que tienes intención de meterte en líos? –ironizó.

Él sacudió la cabeza.

–Ni mucho menos. Solo espero que me seas leal en cualquier circunstancia, pase lo que pase –respondió–. No me importa que nos separemos en algún momento de nuestra relación; pero de cara al público, te comportarás como si fuéramos una pareja feliz.

–¿Puedo hacerte una pregunta?

–Por supuesto.

–¿Tu discurso sobre la lealtad incluye la obligación de permanecer a tu lado si me la pegas con otra mujer?

–Naturalmente. Como yo permaneceré al tuyo en cualquier caso –contestó con frialdad–. No sé si dentro de treinta años nos soportaremos, pero sé que tú seguirás conmigo.

Treinta años. La cifra asustó a Vanessa hasta el extremo de que casi no podía respirar. Su matrimonio no iba a ser un acuerdo temporal. Lázaro estaba hablando de toda una vida, de toda su vida.

Una vez más, consideró la posibilidad de rechazarlo y de seguir adelante por su cuenta. Y una vez más, guardó silencio. Sin Lázaro Merino, la empresa de su familia se hundiría inexorablemente y ella perdería su puesto de trabajo y su relación con su padre. No podía romper la promesa que le había hecho cuando Thomas murió; la promesa de dedicarse en cuerpo y alma a Pickett Industries.

Además, su vida estaba tan ligada a esas alturas con la empresa que no habría sabido qué hacer sin ella.

Pero el acuerdo matrimonial tenía otras complicaciones. Vanessa quería tener hijos y estaba segura de que él también quería. Si se casaba con él, sus hijos serían los hijos de Lázaro. Y de repente, el despacho le pareció increíblemente pequeño y su prometido, increíblemente alto y grande.

–No, yo no quiero eso –acertó a decir.

–¿A qué te refieres?

–Tendrás que ser leal conmigo, Lázaro.

–Ya te he dicho que lo seré...

–Me refiero a las mujeres. Si nos casamos, no mantendrás relaciones con otras.

Mientras hablaba, Vanessa se dio cuenta de que

no tenía derecho a pedirle eso. Al fin y al cabo, no se iban a casar por amor, sino por conveniencia. Sin embargo, se conocía lo suficiente como para saber que corría el peligro de enamorarse de él. Y buscó una excusa rápida para conseguir lo que quería.

–Querrás tener hijos, ¿verdad?

–Sí. Necesito tenerlos –respondió Lázaro.

–Entonces, yo necesito que me seas leal. No quiero que nuestros hijos crezcan en un ambiente de infidelidades y mentiras.

Lázaro apretó los dientes.

–Está bien. Respetaré nuestros votos.

–Y yo respetaré los míos –le prometió–. Aunque la nuestra sea una relación distante, fría y sin sexo, me quedaré a tu lado.

–Qué prometedor... –dijo en tono de broma.

–¿Es que esperabas otra cosa? Me has ofrecido un matrimonio por conveniencia y será exactamente lo que tengamos. No espero que te enamores de mí, pero espero que me respetes. Y abstenerte de tener amantes me parece una forma excelente de respeto.

–¿Y tú también me demostrarás ese respeto?

–Desde luego.

–Y no me rechazarás cuando vaya a tu cama.

Vanessa se llevó una mano al estómago. De repente, se sentía como si lo tuviera lleno de mariposas.

–Después de la boda, no.

Él volvió a asentir.

–De acuerdo, esperaré hasta entonces. ¿Eso es todo?

–No. Queda un problema por resolver. Mi padre.

–Ah, claro...

–No le va a gustar nada. Es obvio que, para casarme contigo, tendré que romper mi compromiso anterior.

–¿Era un compromiso en firme?

–No exactamente –Vanessa levantó una mano para que viera que no llevaba anillo de compromiso–. Pero teníamos un acuerdo.

–Seguro que tu padre se alegra cuando hables con él y le expliques los motivos que te llevan a dar ese paso.

–Lo dudo.

–¿Por qué?

–Porque no se lo voy a decir.

Él la miró con sorpresa y se mantuvo en silencio, esperando una explicación.

–No puedo decirle nada. No quiero que sepa hasta dónde han llegado las cosas... lo mal que está la empresa.

–Pero tendrá que saber lo que yo aporto a nuestro matrimonio... Quiero que sea consciente de que voy a reformar Pickett Industries de arriba a abajo. Quiero que sea consciente de que voy a salvar la empresa que él no pudo salvar.

–Lázaro...

–No me preocupa que te apuntes el triunfo y le digas que fuiste tú la que buscó mi ayuda –la interrumpió–, pero Michael debe saber que la salvación de Pickett Industries y su conversión en una empresa moderna y eficaz fue cosa mía.

La voz de Lázaro sonó dura, inflexible. Sabía que Michael se sentiría humillado por aceptar la ayuda de un hombre de una clase social más baja. Y Vanessa no se lo podía recriminar. En la élite había muchas personas como su padre; personas que se creían mejor que el resto y que se dedicaban a malgastar sus fortunas en actividades que no les servían a nadie excepto a ellos mismos.

—Comprendo. Quieres demostrarle que ahora eres tú quien tienes el poder.

—El dinero es el poder, Vanessa. Sin dinero, no estaría donde estoy ni podría comprar tus acciones.

—Si el dinero lo es todo, ¿por qué te quieres casar conmigo? ¿Por qué no dejas las cosas como están?

Él arqueó una ceja.

—Porque ahora puedo tenerte. Y vas a ser mía.

Vanessa se estremeció.

—Así que seré otra prueba de lo lejos que has llegado...

—Sí, pero no te equivoques. No me siento en la necesidad de demostrar nada a nadie. Sencillamente, hay puertas que el dinero no me puede abrir. Casándome contigo, tendré poder económico y poder político.

La sangre hervía en las venas de Lázaro. Lo quería todo. Quería estar en la cúspide de todo. Quería estar a la altura del hombre que había ordenado que le dieran una paliza por tocar a su preciosa heredera.

Y quería que Vanessa fuera suya.

Quería satisfacer su deseo.

—Ten en cuenta que el modelo social de la aristocracia de Estados Unidos está tan anticuada como la forma de hacer negocios de tu padre.

—¿Y tú quieres derribar ese modelo? –le preguntó con sarcasmo.

–No, no quiero derribarlo. Quiero formar parte de él.

Ella giró la cabeza hacia la ventana y contempló los rascacielos de Boston.

–Y te molesta que no lo puedas conseguir sin mi ayuda, ¿verdad? Te molesta necesitarme.

Lázaro se puso tenso.

–¿Necesitarte? ¿Qué sabes tú de necesitar, Vanessa? Desconoces las verdaderas necesidades de la vida... Tu mayor preocupación es mantenerte al frente de una empresa valorada en muchos miles de millones de dólares. Discúlpame, pero nadie te obliga a aceptar nuestro acuerdo. Lo aceptas porque tú lo necesitas. Si lo rechazaras, no sería ninguna tragedia para nadie.

Ella se quedó callada, con los labios apretados, sin saber qué decir.

Lázaro se dijo que Vanessa era igual que su padre, capaz de hacer cualquier cosa para mantener los privilegios de su familia. Y se preguntó que pensaría si le decía en ese momento que le habían pegado una paliza por el simple delito de acercarse a ella. Qué pensaría al saber que su madre se había quedado en la calle y sin trabajo por decisión directa del gran Michael Pickett.

Pero cabía la posibilidad de que lo supiera.

Eso había sido lo peor de todo cuando se levantó sangrando aquella noche. Los golpes no le dolieron tanto como la posibilidad de que Vanessa hubiera sido cómplice de su padre. Incluso era posible que lo hubiera pedido ella misma para librarse de él.

Sin embargo, Lázaro no creía que fuera capaz de

llegar tan lejos. No era una diablesa; solo era una niña rica y desconsiderada.

Una preciosidad que seguía avivando su deseo.

—Sabes que no te puedo rechazar —dijo ella al fin—. Puede que a ti no te parezca importante, pero esta empresa es mi vida. Y, sinceramente, dudo que te importe tan poco como intentas hacerme creer. Tú también me necesitas.

—¿En serio?

—Sí.

—No te necesito a ti para acceder a tu clase social, Vanessa. Me podría casar con cualquiera como tú.

—Pero los dos sabemos que tienes otro motivo.

Lázaro no se molestó en negarlo.

—Es cierto. Admito que siento cierta satisfacción por el hecho de vengarme de la familia que dejó a mi madre sin trabajo.

Ella frunció el ceño.

—¿Qué quieres decir con eso?

—Que tu padre despidió a mi madre y que los dos terminamos en la calle —contestó—. Sí, no voy a negar que me satisface casarme contigo.

Vanessa lo miró con una tristeza infinita.

—No sabía nada...

—¿No? ¿Y qué pensaste? ¿Que mi madre y yo nos habíamos marchado de vacaciones? —preguntó, irónico.

—No lo sé...

Él se encogió de hombros.

—Bueno, eso es agua pasada. Naturalmente, tendremos que empezar a salir.

—¿A salir?

—Por supuesto. Necesitamos que nos vean juntos.

A Vanessa se le hizo un nudo en la garganta.

–¿Quieres que nos comportemos como novios de verdad?

–Sí. Y como buen novio, usaré contigo todas mis técnicas de seducción.

Lázaro la tomó su mano y se la llevó a los labios, aunque no llegó a besarla. Fue un gesto de caballero, sin el menor fondo erótico. Pero a Vanessa se lo pareció. Despertó emociones y pensamientos que le aceleraron el pulso y aumentaron automáticamente la temperatura de su cuerpo.

No se había sentido así desde los dieciséis años; desde que aquel mismo hombre, que entonces era un adolescente, la había tomado entre sus brazos.

Sacó fuerzas de flaqueza y rompió el contacto tan deprisa como pudo. Por mucho que Lázaro le gustara, ya no era el chico del que se había enamorado locamente, sino un canalla que la condenaba a un matrimonio donde ella sería poco más que un rehén.

–No es necesario que me seduzcas. Seduce a los medios de comunicación si quieres, pero no a mí. Cumpliré con mis obligaciones matrimoniales cuando nos hayamos casado. Hasta entonces, quiero que te mantengas bien lejos de mi boca.

Él la miró con enfado, pero se contuvo.

–No te preocupes, princesa. No te mancillaré en ningún sentido.

Vanessa se preguntó si había herido sus sentimientos y se sintió súbitamente culpable. Pero se dijo que Lázaro Marino no tenía sentimientos. Para él, ella solo era un cuerpo y un pase para acceder a la alta sociedad.

–Quiero que sepas una cosa, Vanessa.

–¿Cuál?

–Cuando hagamos el amor, no te parecerá una obligación matrimonial. Lo disfrutarás tanto como yo. Te lo garantizo.

Él le dedicó una mirada tan llena de pasión que habría derretido el hielo de la más fría de las mujeres.

Y ella no era ninguna santa.

Pero una vez más, se dijo que se limitaría a cumplir su parte del acuerdo, sin caer bajo el hechizo de Lázaro Marino.

–¿Eso es todo? –preguntó, tensa.

Él sacudió la cabeza.

–No, falta una cosa... Mañana por la noche, saldrás conmigo.

Capítulo 4

TENÍA que ser un Chevrolet, ¿verdad? –susurró Vanessa cuando Lázaro la ayudó a salir de la limusina.

Lázaro se dio cuenta de que la elección del coche no le había gustado nada. Lo llevaba escrito en la cara y en los ojos.

–Por supuesto que sí.

La noche era fresca y la acera estaba mojada porque había estado lloviendo. Pero Vanessa llevaba los brazos desnudos, unas medias de nailon que apenas le cubrían las piernas y unos zapatos de aguja que, en conjunto, desataron las fantasías de Lázaro. No podía estar más elegante ni más seductora.

Le puso una mano en la espalda, sobre la tela azul del vestido y, durante un momento, su mundo se redujo a Vanessa y al desafío que representaba. Tenía que hacer esfuerzos para no arrancarle la ropa y volver a sentir el contacto de su piel.

–Mi padre se enterará de esto antes de dos horas. Como mucho.

Él se puso tenso.

–¿Y le disgustará?

Ella le lanzó una mirada rápida.

–¿Tú qué crees?

Lázaro se encogió de hombros.

–No creo nada, pero aprenderá a acostumbrarse.

–Lo dudo mucho.

–Es mejor que quitarte la dirección de Pickett Industries. O que dejar que la empresa se hunda, ¿no te parece?

–Sí, tal vez.

Lázaro no esperó a que el portero del restaurante les abriera la puerta. La abrió él mismo y la acompañó al interior del local.

–¿La mesa de siempre, señor Marino? –preguntó un camarero.

–No, esta vez prefiero una de la parte delantera.

El camarero asintió.

–Por supuesto. Síganme, por favor.

Mientras seguían al camarero, ella miró a Lázaro con curiosidad y él le explicó el motivo de su petición.

–He elegido una mesa de la parte delantera porque quiero que nos vea todo el mundo –declaró en voz baja.

–Excelente –ironizó ella.

A Lázaro le molestó su actitud; era evidente que no quería que la vieran con él. Cuando llegaron a la mesa, ella se sentó y él se dirigió al camarero.

–Tráiganos lo que le parezca mejor.

–Por supuesto, señor Marino.

Lázaro se acomodó frente a Vanessa, que había empezado a dar golpecitos en el mantel, con nerviosismo.

–Podrías fingir que te diviertes. Y hasta podrías divertirte de verdad... te prometo que no se lo contaré a nadie.

Ella sonrió sin humor.

—Discúlpame, pero no me agrada la idea de casarme contigo por obligación.

—¿Por obligación? Te recuerdo que yo no te estoy obligando a nada. Has tomado una decisión y eres responsable de sus consecuencias.

—He tomado la única decisión que podía tomar —se defendió.

—Eso no es cierto. Podías rechazar mi oferta.

—No puedo.

Lázaro la miró con interés y preguntó:

—¿Tanto te importa tu estatus social?

—¿Y a ti? —contraatacó—. Te casas conmigo por eso.

—Sí, ese es el más importante de mis motivos; pero no lo niego ni actúo como si fuera una víctima de las circunstancias. Tú tienes algo que yo necesito y yo tengo algo que tú necesitas. Eso es todo. Nos utilizaremos el uno al otro y seguiremos adelante... pero, si quieres interpretar el papel de mártir durante unos meses, supongo que es asunto tuyo.

—Yo no interpreto ningún papel.

—Claro que sí.

—¿Me estás llamando hipócrita?

Lázaro se encogió de hombros.

—Si tanto te disgusta, toma una decisión distinta. Levántate ahora mismo y márchate, Vanessa. Aléjate de mí. Yo no haré nada por impedirlo.

Vanessa lo miró a los ojos y pensó que estaba en lo cierto. Culpar a Lázaro de sus problemas era lo más fácil, pero él no era responsable de la crisis de Pickett Industries ni la estaba obligando a casarse con él. Había aceptado su oferta por decisión propia, porque no soportaba la idea de perder la empresa.

–Tienes razón –admitió con una sonrisa forzada.

–¿Lo ves? No te ha costado decirlo...

–Ni puede que lo vuelva a decir. Pero tienes razón de todas formas. La decisión es mía y no me voy a echar atrás.

El camarero apareció entonces con la comida. Les sirvió dos platos de pescado blanco con verduras y una salsa de limón que estaba exquisita; pero ni la salsa de limón sirvió para que Vanessa dejara de ser consciente de la presencia de Lázaro.

Estaba demasiado cerca, demasiado presente. La estremecía por dentro, haciéndole recordar lo que se sentía al ser besada con una pasión que, en general, era más propia de las novelas románticas que de la realidad.

Minutos más tarde, se dio cuenta de que Claire Morgan se encontraba en el restaurante y que los miraba con interés. Claire era una cotilla de la peor especie. Lo había sido en el instituto, cuando eran jóvenes, y lo seguía siendo.

–¿Qué vamos a hacer ahora? –preguntó Vanessa, girándose hacia Lázaro–. ¿Esperar a que Claire corra la voz?

Él se encogió de hombros.

–A que la corra ella o cualquier persona que se haya fijado en nosotros... tu vieja amiga no es la única que nos ha visto. En el fondo del local hay una mesa llena de mujeres que no nos han quitado ojo desde que entramos.

A Vanessa no le extrañó en absoluto. Supuso que

estarían admirando a Lázaro, porque su atractivo y su elegancia masculina llamaban la atención de las mujeres.

–Seguro que están hablando sobre nuestra conversación –continuó en voz baja–. Imaginarán que te estoy diciendo lo guapa que estás, lo irresistible que es tu boca y cuánto me gustaría arrancarte ese vestido y hacerte el amor.

Lázaro llevó una mano a su cara y le acarició la mejilla. Vanessa, que se había quedado sin habla, sintió la súbita necesidad de pasarse la lengua por el labio inferior. Y al hacerlo, lamió los dedos de su acompañante.

–Sí, seguro que están diciendo eso –siguió hablando él–. Esas mujeres tienen mucha imaginación.

–¿Tú crees? –preguntó, alterada.

–Desde luego que lo creo. Y, al final de la noche, todo el mundo sabrá que tú y yo estamos saliendo.

–Al menos, profesionalmente...

–Dudo que nuestro encuentro les parezca profesional.

–¿Por qué?

–Porque no me miras como mirarías a un socio o a un compañero de trabajo. O al menos, espero que no los mires de esa forma... –bromeó.

–¿De qué forma?

Los labios de Lázaro se iluminaron con una sonrisa; pero en lugar de responder a su pregunta, dijo:

–¿Te ha gustado la cena?

–Sí, mucho.

–¿Te apetece un postre?

Vanessa sintió un escalofrío. En ese momento, el

único postre que le apetecía era sentir la boca y las manos de Lázaro en su cuerpo.

—No, gracias.

Poco después, el camarero apareció en la mesa y les dejó la cuenta. Lázaro ni siquiera se inmutó al ver el precio, claramente desorbitado; se limitó a pagar en metálico, dejar una propina y levantarse de la mesa.

—¿No crees que es una propina excesiva? —preguntó ella.

Él se encogió de hombros y le ofreció una mano, que Vanessa aceptó.

—En absoluto. Servir mesas es una ocupación desagradecida. Además, creo que hay que ser generosos con los que hacen un buen trabajo.

—Ah...

Vanessa se levantó, sorprendida. Nunca habría imaginado que Lázaro Marino fuera un hombre generoso.

—Yo he pasado por ahí, Vanessa. Y te aseguro que no he olvidado lo que se siente... He realizado casi todos los trabajos duros que se te puedan ocurrir. En mi caso, pude escapar de ellos. Pero la mayoría de la gente trabaja toda su vida sin más esperanza que la de pagar sus facturas y llegar a fin de mes.

—Nunca lo había pensado de ese modo...

Vanessa desconocía la pobreza. Había llevado una vida fácil, llena de lujos. Tenía todo lo que pudiera desear; y aunque su empresa se encontrara en dificultades, su forma de vida no estaba amenazada. A diferencia de Lázaro, nunca había tenido que trabajar para pagarse una casa o un coche.

–No, por supuesto que no –dijo él.

–¿Qué quieres decir?

–Lo que he dicho. Ya me imaginaba que no lo habrías pensado de ese modo.

–¿Me estás llamando esnob?

–¿Es que crees que no lo eres?

Vanessa se estremeció. La voz de Lázaro había sonado increíblemente fría y despectiva.

–No. No lo soy.

–¿Porque donas cheques en galas benéficas? –ironizó.

–No, yo...

Vanessa no pudo terminar la frase. Por increíble que le pareciera a ella misma, no se le había ocurrido que Lázaro habría tenido que trabajar muy duro para llegar adonde estaba. Sabía que procedía de una familia pobre y que estaba obligado a trabajar para ganarse la vida, pero nunca se había puesto en su lugar.

Súbitamente, Lázaro le puso un dedo bajo la barbilla y la obligó a mirarlo a los ojos.

–La gente espera que te bese.

–¿Qué gente? –preguntó, nerviosa.

–Nuestro público.

Ella tragó saliva.

–¿Y me vas a besar?

Él sacudió la cabeza, le puso una mano en el costado y la acarició.

–No.

–¿Por qué no? Si todo esto es un simple espectáculo...

–Pero no es un simple espectáculo, Vanessa –Lázaro le echó un mechón de cabello hacia atrás–. Te recuerdo que eres mi futura esposa. Y quiero mostrarte el respeto que mereces... la discreción que mereces.

—Sí, claro...

Vanessa se quedó atónita y siguió atónita hasta que llegaron a la limusina, que los estaba esperando en el vado del restaurante. Pero más allá de su sorpresa, se sentía profundamente decepcionada. Lamentaba que Lázaro no la hubiera besado.

Mientras subían al coche, se maldijo para sus adentros por ser tan débil con él. Lázaro ya controlaba su vida profesional y la empresa de su familia; no podía permitir que también controlara su cuerpo.

Ni olvidar que no se iban a casar por amor, sino por conveniencia.

Capítulo 5

ESPERO que hoy no estés muy ocupada.

Vanessa se sobresaltó al oír la voz y soltó el bolígrafo que tenía en la mano. Ni siquiera se dio cuenta de que lo había dejado caer en la taza de té.

Lázaro estaba en la entrada de su despacho.

–¿No crees que deberías llamar antes de entrar?

–Y he llamado. Pero estabas tan sumida en tus pensamientos que no te has dado ni cuenta –respondió.

Lázaro se acercó a la mesa y apoyó las manos en el respaldo del sillón que estaba libre.

Quiero que me cuentes tus planes con Pickett Industries. Ahora soy tu accionista mayoritario y es lógico que me interesen.

–¿Lo dices en serio? Pensaba que eras tú quien me ibas a aleccionar sobre lo que tenemos que hacer... a fin de cuentas, ese es tu trabajo.

Lázaro asintió.

–Sí, ese es mi trabajo. ¿Y sabes por qué soy tan buen asesor? ¿Sabes por qué gano más dinero que cualquiera de los ejecutivos a los que ayudo?

–No. ¿Por qué? –preguntó con ironía.

–Porque no estoy anclado en el pasado. Porque no soy leal ni a las tradiciones ni a las convenciones. Porque no tengo prejuicios sobre los métodos empresariales.

Vanessa apretó los dientes.

–No podríamos ser distintos. Las tradiciones son importantes para mí. Y para mi padre, por cierto.

–En mi opinión, esa es la fuente de vuestros problemas.

–Quizás. Pero también es el motivo por el que hemos aguantado tanto tiempo.

–Hasta ahora, Vanessa. Necesitáis un cambio... He estado revisando los informes de los cinco últimos años y he descubierto algo que puede ser de tu interés.

–¿Ah, sí?

–La producción y las ventas de Pickett Industries empezaron a caer antes de que te hicieras cargo de la dirección. Por lo visto, tú no tienes la culpa de todo.

Vanessa se mordió el labio inferior y dijo:

–Eso ya lo sabía. Intenté explicarte que el mercado había cambiado y que...

–Y que la competencia se ha vuelto muy dura –la interrumpió–. Sí, es cierto. Si mantenéis el grueso de vuestra producción en los Estados Unidos, no tenéis ninguna posibilidad de sobrevivir. Pero podéis cambiar la oferta.

–¿La oferta?

Lázaro asintió.

–Pickett Industries ya no puede competir en la gama de productos más baratos, pero puede competir en la de productos de calidad, respetuosos con el medio ambiente y acordes a un modelo de desarrollo sostenible.

–No es mala idea...

–Por supuesto que no.

Vanessa buscó su bolígrafo para tomar algunas notas.

–¿Dónde he puesto...?

–Lo has metido en tu taza de té.

Ella bajó la mirada y se ruborizó, pero se recuperó rápidamente y sacó otro bolígrafo de un cajón.

–Tendríamos que hacer una campaña publicitaria muy agresiva...

–Y cambiar maquinaria y materiales –observó él–. Sería caro.

–Pues no se puede decir que me sobre el dinero.

–Entonces, pídeselo a tu futuro esposo.

Vanessa se ruborizó de nuevo.

–No.

–Tenemos un acuerdo, Vanessa. Y te aseguro que lo voy a cumplir.

–No lo dudo, pero no quiero empeñarme hasta ese punto... Y mucho menos, contigo.

No sería un préstamo, sino un intercambio. Bastante justo.

–¿Justo? Me sentiría como si me estuvieras comprando –replicó.

–¿Debo interpretar entonces que quieres romper nuestro acuerdo?

Vanessa lo miró con frustración.

–No, yo...

–Porque, si no te casas conmigo, presionaré a la junta directiva de la empresa para que te sustituyan en el cargo.

Vanessa cerró los dedos sobre el bolígrafo.

–¿Siempre me vas a amenazar con tu poder? ¿Hasta el fin de nuestros días? Porque, si nuestro matrimonio va a ser así, no lo podré aguantar.

Lázaro se arrepintió de haberla presionado hasta ese punto. Las amenazas no eran su estilo; pero los Pickett despertaban en él una rabia profunda, un recordatorio de lo que se sentía al ser un desheredado y estar en manos de los poderosos.

—Mientras te atengas al acuerdo, no te tendrás que preocupar por eso.

—Me atendré.

Vanessa lo miró con incertidumbre y Lázaro quiso besar sus labios hasta que ella estuviera tan desesperada por hacerle el amor como él mismo. Por su actitud, no parecía que le estuviera manipulando. Su rubor y su nerviosismo eran sinceros. Pero Vanessa tenía la extraña habilidad de hacerle perder el control y no estaba dispuesto a permitirlo.

—Exacto, querida. Respetarás nuestro acuerdo. Porque si no lo respetas, haré uso de mi poder y te lo quitaré todo.

—Te creo, Lázaro. Pero ahora estás en mi despacho. Y el poder lo tengo yo.

—¿Qué vas a hacer? ¿Llamar a seguridad para que me saquen de aquí a la fuerza? —declaró con sarcasmo.

—¿Es necesario que lo haga?

—Si necesitas ayuda para enfrentarte a mí...

—No la necesito. Ya no soy una niña.

Él la volvió a mirar y pensó que eso era cierto. Ya no era una niña. Era una mujer extraordinariamente bella.

—¿Qué vas a hacer esta noche, Vanessa?

—No lo sé. Sospecho que me lo vas a decir tú.

El comentario molestó a Lázaro.

–¿Crees que quiero controlar todos los aspectos?

Vanessa se levantó de su sillón, apoyó las manos en las caderas y lo miró con furia.

–Sinceramente, no sé que creer.

–Vanessa, solo espero que me acompañes a los actos a los que deba acudir. También espero que me permitas usar tus contactos para cerrar acuerdos lucrativos. Y desde luego, espero esto...

Lázaro se acercó a ella, la tomó entre sus brazos y la besó.

Vanessa entreabrió los labios y le dejó hacer. Él no supo si reaccionaba así por asombro o porque lo deseaba, pero no se detuvo a analizarlo. Llevaba muchos años esperando ese momento.

Su boca sabía igual que la primera vez, tal como lo recordaba. Era un sabor único, inolvidable. El de la única mujer que le había hecho perder la cabeza; el de la única mujer que lo había rechazado en toda su vida; el de la única mujer que le había dejado huella.

Pero, en otros sentidos, había cambiado. Y para bien.

Cuando llevó las manos a su cintura, descubrió que Vanessa ya no era la adolescente de aquella noche en la casita de invitados. Sus curvas eran suaves, más femeninas y mucho más excitantes.

Vanessa pensó que solo la estaba besando para demostrarle que el poder era suyo, pero cambió de opinión al sentir el ligero temblor de sus manos y la súbita dureza de sus músculos. En realidad, el poder era de ella. Porque él la deseaba.

Lázaro dio un paso hacia delante, empujándola contra la mesa. El bolígrafo rodó sobre la superficie y cayó al suelo, pero a Vanessa no le importó. En ese momento no le importaba nada que no fuera lo que sentía; la pasión que amenazaba con consumir su mente y su cuerpo.

Entonces, él llevó las manos a sus senos y se los acarició por encima de la ropa. Vanessa se arqueó, incapaz de resistirse. Y fue precisamente esa incapacidad lo que le dio las fuerzas necesarias para romper el contacto. Se había prometido a sí misma que no se dejaría dominar por el deseo de tener a Lázaro.

–Va a ser más fácil de lo que pensaba –dijo él.

Ella lo miró con incomprensión.

–¿De qué estás hablando?

–De lo que sentimos el uno por el otro. Es obvio que me deseas tanto como yo a ti. Esa parte de nuestro matrimonio no será un problema.

Vanessa no pudo negar que tenía razón en lo tocante al sexo; ni habría podido negar que deseaba sus besos y sus caricias. Pero el matrimonio con Lázaro la iba a poner en una situación que detestaba con toda su alma. Se iba a acostar con ella porque era conveniente, porque tenía los contactos y el estatus que él necesitaba.

Se alejó de él, se sentó en el sillón y dijo:

–Tengo trabajo que hacer.

–Entonces, te dejo con tus cosas. ¿Quedamos esta noche?

–¿Qué quieres que hagamos?

–Será una sorpresa.

Vanessa lo siguió con la mirada mientras él salía

del despacho. No estaba segura de poder soportar otra sorpresa más de aquel hombre.

Lázaro tocó la cajita que llevaba en el bolsillo de la chaqueta y se maldijo para sus adentros. Estaba nervioso. Él, que no dudaba nunca, que confiaba en sí mismo en cualquier circunstancia, estaba nervioso.

Pero todo lo demás estaba saliendo según sus planes. Incluso había tenido un golpe de suerte que no esperaba.

La sorpresa que le había preparado a Vanessa era muy especial. Había quedado con ella en el museo de arte, donde pretendía ofrecerle formalmente el matrimonio. Y cuando llamó a la institución para alquilar sus salas y asegurarse de que estuvieran vacías, resultó que la encargada era amiga del padre de Vanessa. Antes de que terminara la noche, toda la alta sociedad de Boston, Michael Pickett incluido, sabría que se iban a casar.

Volvió a tocar la caja del bolsillo y se apoyó en la barandilla de la terraza. Poco después, oyó sonido de tacones en los mármoles del suelo y alzó la cabeza.

Vanessa caminaba hacia él.

Se había puesto elegante, tal como le había pedido. Llevaba un vestido rojo que enfatizaba sus curvas y carmín en los labios, del mismo color. Pero se había recogido su larga melena oscura en un moño y Lázaro lo lamentó al instante. Le gustaba más cuando se dejaba el pelo suelto. Le encantaba acariciar sus sedosos mechones.

–¿Y bien? ¿Qué hacemos aquí? –preguntó ella sin preámbulos.

–¿No lo adivinas?

–Ni siquiera me atrevo a adivinar lo que trama tu mente.

Él sacó la cajita y la dejó sobre la barandilla.

–Me pareció que el museo era un lugar perfecto para formalizar mi oferta.

Vanessa miró la cajita con mudo asombro.

–¿No vas a decir nada? –continuó él.

–¿Qué quieres que diga? Ya nos habíamos comprometido.

–Pero no te había regalado un anillo.

Ella hizo caso omiso del comentario.

–Me has dicho por qué estamos aquí, pero todavía no me has dicho por qué has elegido un sitio tan excesivo como este.

–Solo pretendía ser romántico...

–Sí, claro. Y que se enterara todo el mundo, ¿verdad?

–No lo voy a negar. Tu clase social es tan pequeña que, a estas horas, ya será la comidilla... espero que no te moleste.

–No me molesta en absoluto. Me habría molestado si tuviera grandes expectativas sobre nuestro matrimonio o sobre ti, pero no las tengo. A decir verdad, te creía capaz de enviarme ese anillo al despacho, con un mensajero.

Lázaro sonrió y le abrió una cajita. Contenía un anillo con un diamante.

–Espero que sea adecuado para una mujer de tu posición.

Vanessa admiró el enorme y cuadrado diamante, que refulgía con la luz de los farolillos de la terraza. En otras circunstancias, se habría sentido halagada.

Lázaro Marino, un hombre impresionante, se había molestado en alquilar un museo para pedirle el matrimonio y regalarle un anillo de compromiso. Pero su matrimonio iba a ser un fraude.

–¿Es que no te gusta?

–Al contrario. Es precioso. Perfecto.

–Entonces, póntelo –ordenó.

El tono seco de Lázaro irritó tanto a Vanessa que replicó con ira:

–Se supone que eres tú quien me lo tienes que poner.

Lázaro la tomó de la mano y le puso el anillo. Fue un contacto breve, pero suficiente para que ella se estremeciera.

–¿Cuántos quilates tiene? –preguntó Vanessa.

–¿Eso importa?

–El tamaño siempre importa.

Él apretó los dientes.

–Tiene los suficientes para satisfacerte.

Ella tragó saliva.

–Yo no estoy tan segura de eso.

–Ah, vaya... ¿Es que tu anterior prometido, ese niñato de la alta sociedad, te podría ofrecer más que yo? –contraatacó.

–Es posible –mintió ella.

Vanessa notó que su respuesta le había herido. La expresión de Lázaro cambió durante unos segundos y le recordó a la del chico al que ella había rechazado una noche, años atrás. Pero enseguida se volvió tan dura como el granito.

–Creo que ha llegado el momento de que hablemos con tu padre.

Capítulo 6

YA ESTOY informado, Vanessa. Me lo han dicho esta mañana, en el club.

Vanessa tuvo que resistirse al deseo de bajar la cabeza y mirarse los pies, como si fuera una niña. Michael Pickett no era un hombre ni grande ni alto. Y, desde luego, nunca gritaba. Pero cuando usaba ese tono de voz, duro y apagado al mismo tiempo, lograba que se sintiera profundamente culpable.

–Bueno... todo ha sido bastante inesperado –acertó a decir.

–¿Y qué hay de tus obligaciones con Craig Freeman? ¿No significan nada?

–Quiero casarme con Lázaro, no con Craig.

Michael no se dejó engañar.

–¿En serio? ¿Esa es la vida que quieres? –preguntó con desconfianza.

–Yo...

–No seas estúpida, Vanessa. Este hombre es de una clase social inferior.

Lázaro se había mantenido en silencio hasta ese momento, pero el comentario de Michael le obligó a intervenir.

–Ten cuidado con lo que dices. Estás hablando con mi futura esposa –le advirtió.

–Y tú estás hablando de mi hija.

–Una hija a la que pusiste al frente de una empresa que se hunde. Deberías ser más razonable, Michael. Vanessa intenta salvar Pickett Industries y convertirla en la empresa moderna y eficaz que ni tú ni ninguno de los tuyos pudisteis conseguir.

Michael apretó los puños.

–No voy a aceptar órdenes de un hombre cuya madre barría los suelos de mi casa.

Lázaro se puso tenso, pero mantuvo el aplomo.

–Pero quizás las aceptes del hombre que se ha convertido en el accionista mayoritario de Pickett Industries... La Bolsa es un negocio interesante, ¿verdad? A la gente le ofrecen acciones y la gente las compra. Gente como yo.

–Puede que tengas dinero, pero nunca serás como nosotros. El dinero no compra la clase.

–Pero compra acciones.

Michael se giró hacia su hija.

–Vanessa, ¿tú sabías esto?

Ella asintió.

–Sí, lo sabía. Pero Lázaro y yo nos vamos a casar, de modo que la empresa seguirá siendo de la familia.

Michael Pickett se levantó del sillón, desesperado.

–Lo siento, Vanessa, pero no te voy a dar mis bendiciones.

–Ni yo he venido a pedírtelas. Estoy aquí para informarte, nada más.

Michael se mordió la lengua.

–¿Se puede saber qué quieres, papá? ¿Quieres que la empresa sobreviva? Porque, en ese caso, necesitamos la ayuda de Lázaro. Si le aceptas y le das la bienvenida a nuestra familia, Pickett Industries volverá a ser una empresa con éxito.

–¿Me estás amenazando, Vanessa?

–No, solo te estoy diciendo la verdad. Las cosas están así.

Lázaro pasó un brazo alrededor de la cintura de Vanessa y la sacó del despacho de su padre. Cuando ya habían salido de la casa, ella dijo:

–Gracias.

–¿Gracias? ¿Por qué?

–Por salir en mi defensa y fingir que yo tengo algo que ver en la salvación de Pickett Industries. Me has dejado en buen lugar.

Lázaro asintió y le abrió la portezuela de su deportivo azul. Después, se puso al volante, arrancó y se dirigieron de vuelta a Boston.

–¿Por qué te esfuerzas tanto por satisfacer a tu padre?

Ella lo miró.

–Porque es todo lo que tengo. Mi madre falleció cuando yo tenía cuatro años y mi hermano, cuando tenía trece. Thomas se iba a hacer cargo de la empresa. Era un chico brillante, que habría hecho un gran trabajo... pero me quedé sola y ahora está en mis manos. No puedo fracasar, Lázaro.

–¿Te gusta lo que haces?

–¿Y a ti?

Lázaro rio.

–Me gusta el dinero que saco con ello. Y me gusta resolver problemas, arreglar cosas, hacer que todo funcione mejor.

–Pues a mí no me gusta nada. Todas las mañanas,

tengo que tomar antiácidos para soportarlo –le confesó.

Vanessa fue la primera sorprendida por la confesión. Nunca se lo había dicho a nadie. Era la directora de una de las mayores y más conocidas empresas del país, pero odiaba su trabajo con todas sus fuerzas.

–Entonces, ¿por qué lo haces?

–Porque no tengo más remedio... no puedo permitir que el legado de mi familia desaparezca de la noche a la mañana. Lo hago por mi padre y por Thomas, pero también por los hijos que yo pueda tener. Lo hago porque es mi obligación.

–Comprendo.

–Pero no te preocupes por Michael. Aceptará nuestro matrimonio. Él tampoco tiene más remedio que aceptarlo.

–Lo sé.

Vanessa sacó su teléfono móvil y se puso a juguetear con él mientras hablaba. Hasta sacó una fotografía del anillo de compromiso, que brillaba bajo la luz de la tarde.

–¿Qué harías con tu vida si pudieras elegir? –preguntó él con curiosidad.

Ella sonrió.

–Hacer fotos.

–¿De qué?

Vanessa apoyó la cabeza en el respaldo del asiento y se relajó un poco.

–De todo.

–Bueno, puede que tengas tiempo libre en el futuro. Quizás no lo tengas para fotografiarlo todo, como dices, pero seguro que lo tendrás para fotografiar bastantes cosas.

Vanessa volvió a sonreír.

–Sí, es posible que tenga tiempo cuando salvemos la compañía.

–Lo tendrás.

–¿Sabes que eres el primero al que le cuento todo eso?

–Supongo que es un buen síntoma... los maridos deben saber cosas de sus esposas que nadie más sabe.

Vanessa se estremeció.

–Sí, supongo que lo es. Salvo por el hecho de que nuestro matrimonio no va a ser real.

–Va a ser completamente real –la contradijo.

–Pero sin amor.

–Eso es cierto.

–Y, sin amor, ningún matrimonio es real.

Lázaro le lanzó una mirada y Vanessa se puso las gafas para que no pudiera ver la expresión de sus ojos.

–Creo recordar que tampoco estabas enamorada del hombre con quien tu padre te había comprometido.

–No, no lo estaba. De hecho, nos conocemos muy poco... pero procuraba no pensar en ello.

–Pues esto no es diferente.

Vanessa pensó que se equivocaba. Era muy diferente. Con Craig Freeman nunca había sentido las cosas que sentía con Lázaro Marino.

–No, claro, no lo es.

Súbitamente, Lázaro cambió de conversación.

–¿Hay alguna posibilidad de que te tomes unas vacaciones cortas?

–¿De cuánto tiempo?

–Una semana. Estoy haciendo un trabajo para una empresa argentina y tengo que viajar a Buenos Aires.

–¿Y quieres que te acompañe?

–¿Se te ocurre una forma mejor de celebrar nuestro compromiso?

–No me voy a acostar contigo. Creo que lo dejé bien claro.

–Oh, sí, muy claro... aunque lo disimulaste notablemente bien cuando nos dimos ese beso –ironizó él.

–Un beso no es una relación sexual. Tiendes a confundir las dos cosas.

–Te aseguro que no las confundo en absoluto. Soy muy consciente de que besar no es lo mismo que hacer el amor.

–Me alegro, porque un simple beso no te da derecho a nada más. Yo no me acuesto con hombres que no conozco. Y si ese es el objetivo de tu invitación...

–No lo es, Vanessa; solo me pareció que llevarte de vacaciones sería un detalle bonito. Pero, si aquí eres más feliz, quédate.

Vanessa consideró las opciones que tenía. Por un lado, se podía quedar en el despacho, mirando las paredes; por otro, se podía marchar una semana entera a Argentina. La decisión era tan obvia que no lo dudó. Necesitaba escapar. Huir de la realidad, aunque fuera en compañía de Lázaro.

–Iré.

–Excelente. Así nos conoceremos mejor.

Buenos Aires resultó ser una ciudad fantástica, llena de energía. Vanessa no había visto nada parecido. Había viajado mucho antes de terminar secundaria, pero siempre en compañía de su padre y siempre en limusinas que, al final del trayecto, se detenían en complejos hoteleros de lujo.

Hasta entonces, no había tenido ocasión de conocer realmente otros países y otras culturas. Ni siquiera sabía lo que se había estado perdiendo.

Mientras admiraba los edificios y las luces de la ciudad, se giró hacia Lázaro, que viajaba con ella en el asiento trasero del vehículo y preguntó:

—¿Te criaste aquí?

—Sí. Nos marchamos cuando yo tenía trece años.

—Es un lugar precioso.

—Sí. Siempre que no vayas a la zona donde crecí, claro. Pero todas las ciudades tienen sus barrios bajos...

—Y tú eres de un barrio bajo.

—¿Eso te incomoda, princesa?

—No... bueno, sí. Me incomoda que tú y que tantas personas como tú vivan en condiciones insalubres.

—Así son las cosas.

—Lo sé.

—Espero que no te moleste casarte con un hombre que surgió de la nada. Como bien dijo tu padre, la clase no se puede comprar con dinero.

—Eso no me ha molestado nunca, Lázaro. Nunca.

—Pues yo no lo recuerdo así.

—¿Cómo lo recuerdas tú? Yo recuerdo que me arriesgaba a sufrir las iras de mi padre cada vez que hablaba contigo y que jamás te traté como si te considerara inferior. De hecho, todo mi mundo giraba alrededor de ti.

En ese momento, el coche giró en una esquina y se detuvo frente a unos edificios altos, de color blanco.

–Mi ático está aquí –dijo Lázaro.

–Bien.

–¿Bien?

–Sí... este sitio me encanta.

Vanessa salió del coche sin esperar a Lázaro. No quería seguir con la conversación. No quería hablar de lo idiota que había sido en su adolescencia, cuando se enamoró de él; ni quería que Lázaro fuera consciente de que estaba a punto de cometer el mismo error.

Para sobrevivir a él, tendría que mantenerse fría y distante. Y sabía que podía hacerlo. Durante años, se había acostumbrado a fingir.

Lázaro la siguió al exterior y sacó el equipaje del maletero, rechazando la ayuda del chófer. Vanessa no tuvo más remedio que admirar la elegancia de sus movimientos. Incluso enfadado, porque era evidente que estaba enfadado con ella, seguía siendo el hombre más impresionante al que había visto.

–Te vas a destrozar las muelas.

–¿Cómo?

–Si sigues apretando la mandíbula de ese modo, te vas a destrozar las muelas –explicó Vanessa–. En mi colegio había una chica a quien le tuvieron que poner un aparato para que dejara de hacer eso.

Lázaro sonrió con humor.

–A mí me se ocurre otra solución...

–¿Cuál?

–Que dejes de causarme tanto estrés.

Vanessa soltó una carcajada.

–¿Yo te estreso, Lázaro? ¿En serio?

Lázaro, que ya se dirigía con las maletas a la entrada del edificio, se detuvo y la miró con intensidad. Y, durante unos segundos, Vanessa se olvidó de respirar. Nada le parecía más importante que su relación con él.

–Bueno, supongo que «estrés» no es la palabra más adecuada para definirlo.

–¿Ah, no? –preguntó con debilidad.

–No. Últimamente tengo problemas para dormir.

–¿Por qué?

–Porque no pego ojo desde que te acercaste a mí en el museo. Te deseo constantemente. Te deseo conmigo, entre mis brazos, en mi cama.

La necesidad de besar a Lázaro se hizo casi insoportable. Le costó recordar por qué se empeñaba en resistirse al deseo.

Entonces, él dejó una de las maletas en el suelo y le acarició el labio inferior con el pulgar. Vanessa abrió la boca y le lamió el dedo sin poder evitarlo, dominada por la curiosidad y por la excitación.

Lázaro se estremeció y ella aprovechó su desconcierto para dar un paso atrás. Pero todavía estaban demasiado cerca. Tan cerca que podía tomarla entre sus brazos en un segundo y besarla como la había besado en el despacho.

Pero no la besó.

Recogió la maleta y dijo, antes de seguir andando hacia el portal:

–Sí, Vanessa. Ardo en deseos de que nos conozcamos mejor.

Vanessa pensó que estaba jugando con ella, que

solo quería demostrar que podía seducirla cuando le diera la gana.

Y también pensó que, si seguía comportándose así, con tanta arrogancia, podría resistirse a sus encantos sin ningún problema.

Capítulo 7

QUÉ ES ESTO?
Lázaro la miró desde el elegante bar del ático.

–Ah, eso... me encargué de que trajeran algunas cosas que podías necesitar.

Vanessa se había quedado asombrada. Pero el motivo de su asombro no era el gigantesco vestidor lleno de todo tipo de ropa, desde vestidos a bañadores, sino la cámara que estaba en mitad de la cama, dentro de una bolsa.

–Mencionaste que te gustaba la fotografía –continuó él.

Ella asintió, se acercó a la cama y abrió la bolsa. Junto con la cámara, había varios tipos de lentes y de filtros, además de todos los accesorios que se podían imaginar. Mucho más de lo que necesitaba para hacer fotos por diversión.

–¿Por qué...? ¿Por qué has hecho esto, Lázaro?

Él se apartó de la barra, con una copa en la mano.

–¿Por qué no? Vi que hacías fotos con tu teléfono móvil y se me ocurrió que preferirías una cámara de verdad. Especialmente, porque supuse que querrías hacer fotografías de Buenos Aires.

–Sí, es cierto... lo estaba deseando. Gracias.

Lázaro se encogió de hombros.

–De nada. El dinero no significa nada para mí.

–Pero esto es mucho más que un asunto de dinero.

–No, no lo es.

–Oh, vamos, te has tomado la molestia de...

–Vas a ser mi esposa, Vanessa –la interrumpió–. Quiero que estés contenta. ¿Pensabas acaso que tenía intención de mantenerte secuestrada hasta el fin de tus días? No tengo interés en complicarte las cosas.

–Bueno, no había pensado mucho al respecto –admitió.

–¿No? –preguntó con sarcasmo.

Vanessa respondió con sinceridad.

–No. Me limito a intentar sobrevivir... Y no solo desde que te empeñaste en jugar a la ruleta rusa con mi vida, sino desde antes. Hace años que me contento con intentar sobrevivir.

–Ah, yo también soy especialista en eso.

–Pues no es divertido.

–No, no lo es. Pero dime una cosa... ¿por qué te empeñas en trabajar en esa empresa? Y no me repitas que lo haces por tu familia y por los hijos que vayas a tener. Podrías desempeñar un papel menos activo, más secundario.

–Pero no sería lo mismo.

–No, desde luego que no. Te ahorrarías los antiácidos.

–Y supongo que bastantes disgustos. Soy una buena profesional, pero no tengo el talento necesario para ser un genio de los negocios –admitió.

Lázaro se llevó su copa a los labios y echó un trago.

–Puede que no tengas talento para los negocios,

Vanessa, pero eso no significa que no lo tengas para otras cosas.

Vanessa se quedó perpleja. No esperaba un halago por su parte.

–Es una lástima que Pickett Industries sea lo único que me importa...

–¿Por qué? No lo entiendo.

–¿Y tú dices eso? ¿Precisamente tú? El éxito lo es todo para ti, Lázaro... ¿Tienes suficiente con lo que has conseguido? ¿O quieres más?

–Ya conoces la respuesta a esa pregunta.

–Exacto, la conozco. Siempre quieres más porque siempre queda algo por conseguir. Pues bien, Pickett Industries es ese algo que me queda por conseguir. Tengo que sacar la empresa adelante. Cueste lo que cueste.

Lázaro asintió.

–Me parece bien. No sabía que fueras tan decidida...

–¿Y cómo lo podías saber? Nos tratamos muy poco. Y solo éramos un par de adolescentes –afirmó.

–Pero me dejaste una huella profunda.

–Y tú a mí.

Vanessa se encontró súbitamente al borde de las lágrimas, pero sacó fuerzas de flaqueza, extrajo la cámara de la bolsa y dijo:

–Gracias por el regalo. En serio.

–Podrías llevarla cuando salgamos esta noche...

–¿Vamos a salir?

–Pensé que te gustaría ver la ciudad.

–Por supuesto. Me gustaría mucho.

–Excelente. Tengo que pasar por el despacho de

Paolo Cruz para informarle sobre lo que se va a discutir en la reunión de mañana; pero cuando vuelva, saldremos de casa e iremos a cenar –prometió.

Vanessa pensó que la cámara y la cena de aquella noche eran un regalo muy especial. Demostraban que Lázaro la escuchaba y, sobre todo, que la quería hacer feliz.

En un día normal, Vanessa se bastaba y se sobraba para acelerar el pulso de Lázaro y despertar su libido; pero cuando la vio aquella noche con zapatos de aguja y un vestido negro, de escote pronunciado y una abertura en la falda por donde asomaba un muslo impresionante, pensó que era demasiado para él.

Los días que llevaban en Buenos Aires habían sido una prueba muy dura. La deseaba hasta el extremo de que las duchas frías habían dejado de surtir efecto. Y, sin embargo, se refrenaba. No quería que Vanessa fuera consciente del poder que tenía sobre él.

Sin embargo, después de tres días en Buenos Aires y doce años de espera, la necesidad de abrazarla era tan intensa que resistirse a ella resultaba dolorosa. Su cuerpo vibraba con el deseo de tenerla; de sentir aquellas piernas largas y elegantes alrededor de su cintura mientras se hundía en el placer que solo Vanessa le podía dar.

Hasta entonces, no habían tenido más contacto físico que un beso; nada más que un beso. Y no obstante, había despertado en él una sed primaria y profunda que no había sentido en ninguna de sus aventuras amorosas. A Lázaro le habría gustado pensar que aquel sentimiento formaba parte de su venganza contra Michael Pickett, pero no era cierto; no tenía nada que ver con los cabos sueltos del pasado.

Era deseo. Simple y puro deseo.

Aquella noche, Vanessa se había dejado el pelo suelto. Su melena castaña le caía sobre los hombros y cubría parcialmente la parte de sus senos que el escote del vestido dejaba al aire. Estaba tan bella que hasta ella misma se debía de sentir algo insegura con su aspecto, porque preguntó:

—¿Me he arreglado demasiado?

—No, ni mucho menos –respondió él.

—Entonces, ¿nos vamos?

—Sí.

Habían quedado en salir a cenar, pero cenar era lo último que a Lázaro le apetecía. Solo quería apretarse contra ella, acariciarla y arrancar gemidos de placer a aquellos labios pintados con carmín rojo.

—Aunque en honor a tu vestido –continuó–, iremos a un lugar ligeramente distinto al que tenía en mente.

Las calles de Buenos Aires estaban abarrotadas hasta de noche. La gente paseaba, reía, charlaba y comía bajo un calor húmedo.

Vanessa notó que Lázaro era feliz en aquel lugar. Algunas mujeres giraban la cabeza cuando pasaban a su lado y lo miraban con admiración, pero no le extrañó en absoluto; con su traje negro y su camisa abierta, era la masculinidad personificada.

Sin embargo, él no prestaba atención a las miradas, que no devolvía. Solo tenía ojos para ella, hasta el punto de que le aceleraba el corazón.

—¿Adónde vamos? —preguntó poco después.

—Aquí mismo...

Lázaro la tomó de la mano y la llevó hacia una puerta estrecha. El exterior del edificio no indicaba la presencia de ningún establecimiento, pero enseguida se encontraron en un local grande, con una barra larga y muchas mesas sobre las que colgaban lámparas de luz cálida a distintas alturas.

Había sitio de sobra para moverse; de hecho, varias parejas estaban bailando al son de un grupo de músicos. Pero la decoración daba sensación de intimidad.

—¿Quieres tomar algo? —dijo Lázaro.

—No, ahora no me apetece nada.

—Entonces, baila conmigo.

—Lázaro...

—Y no me digas que no sabes bailar, porque estoy seguro de que una mujer de tu posición habrá dado clases de baile desde la infancia.

—Pero no sé bailar tango —alegó.

—Yo, sí. Y como soy tu futuro esposo, tendrás que aprender a bailar conmigo. ¿No te parece? —contraatacó.

—¿Es que pretendes que bailemos tango en nuestra boda? —preguntó ella con una sonrisa.

A Vanessa le pareció una idea divertida. Era un baile demasiado sensual para un mundo tan rígido y conservador como el de los Pickett.

—¿Por qué no? Daríamos que hablar a la gente...

–Ya hablan bastante de nosotros, Lázaro.

–Sí, supongo que sí.

Los ojos de Lázaro brillaron con la luz tenue del local. Allí parecía distinto, más peligroso. Era como si el aire de refinamiento que había cultivado durante tantos años se hubiera desvanecido y él volviera a ser el chico del que se había enamorado.

–Vamos, baila conmigo –insistió.

Vanessa permitió que la tomara de la mano y la llevara a bailar. Su corazón latía tan fuerte que casi tuvo miedo de que la gente que bailaba se diera cuenta, pero no les prestaron atención; estaban concentrados en la música.

Lázaro le pasó un brazo alrededor de la cintura y la apretó contra su pecho.

–Sigue mis pasos –ordenó.

Vanessa sabía que no podía competir con las mujeres que bailaban a su alrededor; pero con la guía de Lázaro, sus movimientos se volvieron más firmes y seguros y su inseguridad se ahogó en el ritmo y en el contacto de sus cuerpos.

No se había sentido tan viva en toda su vida. Sobre todo, cuando Lázaro bajó la mano que le había puesto en la espalda, pasó por encima de sus caderas y la posó en uno de sus muslos, justo en la abertura de la falda, en el lugar donde terminaban sus medias de nailon y empezaba la carne desnuda.

Vanessa supo que no intentaba aprovecharse de la situación; solo pretendía subirle la pierna, como exigía uno de los movimientos del baile. Pero a pesar de ello, se sintió embriagada por el deseo.

Lázaro la abrazó con más intensidad, apretando su

erección contra el estómago de Vanessa. Ella le clavó los dedos en el hombro y se mordió el labio, intentando refrenar el gemido de placer que había estado a punto de soltar.

Aquello era tan absolutamente real como sexual. Y despertó un deseo primario, una conciencia de poder femenino, que no estaba acostumbrada a sentir.

Entonces, él devolvió la mano a su cintura y la apretó con suavidad.

Vanessa se derritió contra su cuerpo, consciente de que su gesto formaba parte del baile. Aunque había algo más.

–Ven conmigo –dijo Lázaro.

Vanessa lo siguió como si el gesto de seguirlo también formara parte del baile. Aunque había algo más.

Y poco después, se encontró en un rincón del establecimiento, parcialmente oculto tras unas cortinas.

Lázaro...

Lázaro le pasó un brazo alrededor del cuerpo y apoyó la mano libre en la pared que estaba a la espalda de Vanessa.

Ahora estaba atrapada, pero no le importó.

Inclinó la cabeza hacia atrás, ligeramente, esperando que Lázaro entendiera la indirecta y la besara. La lógica y el sentido de la supervivencia no tenían lugar en lo que pasaba entre ellos. Era un juego de sensaciones, de deseo, de pasión, de lo que apenas habían saboreado doce años antes.

Por fin, Lázaro la besó y ella se olvidó del mundo.

Ya no había más.

No existía nada salvo el roce duro de sus mejillas,

la caricia sedosa de su lengua y la firmeza cálida de sus labios.

Y le devolvió el beso con toda la fuerza de lo que llevaba dentro, con todo el deseo que había permanecido dormido hasta entonces.

Lázaro le acarició la cara durante unos segundos antes de introducir la mano en su melena y juguetear con sus rizos. La besaba con una entrega completa y con una exigencia completa de entrega.

Pero no era suficiente.

Vanessa se arqueó contra él porque necesitaba más. Necesitaba su contacto físico. Necesitaba sus manos. Lo necesitaba a él.

En respuesta, Lázaro le besó el cuello y el hombro. Ella se estremeció y él cambió de dirección y dirigió su lengua hacia su escote.

Cuando llegó a su objetivo, alzó la cabeza, la miró a los ojos y cerró una mano sobre uno de sus senos, cuyo pezón acarició suavemente hasta que Vanessa deseó que le arrancara el vestido y le hiciera el amor allí mismo.

Se apoyó en sus hombros porque sus piernas ya no tenían fuerzas para sostenerla. Y justo cuando la lengua de Lázaro empezaba a descender por la curva de sus senos, Vanessa vio las cortinas que los separaban del resto del local y se asustó.

–Basta, Lázaro. No podemos seguir.

Lázaro la besó otra vez en el cuello.

–Claro que podemos, querida mía... –susurró.

–Pero... ¿qué pensaría la gente?

Lázaro se quedó helado y la soltó.

Era la misma pregunta que le había hecho aquella noche, doce años atrás.

Qué pensaría la gente.

–No te preocupes. Aquí no hay nadie que vaya a pensar nada. Ninguna de las personas de este local sabe que tú eres la heredera de los Pickett y que yo solo soy el hijo bastardo de una criada de tu familia.

Vanessa sacudió la cabeza y extendió una mano hacia él.

–Lázaro, yo...

Lázaro se apartó un poco más.

–Te comprendo, Vanessa. Entiendo que te sientas profundamente humillada por tener que casarte con un hombre como yo –afirmó con frialdad–. Aunque parece que mi dinero no te molesta tanto. De hecho, llevas el anillo que te regalé...

–No digas eso. No es justo.

–¿Que no diga eso? ¿Qué ocurre, es que te molesta la verdad? Solo soy bueno para ti cuando te llevo a sitios caros y te regalo anillos de diamantes que cuestan una millonada. Y solo aceptas mis besos y mis caricias cuando estamos ocultos del mundo, como aquella noche en la casita de invitados... cuando nadie puede ver que te dedicas a retozar con el pobre chico que corta el césped del jardín.

–Escucha...

–Me necesitas –la interrumpió–. Admítelo.

–Yo...

–Admítelo –insistió, implacable.

–¿O qué? –replicó ella–. ¿O te marcharás y olvidarás que tú también me necesitas a mí? Porque, por mucho que nos desprecies a mi padre, a mí y a nuestra clase social, quieres llegar a lo más alto. Y me necesitas para conseguirlo.

Lázaro la miró con rabia.

–Quiero irme. Ahora –dijo Vanessa.

–Muy bien, princesa.

Vanessa se dirigió a la puerta del local y la abrió.

En el exterior hacía más calor que en el club; un calor húmedo y pesado que puso aún más taciturno a Lázaro.

Vanessa se comportaba como si la hubiera ofendido profundamente. Y él estaba convencido de que se comportaba así porque no soportaba que la besara en público, porque lo creía un ser inferior.

Apretó los puños con tanta fuerza que le empezaron a doler.

El ático se encontraba a un par de manzanas de distancia, y ella se mantuvo en silencio durante todo el trayecto. Cuando entraron en el vestíbulo, empezó a caminar varios pasos por delante. Parecía decidida a no mirarlo ni a reconocer su presencia.

Lázaro se dijo que esta vez no se iba a salir con la suya.

Él ya no era un chico pobre, a merced de los esbirros de Michael Pickett. Y ella ya no era la princesa de la torre, tan por encima de él que podía reclamar su afecto o rechazarlo a voluntad, según le apeteciera.

–Tendrás que superar tu aversión a que te vean conmigo en público, mi amor.

Vanessa se detuvo en seco y se giró hacia él.

–¿También tengo que superar mi aversión a que me manosees delante de otras personas? ¿Tanto te ofende que intente mantener cierto grado de decencia en público?

–Bueno, ya mantienes un alto grado de decencia en privado. Recuerda que no me quieres en tu cama.

–Vaya... parece que no aguantas bien las negativas –declaró con sarcasmo–. Tendré que recordarlo.

–Aguanto perfectamente bien las negativas. Pero no soporto a las mujeres que me consideran bueno para coquetear un rato y malo para acostarse conmigo.

Ella apretó los labios y dio un paso hacia él.

–¿Eso es lo que crees que estaba haciendo? ¿Jugar contigo? –preguntó, sacudiendo la cabeza–. Pues te equivocas... no estaba pensando en nada. Si hubiera pensado, no habría permitido que me tocaras.

–Extraña base para un matrimonio feliz –ironizó.

–No más extraña que casarse por intereses puramente empresariales. Sin embargo, qué puedo decir yo... no soy un genio de los negocios.

–Puede que no lo seas, pero aceptaste casarte conmigo por el bien de tu empresa. Y como ya hemos determinado, nadie te obligó a aceptar mi oferta.

–¿Cómo te atreves a...?

–Cómo te atreves tú, Vanessa. No voy a hacer el idiota dos veces. No contigo. No con la misma mujer.

–¿Crees de verdad que estoy jugando contigo? –la voz de Vanessa se había vuelto tan baja que casi no se oía–. Me has apretado contra la pared de un establecimiento público y has empezado a... No tienes derecho. No tienes derecho a estar enfadado.

Él se acercó y bajó el tono de voz.

–¿Eso es lo que más te molesta, Vanessa Pickett?

¿Que te hago perder el sentimiento de respetabilidad que obsesiona a tu familia?

–No, lo que me molesta es que... es que... me humillas en público –acertó a decir–. Me tratas como si yo fuera un objeto, una posesión que puedes tomar cuando te venga en gana.

–¿En serio? ¿Tanto te humilla mi contacto?

La respiración de Vanessa se había acelerado y sus senos subían y bajaban con cada aliento. Lázaro estaba furioso y excitado al mismo tiempo, porque su cuerpo la seguía deseando a pesar de todo.

Pero no le sorprendió. La había deseado durante doce años y no había nada que pudiera destruir ese deseo. Ni los muchos años de separación ni sus amantes anteriores ni la rabia que lo dominaba en ese instante.

Llevó las manos a su cintura, se apretó contra ella y le tocó el trasero.

–Sinceramente, no creo que mi contacto te humille. Creo que tu sentimiento de humillación tiene un origen distinto... te odias a ti misma porque, por mucho que quieras lo contrario, por mucha vergüenza que sientas de mí, me deseas.

La expresión de Vanessa estaba llena de tensión y sus ojos, de ira; pero, de repente, llevó las manos al pecho de Lázaro, las cerró sobre la tela de su camisa, se puso de puntillas y le besó con una pasión irrefrenable.

El deseo que los arrastraba era tan real, tan físico, que casi parecía una entidad viva que se interpusiera entre ellos. Era como correr hacia un acantilado a sabiendas de que el acantilado se encontraba allí.

Y, sin embargo, ninguno de los dos se detuvo.

Vanessa le pasó la lengua por los labios, probándolo, saboreándolo. Lázaro sintió un escalofrío de placer y se apretó contra ella.

Al sentir su erección, Vanessa contrajo el estómago. Todavía la deseaba. Y aunque estuviera enfadada con él, el sentimiento era algo más que recíproco; a decir verdad, era más fuerte precisamente por su enfado y por su mar de emociones contradictorias.

Para Vanessa, el sexo siempre había sido una historia de ramos de rosas y encuentros románticamente perfectos. Aquello no se parecía a los encuentros que había imaginado, pero le encantó.

Deseaba a Lázaro con todas sus fuerzas. Lo deseaba entero. Hasta el último centímetro de su piel.

Lentamente, le empezó a desabrochar la camisa. Después, le pasó un dedo por el pecho, que estaba ardiendo, y sintió un estremecimiento de pura excitación.

Era como si se hubiera despertado una parte de su propio ser, una parte que había permanecido dormida y que liberaba el deseo de vivir la vida de otra forma, con mucha más intensidad que hasta entonces.

Curiosamente, se sintió más libre que nunca.

Su existencia había sido una obsesión permanente por tomar las decisiones correctas y más beneficiosas para los Pickett. Pero ahora, en cambio, no deseaba otra cosa que acostarse con Lázaro Marino.

–Vamos arriba –dijo ella.

Él la miró con tanta sorpresa como deseo.

–¿Estás segura?

Ella clavó la vista en sus ojos y asintió.

–Estoy completamente segura.

–No me gusta que jueguen conmigo, Vanessa.

–No estoy jugando contigo, Lázaro.

–Entonces, dime lo que quieres.

–Te quiero a ti –susurró.

–Más. Dime más.

–Quiero... yo quiero... –empezó a decir con timidez.

–¿Sí?

–Quiero tus manos, tu boca, tu sexo, te quiero a ti. Quiero hacer el amor contigo. Ahora, esta misma noche.

Capítulo 8

EL MOMENTO había llegado.

Aquella noche, Vanessa Pickett iba a ser suya. Por fin podría satisfacer el deseo ardiente que le había quitado el sueño desde que se habían conocido.

Soltó un gemido profundo y la atrajo hacia él, besándola, devorándola, deseando apretarla contra la pared y tomarla allí mismo. Era muy tentador. Y habría sido fácil. Solo tenía que subirle el vestido por encima de las caderas.

Sin embargo, se apartó de ella y pulsó el botón del ascensor. Por muy desesperadamente que la deseara, no quería hacerle el amor en un lugar público. Sabía que Vanessa había sido sincera al decir que ese tipo de cosas le daban vergüenza.

Lázaro seguía sin estar seguro de que su sentimiento de humillación no se debiera al hecho de tener que casarse con él, un hombre de clase social baja, un trabajador. Quizás lamentaba perder al aristócrata que su padre había elegido para ella. Pero por otra parte, era consciente de que Vanessa siempre había mantenido sus relaciones amorosas en el mayor de los secretos; lo cual parecía indicar que entendía el amor como algo exclusivamente privado.

Cuando las puertas del ascensor se abrieron, sintió una necesidad tan intensa de protegerla que le sorprendió.

Lázaro pulsó el botón del ático inmediatamente, decidido a no perder más tiempo del necesario. Después, contempló el rubor de sus mejillas y pensó que aquello ya no tenía nada que ver con su venganza personal contra los Pickett.

Vanessa le importaba de verdad. No la quería humillar. Solo quería darle placer y borrar de su pensamiento cualquier cosa que no fuera el deseo de dar y de recibir placer.

Momentos más tarde, salieron al enorme salón del ático del edificio. Lázaro la volvió a tomar entre sus brazos y ella le volvió a poner las manos en el pecho mientras sus bocas se encontraban otra vez.

Vanessa ya no pensaba; se limitaba a sentir.

Lo demás carecía de importancia.

Quería a Lázaro y estaba a punto de tenerlo. A lo largo de su vida, había renunciado a demasiadas cosas por culpa de un concepto equivocado de la corrección y el decoro. Lázaro era una de ellas.

Pero se había cansado de renunciar.

Había llegado su momento. Iba a satisfacer la necesidad, el hambre, el deseo que había ido creciendo en su interior.

Se sentía como si hubiera despertado de un sueño en el que se había limitado a seguir andando por inercia, sin disfrutar realmente de la vida. Pero tenía que haber algo más que la frustración, la angustia y el estrés.

Y lo había.

Aquello era diferente. Aquello era suyo.

Lázaro era suyo.

Le pasó las manos por el pecho y sintió la tensión de sus músculos. Lázaro la había acusado de jugar con él. Y tal vez fuera cierto, tal vez había jugado con él, pero no más de lo que había jugado con ella misma.

Durante doce años, se había torturado con el recuerdo de Lázaro y con lo que podría haber ocurrido en otras circunstancias.

Sin embargo, el tiempo de las lamentaciones había pasado.

Y el de los juegos.

El primer paso fue el más difícil para ella. Sus dedos temblaron ligeramente cuando le desabrochó el botón superior de la camisa. Pero el segundo fue más fácil y se llevó por delante sus dudas y sus nervios.

Por fin, le quitó la camisa y la dejó caer. Él no se movió; se quedó inmóvil ante ella, con aquellos músculos perfectamente definidos, casi una estatua de bronce. Estaba tan guapo que sintió el deseo de hacerle una fotografía para atesorar el momento.

Llevó las manos a su cintura, respiró hondo y le desabrochó el cinturón de los pantalones. Ahora se sentía dominada por la necesidad de desnudarlo y de verlo entero, sin el obstáculo de la ropa. Había imaginado muchas veces su cuerpo, el que había alimentado sus fantasías desde su adolescencia, y no estaba dispuesta a esperar ni un segundo más.

Le bajó los pantalones y los calzoncillos con un movimiento rápido y él se los quitó de encima sin apartar la vista de sus ojos.

Lázaro tampoco se movió entonces. Siguió como

estaba, quieto, desnudo y completamente excitado en mitad del salón, con una seguridad que contribuyó a aumentar la confianza en sí misma de Vanessa.

Por primera vez en su vida, no le preocupaba si lo que estaban a punto de hacer era correcto o incorrecto.

Vanessa bajó las manos hacia el sexo de Lázaro, pero no se atrevió a tocarlo. Él cerró los ojos un momento y la guio hacia su erección.

Cuando cerró los dedos sobre ella, se quedó sin aire. Era suave y estaba increíblemente caliente y dura, en una demostración indiscutible de lo mucho que la deseaba.

Vanessa se estremeció y le empezó a masturbar, primero con delicadeza y después, con más fuerza. Él soltó un gemido de placer y ella comprendió que se había despojado de los últimos restos de refinamiento y que ahora era simplemente un hombre.

Un hombre que despertaba su deseo femenino y la volvía loca con la necesidad perentoria de tenerlo.

–Llevas demasiada ropa, querida –dijo él.

Vanessa sintió que le bajaba la cremallera del vestido y que lo dejaba caer a sus pies, dejándola sin nada más que los zapatos de aguja y la ropa interior.

En otro momento, se habría sentido incómoda o avergonzada. Pero no fue el caso.

Porque veía el deseo en sus ojos y era un deseo idéntico al suyo.

Y se sentía poderosa. Poderosa y excitada.

–Bésame –ordenó Vanessa.

–Un momento...

Lázaro le desabrochó el sostén y se lo quitó.

–Oh, eres preciosa...

Cerró la mano sobre uno de sus senos y le acarició el pezón. Ella soltó un grito ahogado y contempló la piel oscura de Lázaro contra su piel clara. Luego, él la besó en el cuello y empezó a bajar hacia el mismo sitio que había estado acariciando.

–Lázaro...

Lázaro le succionó el pezón y Vanessa se aferró a sus hombros, presa de una súbita debilidad.

Al cabo de unos momentos, él se arrodilló y le bajó las braguitas. Vanessa cerró los ojos y se limitó a concentrarse en sus besos y en el contacto de sus manos, que descendieron por sus piernas.

Al llegar a los pies, le quitó los zapatos y los dejó junto al resto de la ropa.

–Siéntate, Vanessa.

Ella echó un vistazo a su alrededor y se fijó en el sofá, de terciopelo. Por un momento, había olvidado dónde estaban. Todo se había vuelto irreal; todo excepto Lázaro.

Se sentó en el sofá sin saber lo que pensaba hacer con ella, pero con la seguridad absoluta de que sería una experiencia satisfactoria.

–He soñado mucho con esto. Contigo –Lázaro se arrodilló frente a Vanessa–. He soñado con el aspecto que tendrías y con el sabor que tendrías.

A continuación, le dio un beso en la cara interior del muslo y tiró de ella para que se acercara al borde del sofá.

Vanessa temblaba de excitación, por dentro y por fuera. La curiosidad y el deseo habían borrado cualquier asomo de vergüenza porque aquello no tenía nada que ver con la vergüenza, sino con la necesidad.

Con la necesidad de tener a Lázaro.

Le acarició el cabello mientras él besaba sus muslos y ascendía poco a poco. Al llegar a su sexo, Lázaro lo lamió.

Fue indescriptible. Vanessa sentía que algo iba creciendo en su interior y la acercaba al orgasmo. Entonces, él le soltó las caderas, le introdujo un dedo y lo empezó a mover hacia dentro y hacia fuera sin dejar de lamerle el clítoris.

La tensión que había estado creciendo, estalló de repente y en oleadas.

Cuando se recuperó, Lázaro se sentó junto a ella en el sofá y la acarició con dulzura.

–¿Estás bien?

Ella asintió. No tenía fuerzas para hablar.

Lázaro la tumbó y se puso encima. Vanessa separó las piernas para facilitarle el acceso y esperó el momento que tanto había deseado, el momento en que la penetrara.

Pero justo entonces, cuando ya sentía la presión de su pene, él se levantó.

–¿Qué pasa? –preguntó.

–El preservativo...

Vanessa recordó que la búsqueda del preservativo había sido la causa de que doce años antes se detuvieran. Pero ahora no se iba a detener. No podía. Quería tener a Lázaro. Quería que fuera suyo. Porque los dos lo necesitaban. Porque ella lo necesitaba.

El corazón se le detuvo un instante cuando Lázaro volvió a su lado. Acababa de entender el motivo por el que se había negado a acostarse con otros hombres.

No lo había hecho por timidez virginal, como pensaba de vez en cuando; ni por la perspectiva de su matrimonio con Craig. Había sido por Lázaro; porque, en el fondo de su corazón, lo había estado esperando todo el tiempo.

Al pensarlo, se dijo que quizás había cometido una estupidez. Pero siempre había querido a Lázaro. No se contentaba con menos. Y aquella noche, Lázaro le estaba ofreciendo mucho más de lo que había imaginado en la más alocada de sus fantasías.

–Gracias –declaró Vanessa.

–¿Por qué?

–Por acordarte del preservativo. Yo me habría olvidado.

Vanessa no podía haber sido más sincera. Estaba tan concentrada en sus atenciones que lo había olvidado por completo. Y con matrimonio o sin él, no quería quedarse embarazada en ese momento, con Pickett Industries en una situación insostenible.

Pero no quería pensar en la empresa.

Pasó los brazos alrededor de su cuello y le besó. Lázaro se volvió a poner encima de ella y la penetró con fuerza mientras Vanessa intentaba concentrarse en el placer y olvidar el vago e insistente dolor de fondo.

Por suerte, el dolor desapareció al cabo de unos segundos, completamente enterrado bajo un placer cada vez más intenso. Él la besó en el cuello y bajó la cabeza para succionarle los pezones sin detener sus acometidas. Ella se arqueó hacia arriba y siguió su ritmo, bloqueando su mente a cualquier cosa que no fuera el clímax que se acercaba.

Los movimientos se volvieron más rápidos y duros. Era evidente que él estaba a punto de perder el control, así que Vanessa se abandonó al orgasmo. Y casi al mismo tiempo, Lázaro se deshizo en ella.

Permanecieron inmóviles y abrazados durante unos minutos. En ese momento, no importaba nada más. Aquello era la realidad y el resto de las cosas, la fantasía.

Por fin, Lázaro se levantó para ir al cuarto de baño. Cuando regresó, la miró con una expresión extraña y empezó a decir:

—Vanessa...

—No —lo interrumpió ella—. Si quieres hablar, te prometo que hablaremos por la mañana. Ahora solo quiero... dormir.

—Está bien.

Lázaro volvió al sofá, se tumbó junto a ella y la abrazó con fuerza.

Vanessa apoyó la cabeza en su hombro y cerró los ojos.

Los rayos del sol entraban por la ventana e iluminaban el salón del ático y el cuerpo perfecto de Vanessa. Mientras Lázaro la admiraba, pensó en las fantasías que había creado durante años. No sabía cómo era su cuerpo ni qué aspecto tenía cuando llegaba al orgasmo ni qué se sentía al acariciar su piel, de modo que se lo había imaginado.

Pero la Vanessa real superaba largamente sus fantasías. Era mucho mejor que la mujer de su imaginación. Era un pedazo de paraíso. La perfección femenina personificada en todas sus curvas, desde sus senos hasta sus piernas, pasando por su olor.

Y le había dejado completamente saciado.

Todavía estaba admirando su cuerpo cuando ella se arqueó contra él y abrió los ojos. Pero la situación la debió de incomodar, porque se ruborizó de repente, se levantó del sofá y preguntó con nerviosismo:

–¿Dónde está mi ropa?

–Por ahí...

–¿Podrías hacer el favor de dejar de mirarme?

–¿Por qué? Ya te he visto, Vanessa. Te he visto mucho.

–Por favor... –le rogó.

Él asintió y giró la cabeza hacia la ventana, aunque tuvo que hacer un esfuerzo.

–Te comportas como si jamás te hubieras encontrado en esta situación.

El silencio de Vanessa fue tan explícito que Lázaro lo comprendió al instante y la volvió a mirar. Estaba de pie, mordiéndose el labio inferior y apretando el vestido contra su cuerpo desnudo.

–¿Es tu primera vez?

En lugar de contestar, Vanessa contraatacó con otra pregunta.

–¿Te has acostado con muchas mujeres?

Él arqueó una ceja, sorprendido.

–¿Cómo?

–Es una pregunta bastante grosera, ¿verdad?

–No, no es grosera. Solo extraña e inútil.

–Pues, si te parece extraña e inútil, comprenderás que tu pregunta me parezca lo mismo –razonó ella.

–No sé...

–¿No sabes si debo contestar a tu pregunta?

–No. No sé con cuántas mujeres me he acostado.

Vanessa frunció el ceño.

–Ah.

Lázaro no intentaba ofender a Vanessa ni jactarse de sus conquistas. Se había limitado a decir la verdad porque no esperaba que formulara una pregunta como esa. Y, por su expresión, era evidente que la había decepcionado.

–Yo ya he contestado a tu pregunta. Ahora te toca a ti.

Ella lo miró a los ojos.

–Sí. Es mi primera vez.

Lázaro tardó unos segundos en reaccionar.

–Pero... ¿cómo es posible? Siempre creí que habías perdido tu virginidad antes de que nos conociéramos.

–Pues te equivocaste.

–No lo entiendo, Vanessa. ¿Por qué te has mantenido virgen?

–¿Y tú? ¿Por qué eres incapaz de recordar con cuántas mujeres te has acostado?

Lázaro podría haberle confesado que no las recordaba porque no habían significado nada para él, porque solo las utilizaba para olvidarla a ella. Pero en lugar de decirle la verdad, se encogió de hombros y dijo:

–Porque soy un hombre rico, Vanessa. Y cuando eres rico, nunca faltan mujeres que están encantadas de acostarse contigo.

Ella soltó un suspiro.

–Y supongo que ahora tendré que decirte algo más de mí, ¿no es cierto?

Lázaro asintió.

–Sí. Este juego es así. Confesión por confesión.

–Está bien... Me mantuve virgen porque, además de la obsesión de mi padre por espantar a mis pretendientes, necesitaba a un hombre que me quisiera por mí misma, no por el dinero de Michael Pickett ni por la posición social de mi familia.

–¿Y no lo encontraste?

–No.

Ella apartó la mirada.

–Conmigo no habrías tenido ese problema. No quería ni tu dinero ni tu posición.

–¿Solo querías sexo?

Lázaro se volvió a encoger de hombros.

–Tenía dieciocho años por entonces, Vanessa. Y a los adolescentes, solo les importa una cosa... –respondió–. Sí, solo quería sexo.

–Pero ya no. Ahora quieres mis contactos.

–Las cosas cambian.

Ella asintió.

–¿Podrías darte la vuelta y dejar de mirarme otra vez? Si me sigues mirando, tendré que salir de la habitación.

Lázaro hizo caso omiso.

–Dime una cosa, Vanessa... ¿por qué te has acostado conmigo?

Vanessa lo miró con seriedad.

–Cuando lo sepa, te lo diré.

Solo entonces, él se dio la vuelta y se dedicó a contemplar las vistas para que ella no se sintiera tan incómoda.

Desconocía el motivo, pero tenía una extraña presión en el pecho.

Capítulo 9

DÓNDE te habías metido?

Vanessa entró en el ático después de toda una tarde de dar paseos por Buenos Aires y de hacer fotografías. Le dolían los pies de tanto caminar, pero necesitaba alejarse de él y dejar de pensar en lo sucedido.

—He estado por ahí.

—¿Por dónde? —preguntó, muy serio.

—Eso no es asunto tuyo.

—Por supuesto que lo es.

—No, Lázaro. Es mi vida.

—Puede que sea tu vida, pero vas a ser mi esposa y tengo derecho a saber a qué dedicas tu tiempo.

Vanessa, que se dirigía al dormitorio, se detuvo y lo miró con cara de pocos amigos.

—No te pertenezco, Lázaro. Un matrimonio no es un contrato de propiedad.

—Ni yo he insinuado que lo sea.

Ella frunció el ceño.

—Pero lo es para ti, ¿verdad? Me quieres como objeto brillante para enseñar. Como la prueba de tu éxito. La oportunidad de gritarle al mundo que, contra todo pronóstico, lograste llegar a lo más alto... Muy bien, haz lo que quieras. Pero me voy a casar contigo porque no tengo más remedio. Recuérdalo bien.

Con los ojos inyectados en lágrimas, Vanessa se dirigió a la puerta corredera de la terraza, que abrió. Después, salió al exterior, se apoyó en la barandilla e intentó dominar su tristeza y su desesperación.

No podía permitir que las palabras de Lázaro la afectaran tanto. Aunque, en más de un sentido, estaba peligrosamente cerca tener razón.

En realidad, Vanessa no creía que la quisiera como objeto; pero Lázaro tenía poder sobre sus emociones y ella no lo tenía sobre las de él. Además, tampoco se hacía ilusiones sobre su relación. Solo le gustaba su cuerpo. El sexo. Y cuando la atracción física desapareciera, se encontraría casada con un hombre que no estaba enamorado de ella.

Apretó los dientes y se preguntó por qué, entre todos los hombres posibles, se sentía atraída por Lázaro Marino.

Cerró los ojos e imaginó un día de doce años atrás, con el sol calentando su piel y la sonrisa de un chico que significaba mucho para ella. Su relación no había sido real ni siquiera entonces. Había sido una fantasía a la que seguía ridículamente aferrada.

Pero en cualquier caso, Lázaro era el único hombre que despertaba su pasión. No había mentido al afirmar que le había estado esperando.

–Anoche no te obligué a acostarte conmigo. No tuvo nada que ver con nuestro acuerdo ni con el futuro de Pickett Industries. Terminamos en la cama porque quisiste.

Vanessa se giró y vio que Lázaro la miraba con ira.

–No terminamos en la cama, sino en el sofá.

Lázaro hizo caso omiso del comentario.

–No te obligué a hacer el amor –insistió–. Lo hicimos porque tú lo deseabas.

A Vanessa le habría gustado negarlo, pero no pudo. No tenía el carácter necesario para mentir de un modo tan evidente.

–Me deseas, Vanessa.

Ella se mantuvo en silencio.

–Dime que me deseas –continuó él.

Vanessa tragó saliva y se alejó un poco. Lázaro la siguió, le puso una mano en la curva de la cintura y le apartó el pelo de la cara.

–Dime que me deseas –volvió a decir.

En ese momento, Vanessa se dio cuenta de que necesitaba oírlo de verdad. La armadura de Lázaro era demasiado fuerte como para que sus palabras la atravesaran, pero, por lo visto, no tanto como para hacerlo inmune.

Aquello le sorprendió. Siempre había pensado que Lázaro era invencible; un hombre con el poder y la libertad necesarias para hacer lo que le viniera en gana; un hombre que vivía la vida plenamente.

–Me deseas, Vanessa –afirmó–. Me deseas.

–Sí –admitió en un susurro.

–Y ahora no se trata del dinero ni de lo que yo puedo hacer por la empresa de mi familia, ¿verdad?

Ella sacudió la cabeza.

–No, no se trata de eso.

Lázaro llevó una mano a la cremallera del vestido y se la bajó de repente, dejando desnuda su espalda. Vanessa se excitó al instante, pero relajó los hombros y permitió que el vestido cayera al suelo y que la brisa le acariciara la piel.

Aunque seguían en la terraza, el ático estaba tan alto que nadie los podía ver. Y aunque alguien los pudiera haber visto, a Vanessa le habría dado igual.

Lázaro le pasó las dos manos por el estómago, en un movimiento sensual que la dejó casi sin fuerzas.

–No me acosté contigo ni por el dinero ni por la empresa... –Vanessa soltó un gemido al sentir que Lázaro le tocaba los senos–. Me acosté contigo porque te deseo.

Él la besó en el cuello y en los hombros, pero no era suficiente para ella. Sentía un calor entre las piernas cuya satisfacción exigía mucho más que unas cuantas caricias, pero necesitaba que él sintiera lo mismo.

Se dio la vuelta, apoyó la espalda en la barandilla y apretó los senos contra su pecho.

–Dime que tú también me deseas.

Él le apretó la erección contra el estómago.

–¿A ti qué te parece?

–Dímelo con palabras, Lázaro. Dime que me deseas a mí. No mi posición social ni mis contactos, sino a mí.

Los ojos de Lázaro se oscurecieron.

–Te deseo a ti.

–Pronuncia mi nombre. Necesito oírlo.

–Te deseo, Vanessa.

Ella suspiró.

–Oh, Lázaro...

Lázaro le dio un beso lleno de pasión ante el que ella respondió del mismo modo, sin inhibición alguna. Después, él la alzó en brazos y la llevó al interior del ático.

–Esta vez lo haremos en la cama –dijo.

Vanessa había evitado el dormitorio de Lázaro, y no por casualidad. Cuando miraba la enorme cama, su imaginación se desbordaba y terminaba por fantasear sobre lo que se sentiría al hacer el amor con él.

–¿Nerviosa?

–Sí, un poco –admitió.

Lázaro la dejó en la cama y ella se estremeció.

–¿Tienes frío?

–No.

Rápidamente, él se desabrochó la camisa y la arrojó al suelo. Vanessa no pudo hacer nada salvo contemplar la perfección de su cuerpo. Ya habían hecho el amor una vez, pero eso no significaba que hubiera dejado de intimidarla. Era un hombre con mucha experiencia, un hombre fantástico en la cama. Y no se sentía a su altura en ese sentido.

–No, es que...

–¿Sí?

–Es que no sé si puedo competir con el recuerdo de las muchas mujeres con las que te has acostado –le confesó.

Lázaro la tomó de la mano y la besó con dulzura.

–Tengo un buen motivo para no acordarme de ellas, Vanessa... que nunca me importaron. Y no son ellas las que están en la cama conmigo, sino tú. Cuando te miro, sé que tú eres la única mujer que me interesa.

Vanessa se dijo que, por el momento, se contentaría con aquellas palabras y se negaría a preguntarse si él sentía lo mismo por ella. Se limitaría a quedarse con su deseo y a disfrutar del presente.

Lázaro se quitó el resto de la ropa y se tumbó a su lado. Luego, mientras él le bajaba las braguitas, Vanessa se liberó de los zapatos y los arrojó lejos, ansiosa por quitarse de encima los últimos obstáculos. Y cuando la volvió a tomar entre sus brazos, ella cerró los ojos e inhaló su aroma con placer, porque Lázaro Marino era todo lo que había deseado y mucho más. Era el único hombre al que deseaba.

En su excitación, dejó a un lado sus antiguos temores y se atrevió a acariciarle los bíceps, el pecho y el estómago. Entonces, él le introdujo una mano entre las piernas y ella se quedó muy quieta, asombrada con el efecto de sus caricias.

El orgasmo llegó deprisa y fue intenso, con oleadas de sensaciones que le tensaron los músculos internos.

–Me encanta mirarte cuando llegas al clímax –susurró él.

Ella soltó una risita.

–No puedo pensar en nada cuando me haces eso...

–En tal caso, lo estoy haciendo bien.

Vanessa pensó que lo estaba haciendo mucho mejor que bien. Pero no tuvo tiempo de decir nada, porque Lázaro se apartó un instante, abrió un cajón de la mesita de noche y sacó un preservativo.

Unos segundos después, volvía a estar dentro de ella. Llenando su cuerpo y regalándole una fricción tan delicada que superaba el placer del orgasmo que acababa de tener.

Vanessa se concentró en las sensaciones y se dejó

arrastrar por ellas hasta la descarga feroz que la dejó sin aire. Se sentía como si, de repente, no pesara nada. Como si él y ella fueran los únicos seres del universo.

Fue vagamente consciente del momento en que Lázaro llegó a su propio orgasmo. Y, más tarde, cuando yacían inmóviles, recuperándose del esfuerzo, le pasó un dedo por la mejilla y declaró en voz baja:

—Es curioso. Pareces distinto, pero eres el de siempre.

—¿En serio?

Ella asintió.

—Sí. Has madurado en todos sentidos y tu nariz... por cierto, ¿qué te pasó en la nariz? —preguntó con curiosidad.

—Que me la rompí.

—No me digas —ironizó.

Lázaro se apartó súbitamente de ella.

—El otro día mencionaste que tu padre siempre se ha encargado de alejarte a los pretendientes. Pues bien, mi nariz es una prueba permanente de su obsesión.

Capítulo 10

VANESSA tuvo la sensación de que le habían sacado todo el aire de los pulmones. Las palabras de Lázaro no admitían duda alguna.

Se preguntó cómo era posible que fuera cierto, pero supo que era cierto. Porque lo explicaba todo. Explicaba la animosidad de Lázaro cuando hablaba de los Pickett y, particularmente, de su padre.

Hasta entonces, había creído que solo estaba enfadado con la vida en general. Pero no era así. Estaba enfadado con ellos, con su familia.

—¿Qué pasó?

En realidad, Vanessa no quería saber lo que había pasado. Habría preferido taparse la orejas y esconderse debajo de las sábanas.

—Dímelo tú.

—¿Yo?

—Por supuesto, Vanessa. ¿Es que nunca te preguntaste por qué desaparecí de un modo tan repentino? ¿No te preguntaste por qué no me volviste a ver? ¿No te preguntaste por qué se había ido mi madre?

—Sí, claro... claro que me lo pregunté.

Él sacudió la cabeza.

—¿Y a qué conclusión llegaste?

–Bueno... pensé que te habías marchado porque yo me había negado a acostarme contigo –respondió.

Lázaro le dedicó una sonrisa sin humor alguno.

–Vaya, parece que nos conocíamos muy poco.

–¿Qué quieres decir?

–Tú pensaste eso y yo pensé que me habías rechazado porque no era de tu clase social.

–No, no fue así... Sencillamente, me acababas de dar mi primer beso y no estaba preparada para saltar directamente a la cama.

–Lo siento, Vanessa. Dije cosas que no debería haber dicho. Creí que estabas jugando conmigo; que te gustaba para coquetear, pero nada más.

Ella sacudió la cabeza.

–No estaba jugando contigo. Pero reconozco que me preocupaba lo que la gente pudiera pensar si me descubrían.

–Si te descubrían conmigo...

–No, con cualquiera. Sin embargo, tú siempre has conseguido que pierda el control. Y, a veces, me da miedo.

Se quedaron en silencio durante unos segundos interminables. De haber podido, Vanessa habría seguido así, sin decir nada; pero no podía. Tenía una pregunta importante, que todavía no había formulado.

–¿Qué te hizo mi padre?

–No me lo hizo él, es decir, no me lo hizo en persona. Michael jamás se habría manchado las manos con algo así. Siempre tuvo un grupo de individuos que se encargaba de solucionarle los problemas engorrosos.

–¿Los problemas engorrosos?

–Sí, el trabajo sucio.

–No te entiendo...

Lázaro se puso tenso.

–No hay mucho que entender, Vanessa. Yo había cometido el pecado de tocar a su maravillosa hija.

–¿Y qué te hicieron?

–Aquella noche, cuando me marché de la casita de invitados, estaba tan nervioso que me fui a la ciudad. Los hombres de tu padre me siguieron... prefiero ahorrarte los detalles, pero cuando recobré la consciencia, estaba tumbado en un callejón y tenía la nariz rota y un montón de problemas.

Vanessa se quedó pálida.

–¿Te pegaron una paliza? ¿Mi padre ordenó que te pegaran una paliza?

–Ah... así que no lo sabías.

Ella se llevó una mano al estómago. Sentía náuseas.

–¿Pensaste que yo lo sabía? ¿Que yo...?

–Tu padre tiene una forma muy contundente de expresar sus opiniones. Y, en aquella época, pensé que tú podías tener la misma.

–Yo jamás habría...

–Lo sé. Hace tiempo que llegué a esa conclusión –la interrumpió.

Vanessa se sintió aliviada.

–Como te dije, tu padre nos echó de la propiedad de tu familia –continuó Lázaro–. Pero me temo que hizo algo más.

–¿Más?

–Se aseguró de que nadie nos diera trabajo y de

que nos desahuciaran del piso donde vivíamos. De la noche a la mañana, mi madre y yo nos encontramos en la calle. A veces teníamos un lugar donde dormir... y, a veces, no –explicó con tristeza–. Al final, la salud de mi madre se resintió mucho.

–Dios mío... –la voz de Vanessa se quebró–. Sabía que mi padre era un hombre duro y dominante, pero jamás habría imaginado... jamás habría pensado que fuera capaz de llegar tan lejos.

–Pues lo es.

–Cuando empecé a trabajar en Pickett Industries, había un hombre que estaba interesado en mí. Mi padre insistió en que no saliera con él con el argumento de que era un simple empleado. Y yo hice lo que me pidió. No quería estar con nadie que no contara con la aprobación de Michael. Pero no sabía que fuera tan... tan horrible.

Vanessa se sentía como si su mundo se estuviera derrumbando a su alrededor y el viento arrastrara los restos.

Había protegido el legado de su padre a un precio muy alto; al precio de renunciar a sus sueños. Y lo había hecho tan bien, con tanta eficacia, que ya ni siquiera se acordaba de lo que había querido ser.

Y ahora resultaba que su padre era un cobarde y un delincuente.

Porque sabía que Lázaro le estaba diciendo la verdad; una verdad espantosa, que se extendía por su organismo como un veneno, pero la verdad.

–Sin embargo, sobreviví –la voz de Lázaro sonó más dura que nunca–. Incluso hice mucho más que sobrevivir. No necesito que sientas lástima de mí.

–No siento lástima.

Era cierto. No podía sentir lástima de un hombre como Lázaro Marino. Era demasiado fuerte y orgulloso para despertar ese tipo de sentimientos.

Pero se sentía traicionada.

Traicionada por la sangre de su sangre, por el hombre cuyo legado había jurado preservar a toda costa, por un hombre que no había dudado en arruinar la vida de otras personas con tal de salvar su visión del mundo.

Y odió a su padre con todas sus fuerzas.

–Es agua pasada, Vanessa. Lo único que lamento es que mi madre viviera sus últimos días en la pobreza, sin tener las cosas que habría merecido... Pero, por otra parte, fue un momento decisivo en mi existencia.

Vanessa no dijo nada. Le dejó hablar.

–Entonces, me di cuenta de que debía seguir adelante y llegar a lo más alto, aunque solo fuera para aplastar a los hombres como tu padre.

Por su tono de voz, Vanessa supo que se había equivocado al pensar que Lázaro estaba dominado por la vanidad. No había comprado las acciones de Pickett Industries por regodearse en su éxito, sino por un sentimiento más profundo.

Buscaba venganza.

Y la estaba utilizando para buscar venganza.

–Anda, vuelve a la cama conmigo –dijo él.

Vanessa no supo qué hacer. Por una parte, le comprendía mejor que nunca; por otra, se resistía a ser un peón en su juego.

Habría preferido que las cosas fueran más sencillas, que Lázaro solo fuera un hombre ambicioso, que no tuviera un buen motivo para iniciar aquella cruzada personal contra los Pickett. Pero las cosas eran complicadas; tanto, como la combinación de emociones contradictorias que la dominaban en ese instante y que casi no le dejaban respirar.

–No sé. Quizás debería marcharme...

–No, vuelve a la cama conmigo. Tienes que dormir un poco. Recuerda que mañana volvemos a Estados Unidos.

Ella asintió.

Estaba agotada. Y como estaba agotada y necesitada de sentirse entre sus brazos, se metió en la cama con él.

Lázaro acarició su cuerpo suavemente, sin más intención que tranquilizarla.

Vanessa cerró los ojos y, antes de quedarse dormida, se preguntó cómo era posible que un hombre tan lleno de rabia, un hombre que la estaba utilizando abiertamente, le hiciera sentirse más querida y más deseada que nadie.

Volver a Boston fue volver a la realidad.

Lázaro estaba muy ocupado y ella tenía un montón de papeleo en el trabajo porque los fósiles que seguían en Pickett Industries desconocían la posibilidad de enviar documentos por correo electrónico.

Su despacho se convirtió, una vez más, en su hogar; y su vida privada volvió a desaparecer, si es que alguna vez la había tenido. Pero eso no era tan terrible como acostarse sola. Echaba de menos a Lázaro.

Por suerte, aquella noche se iban a ver. Después del trabajo, la iba a llevar a una gala benéfica que históricamente se reservaba a un grupo social de lo más selecto. Los Pickett siempre estaban en la lista de invitados y, como se había corrido la voz de que Vanessa se iba casar con Lázaro, también lo invitaron a él.

Por lo visto, su acuerdo matrimonial empezaba a tener consecuencias. Lázaro se estaba abriendo paso en la alta sociedad.

Mientras pensaba en ello, sonó el timbre del intercomunicador.

—¿Sí?

—Tu padre está aquí —le informó su secretaria—. Quiere verte.

Vanessa tragó saliva.

—Está bien. Dile que pase.

Michael Pickett entró en el despacho con expresión sombría. Su cara era la viva imagen de la desaprobación.

—¿Has estado de vacaciones?

—Sí, me he tomado unos días para estar con mi futuro esposo —respondió, restando importancia al asunto.

—¿Te lo puedes permitir?

—Si quiero que mi matrimonio sea un éxito, sí.

—Ya. Pero seguro que no me has llamado para hablar de tu relación con Lázaro Marino, ¿verdad?

—No. Te he llamado por otra cosa.

Vanessa se levantó y apoyó las manos en la mesa con la esperanza de que el gesto irradiara la confianza que ella no sentía.

–Sé lo que le hiciste a Lázaro.

Su padre ni siquiera parpadeó.

–Me lo imaginaba.

–Eres un canalla sin sentimientos.

–Lo hice por ti, Vanessa; lo hice para evitar una situación como la que sufres ahora... para impedir que te casaras con un hombre inferior a ti.

–¿Inferior a mí? ¿Crees que es inferior porque no nació rico? –preguntó, incapaz de creer lo que estaba oyendo–. Lázaro es mejor persona de lo que tú serás nunca. Y tú lo sabes. Haces lo posible por aplastar a los hombres como él porque tienen algo que no tienes. Es brillante. Sabe resolver problemas. Hasta es posible que sepa arreglar el desastre de la empresa donde estamos ahora.

Michael Pickett la miró con frialdad.

–¿Me has llamado sin más intención que la de darme una conferencia llena de moralina apasionada? ¿O tienes algo serio que decir?

–Tengo algo que decir.

–Entonces, no me hagas perder el tiempo.

–Te asegurarás de que Lázaro entre en la alta sociedad con tus bendiciones personales –le ordenó–. Porque, si no lo haces, dejaré que este lugar se derrumbe. O mejor aún, lo derrumbaré yo misma, ladrillo a ladrillo.

–Insolente. Desagradecida...

–No creo que comprendas bien la situación, papá. Entre Lázaro y yo tenemos mayoría absoluta en el accionariado. Tú ya no tienes el poder. Y no puedes acudir a tus viejos amigos de la empresa, porque ahora están del lado de Lázaro.

–¿Serías capaz de desmantelar el legado familiar? ¿El que tanto significaba para tu hermano? ¿El que él habría hecho florecer?

–¿Por el hombre al que amo? Sin dudarlo un segundo –respondió.

Hasta que pronunció esas palabras, ni la propia Vanessa había sido consciente de que se había enamorado de Lázaro. Por él, era capaz de mover tierra y cielo. Por él, era capaz de enfrentarse a su padre.

–Lázaro ya no es el jovencito al que ordenaste que pegaran una paliza y dejaran medio muerto en un callejón. Y en cuanto a mí, ya no soy una adolescente... no voy a acatar órdenes sin pensar. Y Lázaro, por mucho que te disguste, no se va a ir.

Vanessa miró fijamente a su padre, esperando una reacción, pero la cara de Michael Pickett permaneció impasible y el silencio se extendió durante varios segundos.

–Muy bien. Me encargaré de que sea bien recibido entre la élite. A fin de cuentas, es mi futuro hijo político.

–En efecto. Lo es.

Su padre salió del despacho y la dejó con un dolor profundo en el alma y en los dedos, de apoyarse con demasiada fuerza en la mesa.

Había hecho lo que podía hacer. Ya no podía permitir que su padre se alzara con ninguna victoria, ni con respecto a su vida ni a la de Lázaro. Porque ahora sabía quién era en realidad; a quién había estado protegiendo y defendiendo durante años.

Todavía no se había recuperado del enfrentamiento

cuando su secretaria la volvió a llamar por el inter-comunicador.

—Sí, dime...

—El señor Marino ha enviado una limusina.

—¿Y el señor Marino está en esa limusina?

—Creo que no.

Vanessa se sintió decepcionada. Le había enviado un coche pero no estaba en él.

Sin embargo, se dijo que así era la vida con los hombres ricos y poderosos. Solo eran atentos con la gente cuando la gente servía a sus intereses.

No podía esperar nada más.

—De acuerdo. Bajaré enseguida.

Capítulo 11

LÁZARO sintió una punzada en el corazón cuando Vanessa entró en el salón de su casa de Beacon Hill.

Iba con su ropa de trabajo, unos pantalones de vestir y zapatos altos combinados con una chaqueta oscura y un top de color intenso. Se había recogido el pelo en una coleta y se había puesto carmín rosa pálido, perfecto para reuniones de negocios.

Pero se vistiera como se vistiera, siempre conseguía acelerarle el pulso. Y cuando no llevaba nada puesto, era peor.

La había echado de menos durante los días anteriores. Esperaba que la separación le ayudara a recobrar el control de sus propias emociones, pero era evidente que no había servido de nada. Se excitó en cuanto la vio.

—Tenía intención de pasar por casa para cambiarme de ropa y ponerme un vestido —dijo ella—. No sabía que querrías que nos viéramos aquí.

—No te preocupes por eso. Te he comprado un vestido.

Ella lo miró con asombro.

—¿Que me has comprado un vestido? ¿Para una

sola noche? Me parece completamente innecesario... tengo uno que me pensaba poner.

–Pues ya no lo necesitarás.

Lázaro había visto el vestido en un escaparate de Buenos Aires y había pensado que sería perfecto para ella. En cuanto pudo, se puso en contacto con el diseñador, le pidió uno de un color que creyó que le gustaría, y ordenó que lo enviaran a Boston para que llegara antes de la gala benéfica.

Era el tipo de vestido que debía tener.

Algo hecho exclusivamente para ella. Algo bonito y caro.

Porque Vanessa merecía todo lo que le pudiera dar.

–¿Por qué no me lo preguntaste antes?

–Porque quería que fuera una sorpresa.

El asombro de Vanessa se transformó en curiosidad.

–Está bien... enséñamelo.

Lázaro la llevó hacia el arco que separaba la cocina de la casa del salón y del comedor, que formaban un loft. Después, avanzó por un pasillo, abrió la puerta de su dormitorio y la invitó a entrar.

Al verla allí, tan delicada y bella, tan contrapuesta a la sobria decoración, Lázaro cayó en la cuenta de que había estado viviendo de forma muy espartana. Los tonos metálicos, negros y grises del dormitorio hacían que Vanessa pareciera fuera de lugar.

Pero nunca se había interesado por esas cosas. Sobre todo, porque Vanessa era la primera mujer que accedía a su habitación y la primera persona que había estado en su casa en mucho tiempo.

Ella avanzó hacia la cama y miró el vestido, que Lázaro había dejado sobre el edredón. Era de seda, de color rojo. E incluso se había tomado la molestia de comprarle unos zapatos de aguja a juego con la prenda.

Frunció el ceño y dijo:

—No sabía que fuera una gala apropiada para llevar vestidos rojos.

Él reaccionó con humor.

—Razón de más para que lleves uno.

—¿Para que destaque sobre las demás?

—Para que todo el mundo nos mire.

—¿Y crees que eso es bueno?

Lázaro se empezó a sentir frustrado.

—Sí. Quiero que se fijen en nosotros. Que sepan que estoy contigo.

Ella volvió a fruncir el ceño.

—Ah, comprendo.

—También te he comprado un chal. Está noche hará frío.

—Ya.

Lázaro salió de la habitación, visiblemente contrariado.

Vanessa examinó el vestido y el chal que estaba doblado junto a él. Era un regalo extraordinariamente íntimo, pero su prometido se lo había hecho de tal forma que parecía todo lo contrario.

Más que un vestido, cualquiera habría pensado que era un uniforme acorde a lo que Lázaro esperaba de ella esa noche. Quería asegurarse de que cumpliría fielmente su papel para que la gente no tuviera más remedio que mirarlos.

Para utilizarla a ella como símbolo de estatus social.

Y le pareció tan repugnante que se le hizo un nudo en la garganta.

—Oh, Lázaro...

Dolida, se preguntó qué diferencia había entre su padre y él. Sabía que, a diferencia de Michael, Lázaro jamás habría sido capaz de hacer daño a nadie. Pero eso no cambiaba los hechos. Ella solo era un objeto, una posesión.

Algo suyo.

Un símbolo rojo de su poder.

Levantó el vestido por las tiras de los hombros, finísimas, y admiró la delicadeza de la tela. No podía negar que se lo había buscado a pulso. Se había metido en la trampa sin ayuda de nadie y ahora era poco más que un trofeo, un accesorio que tendría que acatar los deseos de Lázaro en público para que pudiera ascender en la escala social.

Tenía lo que había aceptado tener. Pero en ese momento le pareció insoportable.

Con manos temblorosas, se quitó el top y los pantalones, los dobló lentamente y los dejó en la cama. Cuando ya estaba desnuda, volvió a alcanzar el vestido y se lo puso por encima mientras se miraba en el espejo.

Era tan ajustado y tan sexy que tuvo que retorcerse un poco para metérselo, aunque quedaba bastante más respetable con el chal por encima de los hombros.

Su situación no podía ser más difícil. De haber querido, no habría encontrado las fuerzas necesarias para alejarse de Lázaro; pero tampoco sabía si las tendría para quedarse e interpretar el papel que esperaba de ella.

Se volvió a mirar al espejo y tomó una decisión.

Si quería un espectáculo público, se lo daría. Y, si no le gustaba, peor para él.

El lugar estaba abarrotado de hombres y mujeres, la mayoría de los cuales había optado por vestirse de negro. Vanessa se sintió fuera de lugar. Era la primera vez que asistía a un acto público con una ropa completamente inapropiada. Pero a Lázaro le había encantado; se la había comido con los ojos cuando salió del dormitorio y no había dejado de tocarla desde que llegaron a la fiesta.

Suspiró y aceptó la copa de champán que le ofreció un camarero. Si el objetivo de Lázaro era que llamara la atención, lo había conseguido. Aunque algo más de lo que él pretendía, porque Vanessa se había negado a ponerse el chal.

Incómoda, intentó hacer caso omiso de las miradas que recibía.

Pero no todo el mundo la miraba a ella. Las mujeres miraban a Lázaro, que estaba imponente con su corbata roja y su traje negro a medida, que enfatizaba la fuerza de su fabuloso cuerpo. Además, no había perdido ni un ápice del carisma natural que tanto le había gustado a Vanessa a sus dieciséis años.

En el fondo, se sentía orgullosa de él y de todo lo que había conseguido.

—Lázaro... —dijo un hombre que Vanessa reconoció porque frecuentaba la casa de su padre–. Quería hablar contigo sobre lo que está pasando en Garrison Limited.

—¿En serio?

—Sí. Las cosas están algo complicadas. He pensado que tal vez podrías asesorarme sobre lo que podemos hacer.

—Llama a mi secretaria y pide una cita.

—Lo haré, pero... ¿podrías venir un momento? Me gustaría presentarte a mi socio.

Vanessa notó que Lázaro se ponía en tensión.

—Por supuesto –respondió, diplomático–. ¿Me sostienes la copa un momento, Vanessa? Vuelvo enseguida.

Lázaro le dio su copa de champán y se alejó. Vanessa se sintió completamente humillada. La escena le había recordado a la que había visto aquella noche en el museo de arte, antes de acercarse a él, cuando Lázaro dio su copa a una rubia que se encontraba a su izquierda como si fuera poco más que una camarera a su servicio.

Pero sabía que no era como aquella mujer.

Su caso era cien veces peor. Se había comprometido a casarse con Lázaro para que él pudiera utilizar su apellido y sus contactos. Cosas que no podía tener de otro modo. Y que seguramente habría preferido tener de otro modo si hubiera sido posible.

Al fin y al cabo, Lázaro odiaba a los Pickett. Todo aquello formaba parte de una venganza personal contra su padre. Pero, por mucho que Vanessa lamentara los pecados de Michael, no eran sus pecados. Nunca lo habían sido. Ella no había cometido más delito que el de enamorarse del hombre con quien se iba a casar.

Porque se había enamorado de él. Y él, a cambio, solo la quería como trofeo y como símbolo de estatus.

Se preguntó si sería capaz de soportar toda una vida de matrimonio en esas condiciones. Estaba acostumbrada a que la manipularan; su propio padre no había hecho otra cosa que manipularla con el recuerdo de Thomas para que hiciera lo que quería. Y Lázaro tenía más poder sobre ella que Michael. Porque tenía su corazón.

Sacudió la cabeza y se dijo:

–No.

No podría soportarlo.

No podía quedarse con Lázaro y contentarse con las migajas de su afecto, como mucho. Ella merecía más. Merecía lo que cualquier persona. Libertad e independencia para tomar sus propias decisiones.

Decisiones como la que ya había tomado.

Miró a Lázaro, que estaba enfrascado en una conversación con los dos hombres, y dejó las copas de champán en una mesa.

Luego, se dio la vuelta, salió del edificio y se dirigió al coche que los había llevado. En cuanto vio al chófer, le dijo:

–Necesito que me lleve.

–¿Vanessa?

Vanessa reconoció la voz que sonó al otro lado de la puerta. Era la voz de Lázaro y sonaba con un fondo de desesperación.

Cuando abrió, descubrió que se había soltado la corbata y abierto los botones superiores de la camisa.

–¿Dónde te habías metido?

–Me marché.

–Sí, eso ya lo sé. Te he estado buscando por todas partes. Empezaba a pensar que te había ocurrido algo malo –declaró con preocupación.

Lázaro la miró con detenimiento. Vanessa se había quitado el vestido y el maquillaje y se había puesto unos pantalones de pijama y una camiseta. Por el brillo de sus ojos y los restos de rímel en sus mejillas, supo que había estado llorando.

–¿Qué ha pasado, Vanessa? ¿Alguien te ha hecho daño?

Lázaro entró en la casa sin esperar invitación.

–No. Bueno... Sí.

–No te entiendo...

–Me he dado cuenta de una cosa.

–¿De qué?

Ella frunció el ceño.

–De que no me puedo casar contigo. De que no me quiero casar contigo.

Las palabras de Vanessa le causaron un dolor profundo. Lázaro se sintió como si le estuviera arrancando el corazón.

–Pero tenemos un acuerdo...

–Ya se nos ocurrirá otra cosa. No me quiero casar.

–¿Por qué, Vanessa? ¿Porque no te ha gustado que la gente te mirara esta noche y te viera conmigo? ¿Porque ese maldito vestido no es suficientemente bueno para ti? ¿Porque quieres un anillo de compromiso más grande? ¿Es eso?

–Lázaro...

–Basta –la interrumpió.

Lázaro estaba completamente desesperado. No estaba dispuesto a perderla. No por segunda vez.

–Te casarás conmigo, Vanessa.

Ella sacudió la cabeza.

–No. Ya no necesito dirigir Pickett Industries. Ya no me importa ni el legado de mi padre ni sus intereses económicos.

–¿Y qué pasará con los empleados de la empresa? ¿Qué pasará con sus puestos de trabajo? –le recordó.

–No pasará nada. Tú me sustituirás en el cargo.

–¿Y si ya no hay empresa?

Vanessa dio un paso atrás y se llevó las manos al pecho.

–¿Qué insinúas?

–He comprado más acciones.

A decir verdad, Lázaro no había dejado de comprar en ningún momento. Compraba siempre que se presentaba una buena oportunidad. Y se alegró de haber seguido con su costumbre, porque ahora tenía una carta extra en la manga.

–¿Cuándo?

Vanessa se había quedado atónita.

–Todo el tiempo. La valoración de la empresa está cayendo en picado y hay mucha gente que aprovecharía la situación si yo no me adelanto. Ahora tengo una mayoría más que suficiente en el accionariado de Pickett Industries. Y las perspectivas son tan malas que no me costaría convencer a la junta directiva para que venda la empresa y sus bienes.

–Pero no es posible...

–¿Por qué?

–Muchos de nuestros empleados llevan veinte años con nosotros. Si cierras la empresa, se quedarán sin trabajo y no podrán conseguir otro. Sabes perfectamente que las cosas están muy difíciles.

–La decisión es tuya, Vanessa.

–¿Mía?

–Si te niegas a casarte conmigo, perderán sus empleos.

Lázaro dio media vuelta y se alejó de ella.

Sabía que la estaba extorsionando, pero no encontraba otra solución. No la podía perder. La necesitaba.

En cuanto a Vanessa, fue como si la tierra se abriera bajo sus pies. Había pensado que podía vender su casa, cortar los lazos con su familia y marcharse lejos. Dejar de ser una Pickett y empezar a ser, simplemente, ella misma.

Incluso había considerado la posibilidad de retomar sus sueños de juventud y empezar a estudiar fotografía.

Pero su fantasía se había hundido por completo, aplastada por la realidad del hombre que había llamado a su puerta esa noche.

Pensó en todas las familias que perderían sus puestos de trabajo. Cientos de personas, hombres y mujeres que, en algunos casos, llevaban tanto tiempo en Pickett Industries que no tenían más experiencia laboral.

Le pareció profundamente injusto.

Injusto para ella e injusto para ellos.

–¿Por qué no puedes dejarme en paz? –preguntó en voz baja.

Lázaro pensó que todo habría sido más fácil si hubiera podido dejarla en paz, pero no podía. Llevaba doce años esperando a Vanessa y no la iba a perder.

Mientras esperaba una respuesta, que no llegó, ella se cruzó de brazos y comprendió que estaba atrapada. Ya no se trataba del legado de su familia ni de su propia independencia, sino del futuro de sus trabajadores.

–Lázaro...

Lázaro se dio la vuelta.

–¿Sí?

–Está bien, me casaré contigo.

Él la miró con detenimiento. Bajo la expresión furiosa de Vanessa, subyacía una tristeza tan profunda que Lázaro no tuvo ni el menor sentimiento de triunfo. Solo quería tomarla entre sus brazos e intentar animarla. Y lo habría hecho con gusto, pero supo que no habría sido bien recibido en ese momento.

–Mañana llamaré por teléfono a la empresa que se encargará de organizar la boda. Quiero que nos casemos tan pronto como sea posible.

Ella asintió.

–Haré lo que tenga que hacer.

Lázaro asintió.

Ya la tenía, ya era suya. Se iba a casar con él.

Y, no obstante, se sintió como si la hubiera perdido.

Capítulo 12

EL DÍA de la boda llegó dos semanas después. Y el tiempo pasó muy deprisa, entre la angustia y algunos destellos de felicidad que se ahogaban enseguida en una realidad feroz.

Vanessa odiaba aquella realidad. Prefería sus fantasías y echaba de menos la semana que habían pasado en Buenos Aires.

Pero, por fin, llegó el momento.

El sol brillaba más de lo que le habría gustado, los pájaros cantaban más alto de lo que le habría gustado, el aire estaba más limpio de lo que le habría gustado y ella no se podía esconder en ninguna parte.

Miró el ramo de flores que llevaba y se lo cambió de mano. Orquídeas. Un ramo precioso, al igual que su vestido blanco, que se ajustaba a las curvas de su cuerpo y resaltaba toda su figura. Era un vestido elegante, refinado y sin un solo detalle de exageración. Un vestido adecuado para ella.

La situación no podía ser más romántica, ni contrastar más con el acuerdo prematrimonial que había firmado aquella misma semana para separar sus propiedades y las de su marido y establecer normas sobre los niños que tuvieran y sobre las consecuencias de posibles infidelidades.

Ese había sido uno de los momentos más terribles de aquellos días. Y el de la boda en la catedral de Saint John, con sus vidrieras y sus arcos, el más bonito.

La ceremonia estaba saliendo tan bien como si la hubiera estado organizando durante años.

Pero de haber podido elegir, habría preferido ser una novia de verdad. Y habría preferido que su novio la amara tanto como ella lo amaba a él. Porque, a pesar todo, lo amaba. Lázaro Marino siempre había sido dueño de su corazón.

Y no era de extrañar. A diferencia de los demás, Vanessa no se dejaba engañar por su fachada. Veía al hombre real y al chico de sonrisa fácil que había sido. Al chico al que su padre había ordenado que pegaran una paliza.

Toda la rabia y la furia de Lázaro eran responsabilidad de Michael Pickett.

Por eso se había negado a que su padre la llevara del brazo al altar. Prefería ir sola. No quería que Michael, precisamente Michael, la entregara a Lázaro.

Al llegar al altar, miró al hombre que se iba a convertir en su esposo y todo cambió durante unos segundos. Fue como si las complicaciones desaparecieran al instante. La expresión de Lázaro se volvió suave y su mirada, más intensa. Pero en aquella mirada había algo más que pasión. Había, sorprendentemente, ternura.

Por desgracia, el momento terminó tan deprisa como había llegado y Lázaro se ocultó otra vez tras su imagen de hombre duro.

Tras los votos, el sacerdote los declaró marido y

mujer y los invitó a besarse. Vanessa llevaba dos semanas sin tocar a Lázaro y su corazón se inundó de felicidad al comprender que la pasión de sus ojos no era fingida.

Lázaro le echó el cabello hacia atrás y le acarició la mejilla, pero no la besó; se limitó a observarla.

Era evidente que estaba esperando.

Esperaba que fuera ella quien tomara la decisión.

Así que Vanessa se apretó contra él, alzó la cabeza y le dio un beso. Solo entonces, él se dejó llevar.

Fue un beso tan apasionado que, cuando se apartaron, los dos respiraban con dificultad. Vanessa se ruborizó cuando se dio cuenta de que los invitados los estaban mirando. Durante unos momentos, había perdido el sentido de la realidad.

Lázaro se dirigió al sacerdote y dijo en voz alta, para que todos lo oyeran:

–Soy un hombre muy afortunado.

Su declaración rompió la tensión del ambiente y conquistó las risas de todos, hasta de los más conservadores. Pero el rubor de Vanessa aumentó. Y también aumentó su deseo de tener más de él, de hacer más, de hacerle el amor.

Aquella noche era su noche de bodas. La única cosa que parecía lógico y correcto en todo aquel asunto. Pero después de lo que había pasado, no estaba segura de que saliera bien. No estaba segura de nada.

Bajaron del altar y empezaron a caminar por el pasillo.

Cuando la gente los empezó a aplaudir, los ojos de Vanessa se llenaron de lágrimas. Su sentimiento de soledad era tan intenso que temió que la acompañara para siempre.

–Me he encargado de que te traigan todas tus cosas –dijo Lázaro cuando llegaron a su piso–. Tu ropa y el resto de tus pertenencias están en la habitación contigua a la mía.

–Ah. ¿Y los muebles?

–Siguen en tu casa. Naturalmente, te puedes quedar con ella, venderla o alquilarla. Aunque no necesitamos dos casas en la misma ciudad.

–Claro.

Vanessa cruzó el salón, sintiéndose desorientada y fuera de lugar. Se suponía que aquel iba a ser su hogar, pero no le parecía suyo. A diferencia de su casa, que era un lugar cálido y agradable, donde siempre se sentía bien, la decoración del piso de Lázaro era tan fría y minimalista que casi parecía una oficina.

–Supongo que ya lo has conseguido, Lázaro.

–¿A qué te refieres?

Ella se encogió de hombros.

–Ya tienes todo lo que querías. Eres rico; el hombre más rico de Boston y, probablemente, de los Estados Unidos. Te has convertido en accionista mayoritario de Pickett Industries y ahora me tienes a mí, tu puerta de entrada a la alta sociedad... supongo que ya no te queda nada por conseguir.

Los ojos de Lázaro se oscurecieron.

–Siempre queda algo por conseguir.

–¿Qué?

–Siempre queda trabajo que hacer.

—Comprendo.

—Y hablando de trabajo, tengo que hacer unas cuantas cosas —le informó—. Podemos cenar juntos, más tarde.

—Como quieras.

Vanessa se dedicó a pasar por la casa, completamente desconectada con la realidad. Por una parte, había cortado los lazos con su padre; pero, por otra, también parecía haber perdido los lazos que Lázaro y ella habían establecido en Buenos Aires.

Parpadeó y echó un vistazo a su alrededor.

Definitivamente, el piso de su esposo no era de su agrado. Y para empeorar las cosas, su esposo no la amaba.

Pero tenían pasión y ella, opciones.

Durante muchos años, había permitido que otras personas decidieran en su lugar. Había interpretado el papel de hija abnegada y responsable, dispuesta a sacrificar sus propios sueños para defender el legado de la familia.

Sin embargo, ella no era ni abnegada ni responsable en ese sentido. Solo había sido cobarde. Una mujer con tanto miedo que permitía que su padre y otros la manipularan. Y, al final, ese error la había empujado a casarse con un hombre que no la quería.

Se sentó en el sofá y se recordó que, en cualquier caso, la decisión de casarse había sido estrictamente suya. Como lo había sido la de renunciar a la fotografía y estudiar Empresariales para satisfacer a Michael.

No podía culpar a los demás.

Y, si quería cambiar las cosas, tendría que ser ella misma quien las cambiara.

La cocinera de Lázaro decidió que los recién casados tenían que cenar solos, de modo que se marchó después de servirles la comida. Y cuando se marchó, Vanessa se encontró sentada frente a su estoico marido, buscando una conversación para no quedarse atrapada en un silencio incómodo.

–Quiero dejar de dirigir Pickett Industries –declaró con firmeza–. Mantendré mis acciones, por supuesto, pero ya no quiero trabajar allí.

Él arqueó una ceja.

–¿Y qué quieres hacer?

–Lo que siempre quise. Estudiar Fotografía.

–Si quieres hacerlo, hazlo.

Vanessa lo miró con asombro. Esperaba que se opusiera a su decisión.

–¿Lo dices en serio?

–Naturalmente.

–Pero...

–Como te dije en Buenos Aires, quiero que seas feliz.

–Pues no parece que las apuestas estén a mi favor.

–¿Por qué dices eso?

–Porque... bueno, ya sabes –respondió, clavando la mirada en su plato de pasta–. No hemos mantenido una relación precisamente cálida durante las dos últimas semanas.

–Pues quiero que lo sea.

–¿Cómo lo va a ser? Me has obligado a casarme contigo...

Lázaro le dedicó una mirada triste.

–Vanessa, yo no te he obligado a nada.

Ella alcanzó su copa de vino y echó un trago.

–Aun así, los dos sabemos que las circunstancias no han sido las mejores.

–Y aun así, quiero que seas feliz –insistió él.

–¿Cómo? No nos hemos casado para encontrar la felicidad en el matrimonio, sino por algo completamente distinto.

Lázaro suspiró, miró la vela que la cocinera había puesto en la mesa para crear un ambiente romántico y sacudió la cabeza.

–No, no nos hemos casado para encontrar la felicidad –admitió–. Solo ha sido un asunto de negocios.

–Y de venganza.

–Sí, también. Aunque nunca tuve intención de buscar venganza...

–Pero la tentación era demasiado grande. Lo sé y lo entiendo de sobra. Simplemente, me disgusta estar en mitad de esa guerra... aunque ya no tienes que preocuparte por nada. Hablé con mi padre y le expliqué la situación con claridad. A partir de ahora, te pondrá una alfombra roja en tu camino hacia el éxito.

–¿Cómo lo has conseguido?

Vanessa volvió a bajar la mirada.

–Le amenacé.

–¿Amenazaste a tu padre?

–Sí. Te habrías sentido orgulloso de mí. De hecho, utilicé la misma amenaza que tú usaste conmigo. Le dije que estaba dispuesta a desmantelar Pickett Industries yo misma, ladrillo a ladrillo... porque lo que te hizo a ti y lo que me ha hecho a mí durante toda mi vida, es profundamente injusto.

–¿Y cómo te sentiste después de enfrentarte a él?

Vanessa jugueteó un momento con su copa.

–Durante diez minutos, me sentí libre –le confesó.

Lázaro guardó silencio. Vanessa alzó la mirada y añadió:

–Estoy cansada. Creo que me voy a acostar.

Se levantó de la mesa, esperando que él la detuviera, la besara y le pidiera que se acostaran juntos. Pero no se lo pidió.

–Buenas noches, Vanessa.

–Buenas noches, Lázaro.

Vanessa se sentía vacía. Su cama estaba vacía. Todo estaba vacío.

Se tumbó boca arriba y se dedicó a mirar el techo, tan lustroso y despejado como el resto de la casa.

Se preguntó si Lázaro se habría acostado, si estaría dormido.

Era su noche de bodas y le parecía mal que durmieran separados; pero también le parecía mal la distancia que se había establecido entre ellos.

Y ella era la principal responsable de esa distancia. Al fin y al cabo, había intentado romper su compromiso matrimonial y se había alejado emocionalmente de él porque tenía miedo de sus sentimientos por Lázaro; unos sentimientos demasiado fuertes, que se hundían en su interior como las ramas de un árbol en la tierra.

Lo amaba. Amaba lo que había sido y en lo que se había convertido. Amaba al hombre decidido y brillante que, a pesar de su éxito, seguía cargando el dolor de sus inicios. Además, Vanessa conocía bien ese dolor. Lo conocía porque tenía una habilidad especial para decir cosas que reabrían sus heridas y le hacían daño.

Lázaro pensaba que él no era suficiente para ella. Vanessa lo sabía porque pensaba lo mismo de sí misma. Lázaro se había casado con ella por su estatus social y ella se había casado por el bien de los Pickett. Pero las cosas distaban de ser tan sencillas; porque, para empeorar la situación, estaba enamorada de él.

Y lo deseaba. Quería olvidar el pasado, superar el dolor y sentirse viva.

Se levantó de la cama, salió del dormitorio y se dirigió al entresuelo que dominaba el salón, desde cuyas ventanas se veían los edificios de Boston en la noche.

Aquella casa no le parecía su hogar. Pero la ciudad lo era.

Segundos después, llamó a la puerta del dormitorio de Lázaro.

–¿Eres tú, Vanessa? –preguntó una voz somnolienta.

Ella abrió la puerta y entró.

–No podía dormir. Es nuestra noche de bodas y, sinceramente, no me parece bien que durmamos separados.

–Dijiste que estabas cansada... ¿qué querías que hiciera? ¿Que tumbara la puerta de tu habitación y te obligara a hacer el amor?

Lázaro estaba tumbado en la cama, desnudo, con una sábana que le cubría las piernas y la cintura. Ella intentó apartar la vista de su magnífico cuerpo, pero no lo consiguió.

–No, claro que no. Sin embargo... no quiero estar sola.

–Ni yo.

Él le hizo sitio en la cama y apartó la sábana.

–Ven conmigo, Vanessa.

Vanessa se tumbó a su lado, excitada y le acarició el pecho.

–Te he echado de menos –confesó.

Aquel era el hombre del que se había enamorado. Y estaba con él.

Lo demás carecía de importancia. La venganza, el estatus social, la empresa, todo. Solo importaba lo que sentía con Lázaro.

–Y yo a ti.

Él le apartó el pelo de la cara, le tomó una mano y se la besó.

A Vanessa se le hizo un nudo en la garganta al preguntarse qué habría ocurrido si los dos hubieran nacido pobres y no se hubieran separado nunca. Tal vez vivirían en un casita con un jardín, llena de niños y de instantáneas de su boda. Sin todas las complicaciones y la ira de la vida que les había tocado vivir.

Con amor.

Cerró los ojos y contuvo las lágrimas. Al menos, ahora no estaba viviendo una fantasía. Su matrimonio era real.

–Nunca me cansaré de ti, Vanessa. Nunca me cansaré de esto.

La besó en los labios y ella se estremeció de dolor. Contrariamente a lo que había afirmado, estaba segura de que se cansaría. Ella solo era un símbolo, una prueba de su poder. En su opinión, le había pedido el matrimonio no solo porque le conviniera, sino porque ella lo había rechazado doce años antes y él no era hombre que aceptara negativas.

Pero estaba harta de pensar en esos términos. Quería concentrarse en las manos y en los labios de Lázaro, en todas las cosas maravillosas que le podía hacer.

–Me alegra que no duermas con pijama... –le dijo.

Mientras hablaba, metió una mano por debajo de la sábana y la cerró sobre el sexo de Lázaro, que ya tenía una erección.

–Sí. Es de lo más conveniente, ¿verdad? –comentó él con una sonrisa.

–Déjame que pruebe algo...

Vanessa descendió sobre su cuerpo y cerró la boca alrededor de su pene. Lázaro apretó los dientes y le acarició el cabello mientras ella lamía una y otra vez, sintiendo el placer intenso de ser capaz de dar placer.

Al cabo de unos momentos, Lázaro tensó las piernas.

–Vanessa, te prometo que otro día te dejaré que sigas hasta el final... pero ahora te necesito, cariño.

Su voz sonó rota, quebrada. Vanessa reconoció su significado porque ella sentía lo mismo. Llevaba demasiado tiempo sin él, sola. Para el resto del mundo, ella era el papel que interpretaba; para Lázaro, la mujer real, la que se ocultaba detrás de su fachada.

Y era el único hombre que la podía hacer feliz.

Se incorporó, se puso a horcajadas sobre él y se inclinó hacia delante para ponerle las manos en el pecho y besar su boca. Lázaro se limitó a mirarla y a esperar. Le estaba concediendo el control de la situación.

Ella sonrió y cambió de posición ligeramente, llevando su erección hacia la entrada de su cuerpo, ya preparado para recibirlo. Lázaro la ayudó un poco y ella bajó lentamente y soltó un suspiro de placer al sentirse llena.

Entonces, se empezó a mover. Primero con timidez y luego, cuando Lázaro cerró las manos sobre sus caderas, urgiéndola, más deprisa.

Vanessa sentía el clímax que crecía en su interior con cada acometida, cada roce, cada sensación de placer puro. Y por el estremecimiento de su marido, supo que él también estaba a punto.

Momentos después, Lázaro se movió bruscamente hacia arriba y la llevó a un orgasmo que recorrió su cuerpo *in crescendo*.

–Lázaro...

Vanessa le clavó las uñas en los hombros.

Lázaro soltó un gemido profundo al deshacerse en ella y Vanessa se colapsó sobre él, con la cabeza apoyada en su pecho cubierto de sudor, donde los latidos acelerados de su corazón eran una prueba de lo que acababan de hacer. De lo que se habían hecho el uno al otro.

Pero no estaban en el mismo caso. Ella estaba enamorada y él, solo la deseaba.

Súbitamente, dejó escapar una lágrima que cayó por su mejilla y terminó en la piel de Lázaro. Al darse cuenta, él la abrazó con más fuerza y besó su cabello.

Vanessa cerró los ojos e intentó concentrarse en la sensación de languidez que la arrastraba hacia el sueño. En otro momento, se habría resistido; pero en aquel, habría aceptado cualquier cosa que aliviara el dolor de su alma.

Capítulo 13

LÁZARO no pudo olvidar lo que había sentido al notar aquella lágrima. Era una emoción que traspasaba la piel y le quemaba por dentro. Una carga terrible, porque implicaba que Vanessa no era feliz.

Durante los días posteriores, Vanessa pasó todas las noches con él y le hizo el amor con un apasionamiento que, en todos los casos, lo dejaba sin aire. La pasión que compartían era asombrosamente explosiva; pero después, ella se apartaba y se retiraba a los rincones más ocultos de su corazón.

Para sorpresa de Lázaro, siempre deseaba abrazarla cuando terminaban de hacer el amor. Quería preguntarle lo que pensaba y abrirse a ella a su vez. Nunca había sentido esa necesidad de comprender a otra persona y de que lo comprendieran a él mismo.

Pero se resistía porque solo quería que fuera feliz. Y estaba dispuesto a hacer lo que fuera necesario. Incluso había considerado la posibilidad de regalarle una galería para que pudiera exponer su obra fotográfica.

Tendría todo lo que quisiera. El dinero no sería un obstáculo.

Vanessa había empezado a estudiar, aprovechando

el tiempo libre que le quedaba después de renunciar a la dirección de Pickett Industries. En más de un sentido, estaba más relajada que nunca. Pero a veces, veía una tristeza tan profunda en sus ojos que le partía el corazón y le hacía sentirse impotente.

Lázaro le estaba dando todo lo que podía dar y, a pesar de ello, no encontraba la forma de hacerla feliz.

Apartó ese pensamiento de su mente y subió por la escalera con intención de convencerla para que pasara la tarde en la cama o, por lo menos, si no lo conseguía, de arrancarle una simple sonrisa.

La puerta de su dormitorio estaba abierta, así que entró sin llamar. Vanessa se había sentado delante del ordenador y estaba mirando unas fotografías.

–¿Has sacado alguna buena? –preguntó él.

–Oh, sí... –Vanessa se giró hacia Lázaro y le dedicó una sonrisa encantadora–. Al final del curso vamos a hacer una exposición. Yo ya conocía las técnicas que nos están enseñando, pero las lecciones son fascinantes de todas formas.

–Se nota que lo adoras...

Ella asintió.

–Sí, es cierto. ¿Y sabes otra cosa? Esta semana, el profesor nos ha ordenado que hagamos fotos de seres vivos.

–Bueno, uno de mis amigos tiene un perro. Seguro que nos puede echar una mano.

Ella volvió a sonreír.

–No, no... quiero hacerte fotos a ti.

–¿A mí?

–Exacto.

–Ya sabes lo que dicen, cariño. Contra el vicio de pedir, la virtud de no dar.

–Oh, vamos, Lázaro... –dijo en tono de súplica.

Lázaro no podía negarse. Era obvio que la idea la hacía feliz. De hecho, no la había visto tan contenta y tan relajada desde su viaje a Buenos Aires.

–Está bien. ¿Dónde?

–En la cama.

–No, no, eso no...

Vanessa se levantó de la silla, le dio un beso en la cara y le empezó a desabrochar los botones de la camisa.

–Solo quiero que te relajes un poco –dijo ella–. Siempre estás tan relajado cuando despiertas por la mañana...

–Bueno, también estoy relajado otras veces.

Ella rio.

–No, nunca.

Vanessa le agarró por el cuello de la camisa y lo arrastró hacia la cama, donde lo tumbó. Él cerró las manos sobre sus caderas y la besó con apasionamiento. En ese momento, era feliz. No estaba fingiendo. No se comportaba como si fuera su rehén.

De repente, Vanessa salió de la cama, se puso en pie, alcanzó la cámara y le empezó a hacer fotos.

–¿Qué quieres que haga? –preguntó él.

–Nada. Simplemente, mírame.

Él pensó que no habría podido dejar de mirarla en ningún caso. Era una mujer extraordinariamente bella.

Segundos después, Vanessa bajó un poco la cámara y sonrió con malicia.

–Vaya... –dijo–. ¿Puedes ponerte de perfil?

–Por supuesto.

Él obedeció y ella sacó otra fotografía.

–Anda, deja eso y ven conmigo –rogó Lázaro.

No tuvo que pedírselo dos veces. Vanessa se tumbó a su lado, encantada. Y él aprovechó la ocasión para quitarle la cámara y fotografiarla a ella.

–¿Qué estás haciendo? –protestó.

–Lo justo es justo...

Vanessa sonrió y Lázaro volvió a apretar el botón.

–Bueno, ya está bien –dijo ella mientras le besaba en el cuello.

–Querrás decir que ya está bien de fotografías, porque si te refieres a nosotros... ni siquiera hemos empezado.

El corazón de Lázaro se desbocó cuando le quitó la camiseta con un movimiento rápido, exponiendo sus pechos a su mirada. Era preciosa. Todo lo que había deseado y más de lo que se había atrevido a desear.

Cuando ya estaban completamente desnudos, él dijo:

–Dame la cámara.

Ella se ruborizó.

–No, de ningún modo.

–Vamos, Vanessa...

Vanessa sacudió la cabeza y se puso a horcajadas sobre él.

–Está bien, lo dejaremos para otro día, pero no creas que lo voy a olvidar. Quiero que la perfección de tu cuerpo quede plasmada para siempre.

Lázaro se colocó bien bajo sus piernas y la penetró con un movimiento hacia arriba, al que ella respondió con un gemido de placer.

Quería ver su cara mientras se movía sobre él; quería ver sus labios entreabiertos y ver su rubor cuando se acercara al orgasmo. Quería verla más tarde, cuando cerrara los ojos y se aferrara a sus hombros, clavándole las uñas. Quería ver cada detalle, por pequeño o insignificante que fuera.

Quería darle todo. Todo lo que pudiera necesitar.

Y súbitamente, se encontró tan dominado por su propio placer que no tuvo ocasión de pensar en nada. Cuando se quiso dar cuenta, había llegado a un clímax que derrumbó hasta la última de sus defensas.

Para él, el sexo siempre había sido algo que se disfrutaba a distancia, dejándose llevar por las sensaciones pero sin carga emocional.

Sin embargo, con Vanessa era completamente distinto. Cada vez que se acostaban, desde la primera vez, Vanessa conseguía abrir otra grieta en los muros de su corazón. Y aquella noche los había derrumbado por completo.

Se sentía expuesto, vulnerable.

Y aun así, no se habría resistido en ningún caso.

Cuando terminaron de hacer el amor y ella se empezó a quedar dormida, Lázaro la abrazó con afecto.

Sabía darle placer. Sabía hacerla feliz.

Salvo por el hecho de que siempre sería el hombre que la había amenazado para que se casara con él. Vanessa estaba allí por lo que él tenía, no por lo que él era. Y el dolor se le hizo insoportable.

Además, estaba cambiando. Era como si hubiera empezado a extender las alas después de dejar la dirección de Pickett Industries. Y él, el hombre que utilizaba a la gente, que los trataba como si fueran objetos, le impedía volar.

Sin embargo, era su esposa. Y la necesitaba con toda su alma.

Porque se había enamorado de ella.

Vanessa notó el cambio de actitud de Lázaro tras su sesión fotográfica. Parecía más distante, más frío. Solo mostraba calidez cuando hacían el amor, aunque no podía negar que más que calidez, era fuego. Las llamas de su pasión se bastaban y se sobraban para consumirlos a ambos.

Pero ella era una esposa comprada, no más importante que el resto de las posesiones de Lázaro. Y eso la mataba por dentro. Quería ser especial para alguien; serlo por primera vez, porque su padre solo la había utilizado para mantener su dinastía y Lázaro, para vengarse de su padre y llegar a la cúspide social.

Quería que Lázaro la amara. Que la amara a ella, no lo que ella podía sumar a su imperio económico.

Sin embargo, Lázaro se alejaba cada vez más. E incluso de noche, cuando hacían el amor, Vanessa se sentía abandonada.

Respiró hondo y salió de su dormitorio, decidida a cambiar la situación. Se había cansado de adoptar un papel pasivo. Conocía el motivo por el que Lázaro se mostraba tan distante. O al menos, creía conocerlo.

Pero, si se equivocaba, sería devastador.

Sacó el teléfono móvil y le envió un mensaje con instrucciones específicas sobre la localización del lugar donde se iban a ver aquella noche. Si quería aliviar el dolor de Lázaro y rescatarlo del pozo en el que llevaba toda su vida, tendría que hacer algo más que dedicarle unas cuantas palabras de amor.

Sería difícil, pero merecía la pena.

Tras enviar el mensaje, alcanzó la chaqueta y se puso un jersey sobre el vestido que se había puesto, tremendamente atrevido.

Ahora, solo faltaba que Lázaro siguiera las instrucciones. Algo a lo que no estaba precisamente acostumbrado.

Aquella noche tenía que estar a su lado; porque aquella noche, Vanessa le iba a abrir su corazón. Ya había pasado el momento de protegerse. Lázaro le había dado la fuerza necesaria para conquistar su libertad.

Y tendría que afrontar las consecuencias.

Lázaro no sabía qué pensó cuando entró en el club del centro de la ciudad, lleno de humo. Le parecía una experiencia de lo más extraña, aunque tampoco le sorprendía mucho. A Vanessa le encantaban las sorpresas. Siempre estaba dispuesta a desafiarlo y a probar algo que le acelerara un poco más el corazón.

No se parecía a ninguna de las mujeres con quienes había estado.

Echó un vistazo a su alrededor, buscando a su esposa con la mirada. Y la vio segundos después, metida entre la multitud con un vestido asombrosamente escaso, de color negro, que enfatizaba las curvas más poderosas de su cuerpo.

Lázaro sintió orgullo y la necesidad de remarcar su posesión. Porque aquella mujer, la más bella del club, era suya.

Cuando llegó a su altura, Vanessa le pasó los brazos alrededor del cuello y le besó apasionada y desvergonzadamente en la boca, delante de todo el mundo.

–Baila conmigo –dijo.

No lo dijo en tono de petición, sino de orden. Una orden que Lázaro aceptó.

–Como en Buenos Aires –continuó ella.

–¿Aquí? –preguntó él, extrañado–. ¿Quieres que bailemos un tango aquí? Pero la gente nos verá...

–¿Y qué? Me enorgullece que me vean contigo.

Lázaro sintió una punzada en el corazón.

–Yo no.

Vanessa no era una gran bailarina de tango, pero bailaba con gracia y con toda la libertad que había ido conquistando durante las últimas semanas. De hecho, sonreía de un modo tan maravilloso que Lázaro pensó que esa sonrisa no podía ser para él, para el hombre que la había obligado a casarse.

Al cabo de un rato, ella dijo:

–He estado investigando sobre ciertas técnicas que podríamos utilizar en la producción de Pickett Industries. Y también he pensado que podríamos cambiar el sistema de empaquetamiento... sé que has consultado con fabricantes de materiales reciclados.

Lázaro se apartó un poco.

–¿Para eso me has pedido que venga aquí? ¿Para hablar de trabajo?

Ella le acarició los hombros.

–Por supuesto que no, pero hace días que no hablamos y quería contarte mi idea. Costaría poco y el beneficio sería grande.

Lázaro se sintió como si le hubieran dado un puñetazo en el estómago. Durante unos momentos, había pensado que estaba conquistando el corazón de su esposa; pero la mención de Pickett Industries le hizo creer que había fracasado y que, para ella, aquel matrimonio solo era una forma de salvar los empleos de los trabajadores de la empresa.

Su expresión se volvió tan taciturna que Vanessa se preocupó.

–¿Lázaro?

Él no dijo nada. Se limitó a salir de la pista de baile y del local. Necesitaba aire fresco. Necesitaba alejarse de la música y de la gente.

Vanessa apareció enseguida.

–¿Qué pasa, Lázaro?

–¿A qué viene esto, Vanessa? ¿Estás jugando conmigo? ¿Intentas seducirme para que invierta más dinero en Pickett Industries?

Vanessa lo miró con asombro.

–¿Cómo?

–¿Por qué me has traído aquí?

–Porque... porque quería bailar contigo –respondió, mirándolo bajo la luz de la luna–. Porque te echaba mucho de menos.

–Pero si estoy contigo todos los días...

Ella sacudió la cabeza.

–Estás sin estar. Es como si te hubieras alejado de mí, como si te hubieras escondido y no pudiera alcanzarte.

–No estoy seguro de lo que quieres decir, Vanessa. He cumplido mi parte del trato y, hasta donde sé, he conseguido que no seas infeliz. Incluso te estoy pagando los cursos de fotografía... ¿Qué quieres que piense? Debo suponer que estás molesta porque no he invertido más dinero en Pickett.

–Sabes perfectamente lo que quiero decir. No eres estúpido, Lázaro, nunca lo has sido. Así que no finjas ahora.

–No te comprendo...

–Finges que todo está bien, pero no es verdad.

–Todo está bien y todo estará bien mientras respetemos los términos de nuestro acuerdo. La empresa se salvará, los trabajadores mantendrán sus empleos y yo tendré lo que siempre quise –declaró.

–¿Venganza y poder social?

–Nunca ha habido otra cosa.

–¿Nunca?

–No.

Ella sacudió la cabeza.

–Ya tengo lo que quería, Vanessa –siguió hablando–. Hasta me han invitado a ser socio del club de campo de tu padre... he conseguido contactos profesionales que no habría conseguido sin nuestro matrimonio.

Vanessa palideció.

–¿Adónde quieres llegar con eso?

–A que ya no hace falta que sigamos casados.

–¿Que ya no hace falta?

–Ya tengo lo que quería –repitió, mintiendo por segunda vez–. No tiene sentido que sigamos con esta farsa. Si quieres el divorcio, lo tendrás.

Vanessa perdió la paciencia.

–¡Maldito canalla! ¿Me arrastras al altar y me obligas a casarme para ofrecerme el divorcio un mes después? ¿Qué es esto, Lázaro? ¿Tu último golpe antes de destrozar la empresa de mi padre y de obtener la venganza que querías?

La ira de Vanessa solo sirvió para que Lázaro se reafirmara en la decisión que había tomado. Quería a aquella mujer. No podía permitir que siguiera casada con un hombre al que, en el fondo, detestaba.

–Sería de lo más poético, ¿no crees? –ironizó.

–No, no lo sería en absoluto.

–¿Por qué no?

–Porque te amo, Lázaro.

Si antes se había sentido como si le hubieran dado un puñetazo en el estómago, ahora se sintió como si le hubieran partido por la mitad.

Jamás lo habría imaginado.

Creía que Vanessa le odiaba y, de repente, le confesaba que se había enamorado de él. No podía ser cierto. Tenía que ser un sueño.

–No, Vanessa...

–Sí.

–No... yo no quiero tu amor.

–Ni me quieres a mí, ¿verdad? ¿Lo tenías planeado desde el principio? ¿Apartarme de la dirección de Pickett Industries para destruirla después?

Lázaro sacudió la cabeza.

–Ni voy a destruir Pickett ni tengo intención de faltar a nuestros compromisos. Solo te estaba diciendo que nuestro matrimonio ya no es necesario; que puedes tener el divorcio cuando lo quieras.

Ella tragó saliva.

–¿Tú quieres que nos divorciemos?

Lázaro mintió.

–Supongo que sería lo mejor.

Vanessa apretó los dientes, desesperada.

–Muy bien, como quieras.

–¿No estás contenta? Pensé que te alegrarías...

Ella ni siquiera se molestó en responder. Solo dijo:

–Me voy a casa.

–¿A nuestra casa?

–No. A la mía.

–De acuerdo... me encargaré de que te envíen tus pertenencias a primera hora de la mañana –le prometió.

–Ya no estaré allí.

Lázaro asintió.

–Es lo mejor para ambos, Vanessa.

Ella se mordió el labio inferior.

–Adiós, Lázaro.

Él no fue capaz de pronunciar una despedida. No podía hablar. Solo pudo apartarse de ella y alejarse calle abajo, sintiéndose más solo que nunca.

El piso de Lázaro estaba vacío cuando llegó a él. Sabía que estaría así, pero en el fondo de su corazón albergaba la esperanza de que Vanessa hubiera cambiado de parecer.

Sin embargo, Vanessa no tenía motivos para ello. Lázaro sabía que, con sus mentiras, había destrozado cualquier oportunidad de conquistar su amor. De hecho, solo había sincero con ella en dos cosas, en que le habían invitado a ser socio del club de Michael y en que ahora tenía contactos con clientes nuevos.

Se sirvió un whisky doble y salió a la terraza, esperando que el alcohol y el aire fresco mejoraran su humor.

Pero no sirvieron de nada.

Por fin, había llegado a lo más alto. El mundo estaba a sus pies. Y, sin embargo, no tenía el menor sentimiento de triunfo. El dulzor de la victoria le sabía a ceniza.

En ese momento habría dado cualquier cosa por volver a ser el chico que se había enamorado de una chica llamada Vanessa Pickett; habría dado cualquier cosa por convertirse en un hombre digno de ella.

Lamentablemente, era demasiado tarde. Había conquistado el mundo y había perdido lo único que le importaba.

Capítulo 14

FIEL A SU palabra, Lázaro le envió sus pertenencias a la casa; pero Vanessa las dejó en las cajas, con las que tropezaba todos los días y de las que solo se acordaba entonces y cuando necesitaba sacar algo.

Se sentía derrotada y profundamente herida. Si hubiera sido posible, habría arrancado a Lázaro de su corazón. Pero no lo era, porque sabía que en Lázaro había mucho más que la ambición de un hombre despiadado. Estaba segura. Lo había visto. De otro modo, jamás la habría animado a estudiar Fotografía ni le habría regalado una cámara ni le habría hecho el amor con tanta ternura y tanta pasión.

En realidad, Lázaro la había ayudado a liberarse de una vida de esclavitud. Le había dado fuerza y le había devuelto su libertad.

Respiró hondo y derramó una lágrima solitaria.

—Esto pasará —se dijo en voz alta al cruzar el solitario salón.

Y justo entonces, alguien llamó a la puerta.

—¿Vanessa?

Cuando reconoció la voz de Lázaro, se quedó sin aliento; pero intentó mantener la calma y abrió la puerta tan deprisa como pudo.

–Lázaro... no te esperaba.

–Tengo algo para ti.

Lázaro entró en la casa.

–¿Qué es? ¿Los papeles del divorcio?

–Sí, tengo los papeles conmigo, pero no es eso.

–¿Ah, no?

Él carraspeó con nerviosismo y se pasó una mano por el pelo.

–Tengo que decirte algo importante. Desde que aquella noche recobré la consciencia en el callejón, no he hecho otra cosa que intentar llegar a lo más alto. Y lo conseguí, Vanessa, lo conseguí.

–Lo sé.

–Pero no lo sabes todo. En algún momento del proceso, me he dado cuenta de que en realidad no he conseguido nada.... porque estoy solo. Te usé como si fueras un vulgar escalón. Te obligué a casarte conmigo. Es imperdonable.

Vanessa lo miró con dolor.

–Lázaro...

–No, no intentes justificarme. Yo era más rico a los dieciocho años, porque significaba algo para ti, porque me sonreías... pero ahora ya no hay luz en tus ojos. Me has abandonado.

–Porque tú me lo pediste.

–Fui un estúpido. Quise salir a buscarte, pedirte que te quedaras conmigo, y no tuve el valor de hacerlo.

–Pero yo creía que solo me querías por mi posición social... Quería ser especial para ti, quería tu amor, pero cuando me dijiste lo del divorcio...

Lázaro dio un paso adelante y la tomó de la mano.

–Siento haberte hecho sentir así. Siento haber sido

tan idiota. No me había dado cuenta, Vanessa. Pensé que no estaría completo hasta conseguir dinero, poder y posición social. Pensé que todo sería perfecto cuando escapara de la pobreza, pero no lo es... estoy más hundido que nunca. He perdido mi alma y mi corazón por el camino. Me he convertido en un hombre que hasta yo mismo detesto.

Lázaro llevó una mano al bolsillo de la chaqueta y sacó unos documentos.

—Esto es todo lo que tengo, todas las acciones de Pickett Industries, todo mi dinero y todas mis propiedades... ahora son tuyas, Vanessa, porque no significan nada si no te tengo a ti. Y no es un gesto vano. Si quieres que me vaya, me iré y te dejaré todo lo que he conseguido durante doce años.

Vanessa miró los documentos.

—¿Y los papeles del divorcio?

—También están aquí. Si los quieres, son tuyos... pero si decides quedarte conmigo, tendrá que ser porque me quieras a mí. A fin de cuentas, el resto ya es de tu propiedad. Pickett Industries está a salvo. Ya no me necesitas para eso.

—Pero es todo lo que tienes...

Él sacudió la cabeza.

—No es nada. Pensé que lo era, pero no lo es —afirmó—. ¿Y sabes lo que se siente al descubrir que he estado persiguiendo una ambición vacía? ¿Que nunca había sido tan infeliz como ahora? Es espantoso.

Lázaro le acarició una mejilla y siguió hablando.

—Te amo por ti, Vanessa, por lo que tú eres. He estado enamorado de ti desde que te vi por primera vez con aquel biquini rosa, y estaré enamorado de mí hasta mi último aliento.

Vanessa tomó los documentos que le había ofrecido, pero solo para dejarlos en la mesita del vestíbulo y abrazarse a él. Sus ojos se habían llenado de lágrimas.

–Te amo, Lázaro.

–¿Me amas?

–Al igual que tú. Desde siempre y para siempre.

–Qué tonto he sido... ¿sabes por qué te dije esas cosas la noche del club? Porque pensé que no me amabas y no quería condenarte a un matrimonio sin amor.

–Pues te amo, Lázaro Marino. Te amo a ti. No amo tu posición ni cuenta bancaria. Amo todo lo que eres y todo lo que llegarás a ser.

Vanessa se puso de puntillas y le dio un beso antes de añadir:

–No quiero esos documentos. Y por supuesto, tampoco quiero los papeles del divorcio. Solo te quiero a ti.

–Me haces tan feliz, Vanessa...

Ella le acarició.

–Hemos perdido tantos años, Lázaro...

–No sé si yo podía ser el hombre que tú merecías cuando nos conocimos –le confesó–. A decir verdad, ni siquiera lo era hace veinticuatro horas. Y no estoy seguro de serlo hoy.

–Por supuesto que lo eres. Eres el hombre que necesito. El hombre que me ha hecho más fuerte y me ha ayudado a ser quien soy.

–Como tú conmigo, Vanessa. Tú me has hecho mejor... ¿Y sabes una cosa? –añadió, sonriendo–. He rechazado la invitación a ser socio del club de tu padre.

—No es necesario que la rechaces.

—Pero es lo que quiero. No voy a hacer negocios con hombres tan crueles como esos. Además, no lo necesito... Porque te amo, Vanessa Pickett. No porque me interese tu apellido, sino porque te amo.

Vanessa sonrió. Estaba tan contenta que habría podido estallar de alegría. Todo el dolor había desaparecido y, por primera vez en su vida, se sentía completa.

—Me alegra saber que mi apellido no te interesa, porque me lo voy a cambiar. Vanesa Marino me gusta más que Vanessa Pickett. Ahora somos familia. Y quiero que todos sepan lo orgullosa que me siento de ser tu mujer.

—Vanessa Marino... –repitió él–. Me siento honrado.

Ella le tocó la mejilla.

—El honor es todo mío.

Epílogo

LOS TRES años anteriores habían sido los más felices de la vida de Vanessa. Se sentía como si Lázaro y ella estuvieran recuperando el tiempo perdido y cerrando todas las heridas. El pasado ya no era un tiempo lleno de dolor.

Respiró hondo y echó un vistazo a la galería. Era su primera exposición fotográfica. Podría haber expuesto antes de haber querido, pero había esperado porque tenía que ganarse el derecho a exponer su obra, sin aprovecharse de su apellido de soltera ni del poder de su esposo en la comunidad.

Y la fotografía que más le gustaba a la gente, también era la que más le gustaba a ella. La de Lázaro en la cama, de perfil, medio desnudo.

Se acercó a la foto y la miró.

–Ese es el hombre al que amo...

Lázaro se acercó a ella y le pasó un brazo alrededor de la cintura.

–Y tú eres la mujer de la que estoy enamorado.

–Lo sé.

Lázaro sonrió.

–Siempre tan segura de ti misma...

–No. Segura de ti.

Era verdad. Durante los tres años transcurridos,

Lázaro le había demostrado de mil formas distintas lo mucho que la amaba.

–¿Te he dicho ya que estoy orgulloso de ti? –preguntó él.

–Sí, unas cien veces; pero me lo puedes repetir si quieres –dijo con humor.

–Pues me siento orgulloso de ti... –Lázaro la tomó entre sus brazos–. Por todo lo que has conseguido y por todo lo que eres.

Los ojos de Vanessa se llenaron de lágrimas.

–El sentimiento es mutuo, Lázaro. Al cien por cien.

BIANCA™

MAISEY YATES

EL LEGADO OCULTO DEL JEQUE

HARLEQUIN™

Capítulo 1

NO LE llamaban la bestia de Hajar por casualidad. Katharine ya lo tenía claro. Zahir S'ad al Din intimidaba tanto como decían. Era completamente distinto al hombre que había conocido años atrás. Frío, distante, amedrentador... Pero ella no podía permitirse el lujo de dejarse apabullar. Además, ya estaba acostumbrada a esa clase de hombres, fríos, severos...

–Jeque Zahir –empezó a decirle, dando un paso hacia el impresionante escritorio.

Él no la estaba mirando. Sus ojos estaban fijos en el documento que tenía delante.

–He estado esperando una respuesta, pero no he recibido nada.

–No. No he mandado nada. Y por eso me pregunto qué haces aquí.

Katharine tragó con dificultad.

–Estoy aquí para casarme.

–¿Es eso cierto, princesa Katharine? Había oído ciertos rumores, pero no me lo creía –levantó la cabeza y, por primera vez, Katharine vio su rostro.

Era cierto. Intimidaba mucho. Tenía cicatrices en la piel del lado izquierdo de la cara, y el ojo de ese lado tampoco parecía mirar con tanta intensidad como el derecho. No obstante, aun así, Katharine sentía que él podía verlo todo dentro de ella, como si las heridas que le habían dañado la visión también le hubieran dado un sexto sentido, más de lo que cualquier mortal tenía. Muchos decían que era un fantasma, o una especie de dios. Mirándolo, era fácil adivinar por qué.

—Sí que llamé —no había hablado con él personalmente, pero sí con su consejero.

—No pensaba que dejarías tu palacio acogedor y viajarías desde tan lejos para ver rechazada una propuesta de matrimonio. Pensaba que había dejado muy claro cuál era mi postura al respecto.

Ella se puso erguida.

—Pensaba que me debías una conversación. Una conversación cara a cara, no una respuesta por correo. Y no he venido a que me rechacen. He venido a asegurarme de que se cumpla con el contrato. El trato se hizo hace seis años...

—Era Malik quien se iba a casar, no yo.

Pensar en Malik siempre la entristecía, pero su tristeza era por una vida truncada demasiado pronto. No había nada más. Él había sido su destino, su deber... Siempre le había tenido mucho cariño, pero nunca había llegado a amarlo. Al principio, perderle había sido un duro golpe. Todo había cambiado de repente. Se le habían abierto nuevas puertas, nuevos horizontes, un futuro distinto... Con el tiempo, sin embargo, se había dado cuenta de que en realidad todo seguía igual. En vez de Malik, sería Zahir, pero todavía seguía condenada a venderse por su país, aceptando un matrimonio de conveniencia. Ya no le importaba tanto, no obstante. Casi se había hecho a la idea. A fin de cuentas, cambiar de prometido tampoco suponía tanta diferencia. Sin embargo, mientras miraba a Zahir se daba cuenta de que la práctica no tenía nada que ver con la teoría. Él era... Era mucho más de lo que había esperado.

«Nunca se trató de ti, ni de tus sentimientos. Tienes que estar preparada para llegar hasta el final...».

–Eso era lo que yo pensaba. Pero cuando examiné los documentos con más atención...

Su padre se había ocupado de los términos legales del acuerdo matrimonial entre Malik y ella.

Poco le había importado entonces, no obstante. Su relación con él no había sido más que una maniobra política de sus padres. Solo lo había visto unas pocas veces y había aceptado su deber hacía la patria. Casarse con él era su contribución, el impuesto que pagaba por ser quien era.

Nunca había leído el documento personalmente... hasta unos meses antes...

–Bueno, sí. Pero si miras la manera en que está expresado, se ve que estoy prometida con Malik... a menos que él no esté en condiciones de heredar el trono de Hajar. En ese caso, tengo que casarme con su sucesor. Ese eres tú.

Era tan extraño estar delante de él, casi suplicándole que se casara con ella, cuando en realidad deseaba salir corriendo y no parar hasta estar bien lejos de allí. No quería casarse con él, al igual que él tampoco quería casarse con ella.

Pero su padre se estaba muriendo, demasiado pronto. Y el tiempo se le agotaba. Tras la muerte de Malik, lo del matrimonio había sido pospuesto de forma indefinida y nadie la había molestado durante un tiempo. Se había dedicado a servir a su país de otras formas, haciendo voluntariado en hospitales, buscando contactos para promover el turismo... Por fin había encontrado una forma de sentirse útil, libre de ataduras de género y físico. Pero todo eso parecía tocar a su fin. A su padre solo le quedaban unos meses y a Alexander, su hermano y futuro rey, le faltaban seis años para llegar a la mayoría de edad requerida para acceder el trono. Eso significaba que habría que nombrar a un regente, en caso de que su padre muriera de forma repentina, pero ella carecía de los atributos requeridos para ocupar el puesto. En otra época había sufrido mucho por ello, pero ya lo tenía superado. Estaba lista para pasar a la acción. Si no conseguía marido antes de la muerte de su padre, el hombre que quedaría a cargo del país sería su pariente varón más cercano. Y lo que ese pariente podría llegar a hacer con esa clase de poder la hacía temblar por dentro. Tenía que impedirlo a toda costa. Se lo había prometido a su padre. Le había prometido que conseguiría una alianza con Hajar, que se casaría con Zahir. Le había jurado que protegería a Alexander.

El fracaso no era una opción. No podía mirar a su padre a los ojos y decirle que había fallado. Ella era mujer y eso la hacía inferior a los ojos de todos, incluido su propio padre. Él siempre le exigía más y la alababa menos que a su hermano Alexander. Daba por sentado la valía de su único hijo varón, mientras que ella tenía que trabajar muy duro para demostrar su valía todos los días. Pero siempre había aceptado con valentía el desafío. Siempre había estado orgullosa de poder servir a su país, a su gente... Y ellos la necesitaban más que nunca en ese momento. Era su única esperanza. No podía tropezar, no en la última fase de la carrera. Pensando en ello sintió una ola de pánico que le revolvía el estómago.

–Yo no quiero una esposa –dijo él, bajando la vista de nuevo.

Ella cruzó los brazos y levantó la barbilla.

–Yo no he dicho que quisiera un marido. No se trata de querer o no querer. Se trata de una necesidad. Se trata de hacer lo mejor por nuestros respectivos países. Este matrimonio fortalecerá la economía de los dos países, y ya sea con Malik o... contigo... Es lo correcto.

Sus palabras sonaron frías, implacables. La dejaron helada por dentro, pero tenía que hacerlo, por su patria, por el futuro de su gente. Él la miró fijamente. Sus ojos oscuros y pétreos no mostraban interés alguno, sino más bien indiferencia. Era como mirar hacia el fondo de un pozo negro y profundo, vacío... Aquel rostro, desfigurado a causa de unas heridas terribles, le hacía parecer menos humano. Bajó la cabeza de repente.

—Puedes marcharte ya.

Ella lo miró con un gesto de perplejidad, boquiabierta.

—¿Disculpa?

—Llevo unos diez minutos intentando deshacerme de ti. Sal de mi despacho.

—No lo haré —dijo ella.

Por un instante, no obstante, deseó dar media vuelta y salir de aquel oscuro despacho, salir a la luminosa mañana de Hajar, perderse en el mercado, fundirse con la multitud... Solo por un instante. Y entonces lo recordó. Recordó por qué tenía que hacer aquello. Si no lo hacía, John se apoderaría del trono, y si llegaba a modificar alguna ley para perpetuarse en el gobierno... Entonces ya no habría nada que hacer. Zahir se puso en pie. Ella dio un paso atrás. Era un hombre enorme, mucho más alto de lo que recordaba.

—¿No has curioseado ya bastante? ¿Por qué no vas y le vendes la historia de tu encuentro conmigo al mejor postor?

—No estoy aquí por eso.

—No. Claro que no. Solo quieres casarte conmigo. Vivir aquí, en el palacio.

Rodeó el escritorio dando dos zancadas largas. De repente, Katharine notó algo en el ritmo de sus movimientos. Era una ligera cojera... Se detuvo de golpe y cruzó los brazos.

–Conmigo. ¿Pero cómo iba a resistirse a una oportunidad tan buena la princesa Katharine Rauch, de ese idílico país de los Alpes? ¿Crees que vas a asistir a bailes de disfraces inspirados en *Las mil y una noches* todos los días? ¿Es eso? Yo no soy Malik.

–Lo sé –dijo ella, sintiendo que se le cerraba la garganta.

De repente él dio otro paso más. El corazón se le aceleró.

–Si crees que la diferencia entre Malik y yo no tiene importancia, entonces es que vives en una estúpida fantasía. La realidad es esta.

Se quedó allí de pie, en silencio...

Estaba hablando de sí mismo, de las cicatrices de aquel ataque que había matado a sus padres y a su hermano, y a muchas personas más que habían acudido a ver el desfile ese día. Todo se había desencadenado a causa de una lucha de poder en un país vecino; una vieja disputa por dinero y tierras. Los labios de Zahir se tensaron, dibujando una sonrisa que más bien parecía una mueca. Un lado de su rostro parecía sonreír, mientras que el otro lado de sus labios caía hacia abajo a causa de una gruesa cicatriz en la comisura.

–¿Es este el hombre al que quieres en tu cama por las noches? ¿Por el resto de tu vida?

Katharine se fijó en sus manos. Eran grandes, fuertes, llenas de cicatrices también... De repente sintió un calor que le subía por dentro, coloreándole las mejillas. Las palabras de Zahir pretendían ser una amenaza, pero en realidad habían sonado como una promesa. Más que repelerla, aquellas palabras la habían fascinado de una forma incomprensible. Él no la asustaba, pero ese sentimiento sí la llenaba de temor. No entendía cómo había ocurrido, pero esas palabras tan sencillas se le habían clavado en el pecho. Cada vez más nerviosa, ahuyentó esos pensamientos tan nocivos. No estaba allí para dejarse intimidar, sino para conseguir lo que necesitaba.

–Hay un acuerdo.

–Fuera –dijo él en un tono hosco.

–No puedo irme. Necesito asegurarme de que este matrimonio se celebre pronto, por el bien de nuestros pueblos. Si tú no eres capaz de verlo, yo...

Él dio otro paso más. Estaba tan cerca ya que Katharine podía sentir el calor que manaba de su cuerpo. Y no solo era calor, sino también rabia, furia... Dolor...

–No necesito compañía –dijo con contundencia.

Ella lo miró a la cara. Aquel rostro tenía una estructura exquisita, debajo de aquella piel dañada. Pómulos altos, una mandíbula cuadrada, una nariz perfecta, piel ligeramente bronceada, luminosa... Un recuerdo del hombre que había sido, pero hermoso de todos modos.

Pero no había nada hermoso en el otro lado de su cara, lleno de crueles cicatrices que enseñaban y anunciaban su dolor. Había algo en sus ojos, no obstante. Eran seductores, casi hipnóticos, rodeados de pestañas gruesas y oscuras, casi negras. Aunque era evidente que estaba ciego de un ojo, aquellos ojos eran increíbles, inteligentes, penetrantes... Le recordaban al hombre que había sido, no a la bestia de la que hablaban... Podía verle a través de ellos. Podía ver a ese hombre, Zahir, al que había conocido antes del ataque, tantos años antes. Apenas había hablado con él en aquella ocasión, pero le recordaba muy bien. Siempre había sido más tranquilo que su hermano. Su rostro era más serio, distante. Todo era hermoso en él, cautivador... Y lo seguía siendo, aunque no de la misma forma.

–No se trata de querer, Zahir –le dijo, llamándole por su nombre de pila–. Se trata de hacer lo correcto. Se trata de honor.

Él la miró durante unos segundos. Su expresión era hermética, pero estaba buscando algo dentro de ella. Katharine podía sentirlo.

–Estás dando por sentado, princesa, que yo tengo honor.

–Sé que lo tienes –le dijo. Era más una esperanza que una certeza.

–Fuera –repitió. Esa vez el tono fue suave y sutil, pero la orden fue igual de poderosa.

El fracaso era una nueva sensación para Katharine. Nunca antes había fracasado. Se había pasado toda la vida teniendo éxito, demostrando que era merecedora del respeto que su hermano recibía gratuitamente. Si alguien le encomendaba una tarea, la llevaba a cabo. No había trazado ningún plan alternativo, por si acaso fallaba su primera opción. Al subirse en el avión privado de su familia esa misma mañana, estaba llena de confianza; tanto así que ya había mandado al piloto de vuelta a Austrich. El fracaso no era una opción, de ninguna manera.

–Muy bien –le dijo en un tono rígido y seco. Dio media vuelta y salió del despacho; los puños apretados.

Él cerró dando un portazo y Katharine se sobresaltó.

«Maldito, maldito, malvado, mala bestia...», pensó para sí.

No había esperado algo así. Evidentemente existía la posibilidad de que él se negara, pero... era ella quien tenía la razón, y desde el principio había dado por sentado que él también lo vería así, que comprendería la situación.

Katharine se quedó en mitad del vestíbulo vacío, de brazos cruzados, tratando de contener el calor que manaba de su cuerpo, incluso estando en el desierto. No sabía muy bien qué hacer, adónde ir... A casa no podía regresar. Además, tampoco sería bien recibida. De repente se oyó el eco de unos pasos por el pasillo, justo detrás de ella. Katharine se dio la vuelta. Una mujer mayor se dirigía hacia ella. La reconoció de inmediato. Había sido la sirvienta personal de la jequesa, y había acompañado a la familia S'ad al Din a Austrich. Trató de recordar su nombre.

−¿Kahlah?

La señora se dio la vuelta. La saludó con una discreta reverencia y una sonrisa cálida. No había sorpresa alguna en su mirada, pero Katharine se imaginaba que las mujeres como ella habían sido entrenadas para no mostrar emociones de ninguna clase. Ella lo sabía mejor que nadie.

−Princesa Katharine, cuánto tiempo. ¿Cómo es que ha venido a Hajar?

−Yo... En realidad, tengo unos negocios que atender por aquí.

La mente de Katharine se puso en marcha. Zahir no la quería allí, pero no iba a volver a casa sin haber conseguido su objetivo.

−Me voy a quedar en el palacio durante toda mi estancia.

−Me alegro mucho, princesa Katharine. No hemos tenido invitados en... Bueno, ha pasado mucho tiempo −los ojos de la señora se llenaron de emoción durante una fracción de segundo.

Katharine estaba segura de que no había habido invitados desde el ataque. Todo en el palacio parecía distinto desde la última vez que había estado allí. Todo parecía más oscuro, más tranquilo. Se oían ecos a cada paso... Aquel lugar parecía desierto, vacío.

–Bueno, en ese caso es todo un honor ser la primera huésped en tanto tiempo –dijo, sintiendo una pequeña punzada de culpabilidad; una muy pequeña–. ¿Podrías enviar a algunos hombres a la entrada? Mi conductor sigue allí y mi equipaje está en el coche. Te agradecería que me alojaras en los mismos aposentos en los que estuve la última vez –le dijo, utilizando su voz más mayestática.

Mentir nunca se le había dado bien. Los ojos la delataban, pero, por suerte, Kahlah no la estaba mirando a la cara. La sirvienta no parecía tenerlas todas consigo, pero Katharine también sabía que no se atrevería a cuestionar su autoridad, por lo menos no delante de ella.

–¿La acompaño a sus aposentos, princesa?

–Si no te importa. Pero no te preocupes por el equipaje. Que me lo traigan todo cuando puedan. No quiero apurar a nadie.

Había metido suficiente ropa en la maleta para una estancia larga. Al salir de casa esa mañana, solo tenía una cosa clara: tenía que conseguir su objetivo, a cualquier precio. Las princesas no podían gobernar y a ella no le había quedado más remedio que resignarse y conformarse con el poco valor que le daban. Llevaba tiempo dedicada a los trabajos sociales, pero lo que se traía entre manos en ese momento era trascendental, importante. Esa era su oportunidad para cambiar las cosas de verdad, para ser algo más que una cara bonita en la realeza.

–Oh, pero no es problema –dijo Kahlah.

–Te lo agradezco mucho –dijo Katharine, retorciendo el anillo de zafiros que llevaba en la mano derecha. Los nervios y la culpa la habían hecho ponerse ansiosa. Bajó las manos. Las princesas no podían permitirse ese lujo. Kahlah la guio con un gesto.

—Por aquí, princesa.

Katharine echó a andar, mirando a su alrededor. No quería encontrarse con la mirada de la empleada. Se dedicó a memorizar lo que la rodeaba, el camino hasta sus aposentos. No había nada parecido al palacio real en la capital de Hajar, Kadim. El lugar era pura opulencia. Todo estaba hecho de mármol, con ribetes de oro, y el suelo era un mosaico de jaspe, jade y obsidiana. Pero no relucía igual que cinco años atrás.

—¿Pero qué demonios pasa aquí? —Zahir prácticamente gruñó al entrar en el atrio del palacio y encontrarse con un desfile de maletas.

Había algunas que eran casi tan grandes como él.

El portero se detuvo de golpe y lo miró, pero no a los ojos. Nunca lo hacían.

—Estamos trayendo las pertenencias de la princesa Katharine, tal y como nos ordenaron, jeque Zahir.

—¿Pero quién lo ordenó?

El hombre se apartó un poco, nervioso.

—La princesa Katharine.

Zahir no le dejó terminar la frase. Dio media vuelta y echó a andar hacia los aposentos de las mujeres. Vio a una sirvienta que salía de uno de los dormitorios. Cerrando la puerta, se escabulló en la dirección opuesta, comportándose como si no le hubiera visto. Probablemente sí que le había visto, pero casi todo el personal le evitaba cuando era posible. Se acercó a la puerta, abrió, y allí estaba ella, de pie en mitad de la estancia. Se había soltado el pelo. Su dorada melena le caía sobre los hombros. Su vestido, azul y sencillo, ceñido en la cintura con un cinturón, no era nada insinuante, pero la forma en que le dibujaba las curvas le volvía loco.

–¿Qué estás haciendo aquí exactamente, *latifa*? –le preguntó. El apelativo «belleza» se le escapó de los labios.

Y era cierto. No podía negarlo. Ella se volvió hacia él. Sus ojos verdes parecían de hielo.

–Me quedo –le dijo, con soberbia.

–Te dije que te fueras.

–De tu despacho.

–Del país. Y sabías muy bien lo que quería decir.

–Me temo que no puedo aceptar eso –dijo. Cruzó los brazos.

Zahir fue hacia ella y entonces la vio retroceder un milímetro. Después de todo, no le era indiferente. Sus rasgos feos y monstruosos la asustaban, por muy segura de sí misma e impasible que quisiera parecer. Pudo oler su perfume, ligero y floral, femenino... Tal y como había ocurrido un momento antes, incluso las sirvientas huían de él. ¿Cuánto tiempo hacía que no estaba tan cerca de una mujer?

–Lo que no se puede aceptar es que aparques tu real trasero donde no eres bienvenida –le espetó, esperando darle un buen susto.

Pero ella apenas arqueó una ceja. Su expresión siguió siendo plácida.

–Me temo que los cumplidos no me hacen mucho efecto.

El temor que había demostrado un momento antes se había esfumado de su rostro. No era de las que se dejaban intimidar fácilmente. El mito del jeque enloquecido y desfigurado, encerrado en su palacio, no iba a funcionar con ella. Y la idea del salvador, casi inmortal, tampoco.

Era hora, por tanto, de sacar a la bestia.

—¿Quieres casarte, Katharine? —le preguntó en un tono feroz—. ¿Quieres ser mi mujer? —se acercó un poco más, deslizó un dedo sobre una de sus mejillas, suave como el pétalo de una flor—. ¿Quieres calentarme la cama y dar a luz a mis hijos?

Katharine se puso roja.

—No.

—Eso pensaba yo.

—No me hace falta. No para lo que quiero.

—¿No necesitas herederos?

Ella lo miró con dureza.

—No de ti. Y si todo sale como espero, no los necesitaré en absoluto.

Él apretó los dientes y trató de no imaginar cómo sería engendrar un heredero con ella.

—¿Por qué?

—Porque si mi padre muere antes de que Alexander alcance la edad legal para gobernar, necesitaré que seas nombrado regente, en lugar de mi primo. Yo soy mujer y no se me permite ocupar el trono. No puedo proteger a mi hermano. Si John termina en el trono, habrá una guerra civil casi con toda seguridad, un golpe de estado quizá... Si se llega a la guerra, el conflicto sin duda afectara a tu país, por lo menos en lo que a comercio se refiere.

—¿Entonces qué me propones exactamente?

—Lo que quieras. Necesito este matrimonio, por mi gente. Seré tu esposa en la cama si quieres, o tu esposa de puertas para afuera. La decisión es tuya. Si te niegas, ambos terminaremos con las manos manchadas de sangre, la sangre de mi pueblo.

Capítulo 2

SANGRE. Ya se había derramado suficiente en el mundo. Y él ya tenía las manos bastante manchadas. Nunca conseguiría quitársela... Pero ya no más.

–Explícate.

Ella respiró hondo.

–Si mi padre muere antes de que Alexander alcance la mayoría de edad, se tiene que nombrar a un regente, que ocupe el trono hasta que mi hermano pueda tomar el poder. Si yo estoy casada, ese puesto será para mi consorte. De lo contrario, será para el pariente varón más cercano. Resulta que si mi pariente varón más cercano obtiene un mínimo de poder, sin duda hará todo lo que esté en su mano para conservarlo. Con él al frente del país, terminaremos en una crisis económica total, o peor, en una guerra civil, y todo para que él se reafirme en el trono. No pienso quedarme de brazos cruzados y ver cómo ocurre delante de mis ojos, no si puedo evitarlo.

Había fuego, pasión, en las palabras de Katharine, algo que él ya no tenía. No solo se preocupaba por su gente, sino que asumía todo el peso de la responsabilidad, tal y como había hecho Malik. Hubiera sido la esposa perfecta para él... Como siempre, pensar en Malik, en su familia, le hizo sentir esa presión en el pecho, le recordó que no tenía derecho a estar allí.

No estaba hecho para dirigir un país, elaborar leyes y mantener el delicado equilibrio entre dos países vecinos. Él era un hombre de acción, aunque pudiera parecer una broma... Su cuerpo, limitado en todos los sentidos, era como el de un extraño, incluso después de cinco años. Era como estar encerrado en una celda de castigo. Pero no había llave, ni puerta.

–Búscate a otro, Katharine. Estoy seguro de que hay muchos hombres con títulos nobiliarios que están dispuestos a luchar hasta la muerte por honor. Yo no soy uno de ellos.

–No se trata de eso. El trato está hecho. Todo está preparado de antemano; el grado de poder que tendrás en Austrich, cuál de nuestros hijos heredará...

Hubo un breve instante durante el que Zahir creyó ver algo vulnerable en sus ojos verdes.

–Tu situación es lamentable –le dijo, apretando la mandíbula–. Para ti –dio media vuelta.

Oyó los tacones de Katharine repiqueteando sobre el suelo.

–Para los dos. Si John se apodera de mi país, lo cambiará todo. Ahora hay mucho comercio entre nuestros respectivos países. Nosotros somos uno de los principales compradores de tu petróleo y tú dependes de nosotros para obtener productos agrícolas, carne, lana... No creo que John se atenga a esos acuerdos comerciales. Es un loco egoísta e inconsciente. Será la ruina de Austrich y hará todo lo que pueda para que su incompetencia cause estragos en Hajar también.

Él se detuvo y se dio la vuelta. El corazón le latía sin control. Durante los años que había pasado al frente del gobierno se había asegurado de crear un país seguro para su gente... Apretó los puños... No quería resolver problemas ajenos. Quería seguir igual que siempre, manteniendo el equilibrio, viviendo solo. Pero tampoco sabía si podría ignorar el asunto totalmente. Una descarga de adrenalina le recorrió por dentro; el instinto del luchador nato, dándole fuerzas, coraje. En otra época había sido un guerrero, en primera línea de batalla.

Podía imaginar cómo sería una guerra civil. Había atisbado el infierno aquel día nefasto.

—Solo de puertas para afuera, ¿y entonces qué?

—Puedes divorciarte en cuanto Alexander cumpla veintiún años.

—¿Y qué pasa con tu primo?

—Está sediento de poder, pero no tiene riqueza suficiente y contactos para causar problemas él solo. Pero si consigue esa clase de poder, empieza una guerra y agita al pueblo, podría declarar el estado de emergencia para perpetuarse en el trono. Eso no puedo consentirlo —dio un paso hacia él, extendió un brazo. Sus dedos se detuvieron a unos milímetros de Zahir. Le tocó con sutileza, apenas rozándole la piel—. Haré todo lo que me pidas.

Zahir sintió que una bola de fuego le subía por dentro. La explosiva reacción de su cuerpo casi le hizo echarse a reír. Si tenía pensado usar sus armas de seducción para convencerle, entonces sin duda tenía todas las de ganar... Pero algo le decía que ella no llegaría hasta el final, y si lo hacía, huiría despavorida tras ver el horror de sus heridas.

La gran princesa Katharine de Austrich saldría huyendo cuando viera al hombre que se escondía detrás de ese autocontrol férreo; un hombre vacío, insensible, dañado, con heridas sangrantes que jamás cicatrizarían, como las que tenía por fuera. No quedaba nada entero en su interior. Lo único que le quedaba era la voluntad de seguir adelante, gobernar su país, hacer lo que su padre hubiera querido que hiciera, lo que su hermano hubiera hecho. Lo demás era demasiado, imposible para él. Katharine se armó de valor. La idea de un matrimonio temporal acababa de ocurrírsele y solo podía esperar que él aceptara. Quedarse en ese lugar con él por el resto de su vida era... una imagen aterradora. El palacio parecía abandonado y su desprecio por ella era más que palpable. Ya casi echaba de menos la fría presencia de su padre. Le retumbaban las sienes... Jamás se había permitido albergar esa pequeña esperanza. Jamás se había permitido pensar que su matrimonio con Zahir pudiera ser un mero papeleo.

—Un contrato matrimonial solamente —dijo él. Su voz sonaba dura.

—Mucho mejor así —dijo ella, intentando que no se le notara el alivio que sentía—. Podemos irnos cada uno por nuestro lado después. Y así preservamos la paz en nuestros respectivos países —empezó a andar de un lado a otro. Tenía que quemar toda esa energía nerviosa—. Y cuando nos separemos, lo haremos de manera amistosa, para que la unión entre Hajar y Austrich siga siendo fuerte.

Zahir volvió la cabeza ligeramente y Katharine se dio cuenta de que así seguía sus movimientos. Había olvidado su problema en la vista...

—Debe parecer muy real —le dijo.

—Por supuesto —dijo ella, inclinando la cabeza—. Si no puede ser una unión por amor, al menos debe parecer un matrimonio permanente, a los ojos de mi padre, de John, de mi hermano. Ninguno de ellos puede saberlo.

Zahir esbozó una media sonrisa.

—Mi gente no puede saberlo.

En ese momento Katharine se dio cuenta de que para

él era una cuestión de orgullo. Sintió una punzada en el pecho... Aquello le costaría mucho; sería muy difícil para un hombre que vivía entre las sombras... Pero no podía echarse atrás. No quería ni pensar en cuáles serían las consecuencias si no llevaba a término su plan.

—Nadie —recalcó.

—Te quedarás aquí.

—¿Qué?

—¿Qué pensabas si no?

—Yo pensaba que... Mi padre está enfermo. Pensaba regresar a casa.

—Ah, ¿y crees que a nadie le parecerá raro, que mi recién estrenada esposa me abandone? —la agarró del brazo, justo por encima del codo.

Sus ojos negros se clavaban en los de ella, abrasándola por dentro y por fuera.

—Nadie lo sabrá.

Ella examinó su rostro un momento. La piel destrozada, la cicatriz que le rompía el labio superior... No era apuesto. Ya no... Pero tenía un magnetismo, una fiereza que resultaba irresistible. Durante una fracción de segundo se sintió tentada de deslizar los dedos sobre su desfigurada mejilla, para sentir el daño por sí misma. Apretó el puño y mantuvo el brazo pegado a la cadera.

—Tiene mi palabra, jeque Zahir.

—Tal y como manda la tradición, te quedarás aquí en el palacio para fortalecer el compromiso —le dijo. El tono de su voz lo delataba. Realmente no la quería allí.

Katharine tragó con dificultad. Era como si un juez acabara de dictar sentencia.

—Me quedaré —dijo, haciendo acopio de toda la fuerza que le quedaba para hablar, en vez de salir huyendo—. Estaba pensando en quedarme de todas formas. Al menos por un tiempo.

–Lo sé. He visto el desfile de maletas.

–Era demasiado importante. No estaba dispuesta a darme por vencida.

–¿Pero por qué es tan importante para ti? ¿Por qué eres tú quien tiene que resolver esto? ¿Es una cuestión de honor? –la miró fijamente.

Katharine se dio cuenta de que sí le estaba exigiendo una respuesta.

–¿Qué harías para ayudar a Malik a conseguir su objetivo, Zahir? Si estuviera vivo, ¿qué harías para ayudarle a cumplir con su destino? ¿Qué harías para protegerle?

Zahir tragó en seco. Apretó los puños, llenos de cicatrices.

–Cualquier cosa. Daria mi vida.

–Igual que yo estoy dando la mía.

Él levantó la cabeza. Le mostró el lado de su rostro que no estaba dañado.

–Eso te honra.

De repente Katharine volvió a ver lo hermoso que era, lo apuesto que había sido. Todavía quedaban vestigios de aquel hombre perfecto; esa mandíbula tan masculina, la piel bronceada, luminosa... Pero no había luz alguna en sus ojos; no había emociones.

–No sé.

–Esa modestia no parece propia de una mujer capaz de irrumpir en el palacio de Hajar y establecerse allí sin permiso.

Por un instante Katharine creyó ver cómo se curvaba la comisura derecha de sus labios, casi esbozando una sonrisa. No podía ser... No tenía sentido.

–Te pido disculpas.

–Hay algo que tienes que entender, *latifa*... El palacio tiene ciertas normas. Yo hago las cosas siguiendo un orden, un horario. Eso no lo puedes interrumpir.

–Es un palacio muy grande. Estoy segura de que podrás evitarme si quieres.

–Bueno, sin duda me sentiré tentado de ello.

–Si vamos a fingir que esto es real, tendrás que empezar a tratarme como si quisieras que esté a tu lado.

Él se inclinó hacia ella, pero Katharine se apartó ligeramente. Su aroma masculino la tentaba, le aceleraba el corazón. Era un olor tan personal... Sándalo mezclado con especias, con un toque almizclado...

–Y tú tendrás que fingir que no te doy asco.

–No me das asco –le dijo con sinceridad–. No voy a mentir y a decirte que me siento perfectamente cómoda contigo, pero para cuando tengamos la fiesta de compromiso...

–No va a haber fiesta de compromiso –la luz que iluminaba sus ojos negros era cegadora.

–Tiene que haberla. Es tradición entre las novias de Austrich...

–Pero estás en Hajar. Estás en mi país, y yo soy tu jeque ahora. Tú lo has querido así. Recuérdalo –dio media vuelta y salió de la habitación, dando un portazo.

Por primera vez desde su llegada a Hajar, Katharine sintió que la situación la superaba.

Capítulo 3

KATHARINE terminó de recogerse el pelo y se miró en el espejo. Estaba pálida, con los ojos rojos, de no dormir. Parecía un muerto viviente. Por suerte, no obstante, a su futuro marido no parecía importarle su aspecto, y a ella tampoco. Solo se trataba de política. El enlace sería beneficioso para ambos, para Hajar y para Austrich. Soltó el aliento y se apartó del espejo. Salió de la habitación... No estaba dispuesta a pasar el día sin hacer nada. Podía llamar a su padre. Había agarrado el móvil unas ocho veces desde que se había levantado de la cama, pero no había tenido el valor de hacerlo. Todavía no. Si lo llamaba, todo se haría realidad demasiado pronto.

Qué gran ironía... Había conseguido su objetivo, pero no quería aceptarlo.

«No es más que una ceremonia y un papel que firmar. Por lo menos, no tienes que quedarte con él para siempre. No tienes que dar a luz a sus hijos», pensó.

Eso sí que hubiera sido muy duro... Echo a andar por el largo pasillo. El eco de sus pasos retumbaba en el techo, alto y con forma de cúpula. Los pasillos eran amplios, llenos de recovecos que iban de un lado a otro del palacio. Pero ella sabía dónde estaban los antiguos aposentos de Malik, en el lado opuesto del palacio. Seguramente el dormitorio de Zahir no andaría lejos de allí. La noche anterior él había tratado de intimidarla, recordándole en qué país estaba, pero ella no se iba a dejar amedrentar tan fácilmente. Se había pasado la vida rodeada de hombres fuertes. Había tenido que soportar a un padre que siempre esperaba lo peor de ella y que nunca le regalaba un halago cuando hacía las cosas bien. Siempre había tenido que demostrar mucha fortaleza, y aunque nunca heredaría el trono de Austrich, sí quería implicarse en la política del país, enfrentarse a los problemas. Nunca había sido de las que evitaban los conflictos, sino de las que daban la cara. Y había llegado el momento de hacerlo.

Miró en un par de habitaciones vacías y en la tercera se encontró con un gimnasio perfectamente equipado. Piscina, todos los aparatos disponibles en el mercado... Y allí estaba él. Acostado boca arriba en un banco bastante amplio, levantando un peso enorme. Katharine cruzó la estancia con paso inseguro, boquiabierta. Todos sus músculos parecían esculpidos en piedra... Piel de oro, en algunos sitios impoluta, en otros marcada por feas cicatrices... Era fascinante, distinto a todos los hombres a los que había conocido... Parpadeó y respiró profundamente.

–¿No se supone que tienes un entrenador personal o algo así?

Él se detuvo en mitad de un movimiento y movió las piernas por encima del banco. Se incorporó rápidamente, marcando abdominales con cada gesto.

–¿Qué estás haciendo aquí?

–He venido a verte.

–¿Y qué te hizo pensar que serías bien recibida?

–En realidad no creí que fuera a ser así –le dijo ella, tratando de mantener la vista fija en sus ojos. Recorrió sus cicatrices con la mirada. Trató de no pensar en ese imponente torso que tenía delante–. De hecho me daba igual.

–Pues no es así –los tendones de su cuello se tensaron.

–No... Yo, bueno, eso es irrelevante ahora mismo... Yo... –Katharine bajó la vista un poco.

–¿Ya has visto suficiente?

Ella volvió a mirarlo a los ojos. Su expresión era fría, críptica. Sus labios dibujaban una media sonrisa.

–Sí –dijo ella, sintiendo el calor en las mejillas.

Él se inclinó y tomó una camiseta blanca del suelo. Los dedos le temblaban un poco... Katharine reparó en un abultado queloide, provocado por el impacto de metralla y por graves quemaduras. Se le hizo un nudo en el estómago. Él se puso la camiseta, terminando así con ese placer insano que amenazaba con robarle hasta la última gota de sensatez.

–He pensado que podrías enseñarme un poco la ciudad –le dijo ella. En realidad no lo había pensado con anterioridad, pero necesitaba decir algo para romper ese incómodo silencio.

–Pues has pensado mal, *latifa*. Tengo trabajo.

–¿Qué clase de trabajo?

–Pues el trabajo que hacen los gobernantes. Seguramente sepas algo de eso.

–Cierto. Sé algo. La familia real tiene que comparecer, dar discursos...

Era una mentira. En realidad ella hacía mucho más; organizaba eventos benéficos, elaboraba presupuestos, recaudaba fondos... Pero eso a él parecía darle igual. Ya se había hecho una idea sobre ella.

–No te veo tan ignorante –le dijo él.

–Gracias por el cumplido.

–Sabía que no me equivocaba.

–Creo que tenemos que revisar el acuerdo original que firmaron nuestros padres y cambiar algunas cosas –dijo ella.

–¿En serio?

–Mejor ahora que después de pronunciar los votos, ¿no?

–¿Siempre eres así? –le preguntó él.

–Sí. A menudo me dicen que soy insoportable. Pero a mí eso me da igual, porque normalmente me salgo con la mía.

Él emitió un sonido que bien podría hacer sido una risotada.

–Supongo que tienes tus métodos para salirte con la tuya, ¿no?

Ella frunció el ceño.

–Si estás sugiriendo lo que creo que estás sugiriendo, déjalo. No uso mi cuerpo para conseguir lo que quiero. Uso mi mente. ¿O es que no sabías que las mujeres somos capaces de ello?

–No estaba hablando de las mujeres en general, sino solo de ti.

–Bueno, pues no me gusta el comentario.

–A menudo me dicen que soy insoportable –dijo él.

–Supongo que no se equivocan.

–Siempre me salgo con la mía –le dijo él, alejándose de ella.

Era tan alto. Sus espaldas eran tan anchas... Así le sería más fácil llevar el peso del mundo... Y lo hacía. Katharine lo sabía muy bien porque ella también tenía esa sensación muchas veces.

–Te prometo que puedes volver a ignorarme... después de repasar el acuerdo. Y después de llevarme a conocer el palacio, porque estoy cansada de perderme.

Él quería que se fuera. Eso estaba claro. Pero ella estaba empeñada en hacer todo lo posible para conseguir su objetivo.

–Voy a darme una ducha y nos vemos en mi despacho –Zahir atravesó el gimnasio y se dirigió hacia la ducha.

–Te veo allí –dijo ella.

Captar indirectas no era su especialidad precisamente. Cuando Zahir entró en el despacho ella ya estaba allí, sentada en una silla junto al escritorio, con la postura perfecta y las piernas cruzadas a la altura del tobillo. No llevaba pantis, algo sorprendente para una mujer de su estatus. Pero en Hajar hacía mucho más calor que en Austrich. Además, todos sus vestidos parecían ser del mismo estilo, cortos y entallados, discretos, pero insinuantes. Casi hubiera preferido verla con una transparencia. Por lo menos así el misterio hubiera quedado resuelto...

De haber sabido que bastaba con la presencia de una mujer para despertar su adormecida libido, hubiera llevado a cualquier otra mucho antes. ¿Pero para qué? ¿Para verla huir espantada?

Como había hecho Amarah... Ni siquiera podía echarle la culpa. Con el tiempo se había convertido en una bestia, pero justo después de los ataques era poco menos que un monstruo. Trató de ahuyentar todas esas imágenes turbadoras del cuerpo de Katharine y se aferró a ese sentimiento de rabia, esa tensión que le agarrotada el estómago cuando ella estaba cerca.

–No me mires así –le dijo ella.

–¿Cómo? –él rodeó el escritorio y se sentó en su silla de cuero.

Era demasiado pequeña para él. La habían hecho para otro hombre. Su hermano. Nunca había pensado en cambiarla por otra, no obstante.

–No me digas que te sorprende verme... Te dije que te vería aquí para discutir el acuerdo, y aquí estoy. Es un asunto complicado. Con todos los problemas de salud que ha tenido mi padre, siempre se ha barajado la posibilidad de tener un regente hasta que Alexander alcance la mayoría de edad. Y eso, por supuesto, se tuvo en cuenta cuando se escogió a Malik para...

–Déjame ver –Zahir extendió la mano, con la palma hacia arriba.

Ella sacó un fajo de documentos y se los puso en la mano. Él los miró por encima. La mayor parte de la información se refería al matrimonio, herederos, alianzas y acuerdos comerciales. Hacia el final, no obstante, había una sección que hablaba de lo que pasaría si el rey moría antes de que su heredero fuera mayor de edad.

–El poder de decisión es tuyo. Yo no lo quiero –le dijo–. Escríbelo –señaló el lugar en el documento.

Ella parpadeó rápidamente y entonces sacudió la cabeza.

–No puedo –dijo, inclinándose adelante–. No sin llevarlo al parlamento. Y necesitaría el consentimiento de mi padre y... Creo que no lo conseguiría.

–¿Está demasiado enfermo para sostener un bolígrafo?

–Él preferiría que tú tuvieras el poder –Katharine se puso roja.

–¿No confía en ti?

Ella respiró hondo y apretó las manos sobre su regazo.

–Bueno, yo soy una mujer.

–No entiendo por qué importa tanto eso. Tienes más agallas que la mayoría de hombres que conozco.

Ella esbozó una especie de sonrisa y Zahir sintió un calor que le subía por dentro, algo muy cercano a una sensación de satisfacción. Hacía tanto tiempo que no experimentaba nada parecido... Ella casi le hacía querer sentir, querer dejarse llevar...

–Es de otra generación –le dijo ella–. No se lo tomo en cuenta.

Zahir se dio cuenta de que eso no era cierto.

–Por lo que a él respecta, mi obligación es casarme con un hombre capaz de ser regente.

Zahir la miró a los ojos. Parecía tan seria, tan decidida... Tan hermosa... El pulso se le aceleró y el calor se propagó por todo su cuerpo.

–Tengo un país propio que dirigir. En el mejor de los casos sería un rey ausente, y en el peor, negligente.

–No serías ni la mitad de negligente que mi primo, ni en el peor de los casos.

–Austrich será responsabilidad tuya, sobre el papel y fuera de él.

–Yo... Gracias –Katharine se miró las manos y fingió fijarse en sus uñas–. Tenemos un parlamento. No es que pueda cambiar leyes, o presupuestos o algo así. El puesto no implica mucho. Pararse en el balcón, saludar a la multitud... Eso es todo lo que hay que hacer.

La multitud... Zahir cerró los ojos y se preparó. Un aluvión de imágenes vertiginosas pasó por delante de sus ojos en una fracción de segundo... Los recuerdos... La multitud... Gritos... Rodeando la caravana de vehículos.

Tardaron demasiado en darse cuenta de que habían roto la barricada. La gente que los rodeaba no eran ciudadanos que querían saludar a la familia real... Eso fue todo lo que vio. El ruido era ensordecedor, el humo le ahogaba, el olor a azufre se le pegaba a la nariz, los pulmones le ardían... No podía respirar, ni pensar.

–¿Zahir? –la voz de Katharine irrumpió a través de la niebla.

Él abrió los ojos de nuevo y vio que estaba en su despacho. Katharine, sentada frente a él, lo miraba con atención. Había preocupación en sus ojos verdes. Se había dado cuenta... ¿Qué había hecho? Tenía el puño completamente apretado, apoyado en el escritorio. Sus tendones casi gritaban de dolor.

—No me gustan... —la garganta se le cerró un momento—. Las multitudes —respiró hondo y trató de orientarse de nuevo—. Soy más de radio —añadió con sarcasmo.

Ella volvió a sonreír, pero su expresión era un poco incómoda. No sabía cuál era la respuesta apropiada.

—Puedes reírte. Adelante.

Katharine soltó una risotada discreta.

—Bueno, yo sí comparezco con frecuencia.

—Lo sé. Siempre estás en las noticias. Se habla mucho de tu buen gusto para vestir.

—Claro... aunque a veces me pregunto a quién le importaría el color de mi corbata si fuera un hombre, pero no puedo quejarme. Me gusta que mi país aparezca en las noticias internacionales, aunque solo sea por mis zapatos. El turismo sube.

—¿Hay mucho turismo en Austrich? —Zahir trató de recuperar el autocontrol, buscó ese entumecimiento permanente con el que se sentía tan cómodo.

—Desde hace poco. Llevo unos cinco años trabajando en ello.

Desde la muerte de su hermano, aproximadamente... Si las cosas hubieran ido bien, ella se habría casado con Malik al cumplir veintiún años.

—Tenemos una red de tranvías que llega hasta los Alpes. Las vistas son maravillosas. También he financiado la construcción de varios complejos hoteleros. Hacían falta lugares de vacaciones de lujo y Austrich se ha convertido en el destino favorito de la realeza.

–Y eso se debe a tu campaña personal, ¿no?

–¿Crees que voy a todas esas fiestas por los canapés?

–Eso pensaba. Pero ya no.

Katharine tragó en seco. Parecía que él la entendía. No la veía como a un simple accesorio dentro del aparato burocrático de la realeza.

–Supongo que te sorprenderá saber que hay gente que sí me invita a fiestas, sobre todo porque llevas un par de días intentando echarme.

–Ya te he dado mi palabra, Katharine. No voy a echarme atrás ahora. Tienes mi palabra, mi protección, y tu país también. No las doy así como así –apretó el puño.

Katharine se preguntó si lo iba a estampar contra la mesa, tal y como había hecho antes.

Había sido extraño... como si no pudiera verla, como si estuviera en otro lugar. Y entonces había vuelto de repente. Había visto el cambio en él. Y le había dado miedo...

–Este acuerdo –Zahir prosiguió–. Era lo que a mi padre le pareció más conveniente para Hajar, lo que a Malik le pareció bien. ¿Quién soy yo para poner objeciones?

–Entonces supongo que es hora de llamar a mi familia para darle la buena noticia.

Zahir la miró un momento. Esos ojos negros la taladraron un instante.

–¿Por qué haces esto exactamente, Katharine? ¿Por honor? ¿Solo por el bien de tu gente?

–Sí. Por eso, y porque es la luz al final del túnel.

Por un instante no dio crédito a lo que acababa de decir, porque era algo que siempre le costaba mucho reconocer. Le daba miedo admitir que esa vida llena de deberes inanes la hacía infeliz.

–¿Cómo?

–Cuando termine nuestro matrimonio... Alexander será rey. Y yo seré... Yo siempre sentiré una obligación para con mi pueblo. Seré leal a mi familia. Siempre trabajaré por el bien de mi país, pero... Eso ya no será lo único.

A lo mejor entonces lograba librarse de ese sentimiento; esa sensación que la carcomía por dentro... La sensación de no estar haciendo suficiente. Él se limitó a mirarla fijamente. Su expresión era impenetrable.

–¿Y qué pasa contigo? –le preguntó ella–. ¿También tienes una luz que buscar?

Zahir apretó los puños.

–Me alegro de que veas una luz, Katharine... Para mí solo hay oscuridad –bajó la vista y miró hacia la pantalla del ordenador–. Bueno, ahora que lo tenemos todo arreglado, tengo trabajo que hacer.

Capítulo 4

A KATHARINE no le gustaba sentirse inútil, sin nada que hacer. En Austrich nunca se sentía así. Sus días estaban repletos de compromisos. Tenía que revisar el presupuesto para las donaciones, asistir a reuniones del comité. Pasaba tiempo como voluntaria en el hospital más grande del país... No tenía tiempo de estar sola, pero eso no le suponía ningún problema. Así se sentía útil.

Sin embargo, en Hajar no había nada que hacer; o más bien en el palacio. Al final se cansaba de tanto leer y los ojos terminaban picándole. Además, hacía demasiado calor a mediodía como para hacer algo en el jardín. Había salido por la mañana, para cortar unas flores y rellenar los jarrones que había visto al llegar, pero la temperatura había subido vertiginosamente a medida que avanzaba el día y a esa hora lo único que podía hacer era vagar por los interminables corredores, frescos gracias a las gruesas paredes de piedra y al sistema de aire acondicionado que habían instalado.

Ella estaba acostumbrada a un clima mucho más frío, al aire fresco de las montañas, no al vapor que le abrasaba los pulmones como una llamarada de fuego con cada respiración. Esa era otra parte del trato que no habían revisado... Todo era tan distinto. Ella empezaba a sentirse distinta.

De repente se oyó el ruido de algo que se rompía con violencia. Alguien masculló un juramento a gritos.

Katharine aceleró el paso, corriendo por los laberínticos pasillos, buscando a Zahir. No tardó en encontrarlo, parado delante de una inmensa mesa de piedra que estaba situada contra la pared. Uno de los jarrones que había rellenado con flores esa mañana estaba en suelo, hecho añicos. Las flores no parecían haber sobrevivido. Él levantó la vista. Sus ojos negros estaban llenos de rabia.

–¿Has sido tú?

–¿A qué te refieres? ¿Que si estropeé las flores?

–¿Metiste tú las flores aquí?

–Sí. Las puse en tres jarrones que estaban vacíos. Aquí, en mi habitación, y en la entrada. ¿Es que merezco que me encierren en las mazmorras por ello?

Él caminó por encima del jarrón roto. Las duras suelas de sus zapatos hicieron polvo los fragmentos de cerámica. La cadencia de sus pasos era irregular. Cojeaba más de lo habitual.

–No cambies nada sin mi permiso –le dijo lentamente. Su voz no era más que un susurro, mortífero–. No tienes derecho a hacerlo.

Un hilo de miedo recorrió a Katharine por dentro, y después vino la oleada de rabia. Se puso en pie y apoyó las manos en las caderas.

–No seas tan...

–¿Bestia? –le dijo él, casi con un gruñido.

–Iba a decir «imbécil», pero cualquiera de las dos cosas me sirve. A lo mejor a ti te da igual vivir en este oscuro palacio, pero a mí no. Ahora yo también vivo aquí, con tu real consentimiento, y esta va a ser mi casa hasta que termine nuestro acuerdo. No te voy a pedir permiso para hacer cambios en mi propia casa.

–No es tu casa, *latifa*. No te equivoques.

–¿Pero qué pasa aquí? ¿Es la testosterona o qué? ¿Me he metido en tu territorio, lobo solitario?

La rabia la controlaba, la hacía temeraria. El corazón se le salía del pecho.

–No te burles de mí.

–Entonces no te comportes de una forma tan... ridícula.

–No lo entiendes. Si mueves cosas...

–Yo no he movido nada que...

–Has movido esto –golpeó la superficie de la mesa con la palma de la mano.

–¿Y?

–¡Y yo me he tropezado! –gritó, furioso.

Sus palabras retumbaron en el desangelado corredor. De repente Katharine lo entendió todo y todas las palabras que tenía en la boca se esfumaron. Él levantó la mano de la mesa y ella se dio cuenta de que estaba sangrando. Las dos manos le sangraban.

–¿Qué...?

–No te acerques.

–Zahir...

Él tragó en seco.

–Yo sé dónde está todo en mi casa. No tendría que preocuparme de que me cambien las cosas de sitio.

Katharine se sintió mal, avergonzada. Podía imaginarse lo que le había pasado. Había salido de su habitación, había girado a la izquierda y, como no podía ver bien con el ojo izquierdo...

–Lo siento. Tus manos... –casi se ahogó con sus propias palabras. Zahir se había caído sobre los cristales después de darse contra el jarrón y tirarlo al suelo. ¿Y si se había dado en la cabeza?

–No muevas nada –le dijo él. Un temblor resquebrajaba su voz. Sus ojos eran fieros.

Ella trató de hablar de nuevo. Quería ofrecerle algún tipo de disculpa, pero él dio media vuelta y la dejó allí parada, sola en el pasillo, llena de remordimientos. No había sido precisamente la mejor manera de empezar el día. Lo mejor que podía hacer era ir tras él. Pero no quería. Quería hacerse un ovillo y esconderse de su propia inutilidad. Tomando el aliento, se inclinó y recogió las flores con cuidado. Se sentía mareada, derrotada. Era igual que esa mujer idiota por la que su padre la tomaba. Durante una fracción de segundo llegó a creer que no podía hacer nada bien, que no podría conseguir sus objetivos.

«No. Tienes que hacerlo. Lo harás».

–Lo siento –susurró para sí, con un nudo en la garganta.

Él no quería sus disculpas. Eso lo sabía muy bien. Y también sabía que ver expuestas sus limitaciones era la peor pesadilla para un hombre como él. Su orgullo se había llevado un duro golpe.

Katharine era consciente de haber provocado un problema. Había cometido un error y tenía que hacer todo lo posible para arreglarlo.

Zahir se quitó la rabia y la humillación en la piscina. Por lo menos en el agua sus movimientos eran suaves, fluidos. Sabía muy bien cuántos largos le hacían falta para llegar al otro extremo. No había cojera alguna, su visión era irrelevante. Se detuvo y se aferró al borde de la piscina, mascullando un juramento feroz. La palma de la mano le escocía allí donde le habían cortado los cristales. Pero el dolor era bienvenido. El dolor físico no era nada.

Había sobrevivido a él muchas veces, más que cualquier otro hombre. Pero hacer el ridículo... Ver expuesta su debilidad... Eso sí que era un duro golpe. Y todo por culpa de ella. Levantó la vista, vio sus delicados tobillos, sus piernas perfectas... Si hubiera estado más cerca del borde de la piscina, habría podido ver mucho más.

–¿Qué quieres, *latifa*?

Apretó la mandíbula, los dientes... Había dejado la toalla en el gimnasio, y ella estaba allí, mirándolo... La primera vez no había salido huyendo, pero tampoco quería enseñarle esas horribles cicatrices por segunda vez. No era por vanidad, sino porque se avergonzaba de ellas. Le recordaban, todos los días, de todas las formas posibles, que era mucho menos de lo que había sido. No debía estar allí. La culpa del superviviente... Eso le había dicho el primer médico. Ponerle nombre no cambiaba las cosas, no obstante... ¿Cómo se suponía que tenía que sentirse? ¿Debía olvidarlo todo? ¿Seguir adelante? Pero si lo olvidaba todo, ¿quién se acordaría?

–¿Qué quiere decir eso? –le preguntó ella.

Él puso las palmas de las manos sobre el duro cemento que rodeaba la piscina. Disfrutando del dolor lacerante, salió del agua con un movimiento rápido y ágil. En cuanto apoyó los pies, esa sensación desapareció. Los ojos de ella estaban fijos en su pecho y él sentía la necesidad de cubrirse, esconderse... Una respuesta débil, extraña... No tenía por qué preocuparle lo que ella pensara de su cuerpo, de las cicatrices que le marcaban, de la enorme hendidura que mostraba la pérdida de músculo y fuerza en su muslo. Se quedó allí de pie, durante unos segundos, desafiándola, retándola a apartar la vista. Pero ella no lo hizo, para no perder la costumbre. Nunca hacía lo que él esperaba, así que... ¿Por qué iba a empezar en ese momento?

Tomó una toalla negra del colgador más cercano. Se secó el pecho y luego la espalda. Ella le observó todo el tiempo, y él sintió cómo respondía su propio cuerpo bajo esa mirada. Había pasado tanto tiempo desde la última vez que había sentido las manos de una mujer sobre la piel, desde la última vez que una mujer le había mirado como a un hombre... Nadie, excepto su fisioterapeuta, le había visto desnudo desde el ataque. Amarah le había visto cuando aún tenía las heridas abiertas, cuando aún había esperanza. Pero aquello había sido demasiado para ella... Quizá si solo hubieran sido heridas físicas... Si no le hubieran arrebatado el alma... Había hecho bien en salir huyendo tan pronto. De no haber sido así, habría terminado arrastrándola a ella también a ese pozo profundo.

–Significa «belleza» –le dijo, echando a un lado la toalla y cruzando los brazos sobre el pecho.

Ella se sorprendió al oír la traducción.

–Oh. Bueno, pensaba que significaba otra cosa... Fastidio o algo parecido.

Zahir sintió que una risotada estaba a punto de escapársele de los labios.

–No exactamente.

Katharine esbozó una dulce sonrisa y eso fue suficiente para derribar los muros que él había levantado entre ellos. Ella se sentía atraída por su cuerpo de hombre, como cualquier mujer... Un hombre completo... Por un momento se sintió como tal. Pero entonces sintió un dolor agudo en el muslo y recordó que no era verdad. Katharine se marchitaría a su lado. Le robaría la vida, de la misma forma que el desierto se la robaba a una rosa.

–Oh, no. Eso es de la mesa, ¿no? –preguntó ella, haciendo una mueca.

–¿Qué?

–El cardenal que tienes en la pierna y... –fue hacia él. Él retrocedió–. Tus manos.

–¿Qué?

Ella dio otro paso.

–Déjame ver –le agarró una de las manos y le examinó la palma, deslizando la yema del dedo sobre una de las heridas–. ¿Te duele?

Zahir se preguntó por qué querría tocar a un hombre muerto... Ella, que estaba llena de vida.

–No –le dijo, retirando la mano. Su tacto sutil le quemaba–. He soportado dolores peores. Esto no es nada.

–Hace un rato tampoco era nada.

–Estaba furioso.

–Lo sé. Conmigo. Y mis flores tuvieron una muerte cruel por ello. No es que te eche la culpa. Lo hice sin pensar y... Lo siento. Lo siento mucho.

Él levantó una mano.

–¿Esto? Se me pasará rápido –estaba frente a ella, desafiante, retándola a mirar hacia otro lado.

Pero ella no podía hacerlo. Él la tenía cautiva.

Al final fue él el primero en darse la vuelta.

–¿Qué quieres?

–Tengo... Quiero que cenes conmigo –le dijo ella, vacilante, mostrando cierto nerviosismo–. Le he pedido al chef que prepare tu comida favorita. Y la mía. Pensé que podríamos... Llegar a conocernos mejor.

Eso era lo último que él quería. Sus vidas tenían que permanecer separadas. Necesitaba mantener el control, el orden.

–¿Cuánto dinero nos vamos a ahorrar al año con los acuerdos comerciales del matrimonio?

Un destello de confusión brilló en los ojos de Katharine.

–Diez mil millones, por lo menos.

Zahir eligió cuidadosamente las palabras. Las diseñó para mantener la distancia, para causarle tanta repulsión como debería haber sentido desde el principio.

–Eso es todo lo que necesito saber de ti.

Ella lo miró un momento, con los ojos chispeantes de rabia, los brazos cruzados sobre el pecho.

–Allí estaré. En el comedor en media hora.

Zahir se maldijo a sí mismo mientras se abotonaba la camisa, caminando hacia el comedor por el laberinto de corredores. ¿Qué le había pasado a su rutina diaria? ¿Y la distancia que iba a mantener? Volvió a mascullar un juramento. Él rara vez comía en el comedor para celebraciones, a menos que estuviera obligado a entretener a algún mandatario. Y en esos casos hacía todo lo posible por enviar a un consejero en su lugar...No era precisamente el mejor representante para Hajar. No se le daba bien la diplomacia, ni tampoco la negociación. Era un estratega, un planificador. Había construido la economía de una nación encerrado en el despacho de su padre, pero asistir a reuniones no era para él. No era la persona adecuada para manejar las cosas en persona. Solo tenía que recordar la cara de Katharine cuando había golpeado la mesa con la palma de la mano. La había asustado y, por alguna razón, eso le afectaba, le irritaba, aunque no supiera por qué. De pronto la vio, sentada a la mesa con ese vestido rojo de seda hasta las rodillas. Sintió algo en su interior nada más verla, pero decidió que no podía permitirse ni un solo momento más de debilidad. Atravesó el arco de la entrada y accedió al área del comedor. La mesa era baja y tenía cojines alrededor. Katharine presidía, con las piernas cruzadas y una expresión neutral en el rostro. Su plato estaba vacío, aunque hubiera mucha comida sobre la mesa. Zahir se inclinó al otro lado.

–Siento haber llegado tarde.

–No. No lo sientes. Has llegado tarde a propósito.

–No. Estoy aquí por accidente.

–¿Y eso qué quiere decir? –le preguntó, riéndose.

–Que no iba a venir.

–Entiendo.

Ella se puso en pie, tomó su plato en la mano y caminó hacia el otro lado de la mesa hasta detenerse delante de él. Estaba lo bastante cerca como para poder tocarla, para palpar esas piernas tan largas. De repente vio una imagen en la mente y se preparó para lo inevitable. No era una imagen de caos y violencia. Era una instantánea de sí mismo, agarrándola de la pantorrilla y dándole un beso en el muslo, deslizando la lengua sobre su piel hasta... Apretó los dientes y tiró de las riendas de su imaginación. Ella se sentó a su lado. Al rozarle el brazo levemente, rompió en mil pedazos la fantasía.

–No me he sentado al otro lado de la sala.

–¿Por qué no? La mayoría de la gente lo haría –Zahir tomó una bandeja de la mesa. Puso higos, carne y queso en el plato de Katharine y se sirvió lo mismo.

–Yo no soy como la mayoría de la gente.

–Sí. Ya lo veo.

Ella siempre lo miraba a los ojos. Siempre lo miraba directamente. Nadie hacía eso, ni siquiera los empleados que estaban en la casa desde antes de los ataques, aunque de esos quedaban muy pocos. No habían soportado quedarse. Les daba demasiado miedo. Amarah ni siquiera era capaz de mirarlo a la cara. Lo había intentado. Se había puesto su anillo. Iba a ser su esposa. Había dicho que lo amaba. Y había tratado de asumir la pesada carga de preocuparse por él. Por aquella época él estaba en otro mundo, ni en el presente ni en el pasado. No estaba seguro de lo que había pasado. A veces lo tenía claro y toda la escena se repetía en su mente a cámara lenta, con una nitidez dolorosa, de principio a fin, como una película que no podía parar. Amarah no había sido capaz de soportarlo, sin embargo. No había podido con los cambios que habían sufrido su cuerpo y su mente. Si la mujer a la que amaba, la mujer que lo amaba, no había podido quedarse... no había podido hacerle frente... No era de extrañar que nadie más pudiera. Al fin y al cabo, casi se alegraba de que nadie lo hubiera intentado. No tenía sentido arrastrarles a ese infierno personal en el que vivía.

–Este es mi favorito –dijo ella, agarrando una bandeja–. Evidentemente, no es como el que me hacía mi madre, pero nuestro chef parece haberse acercado bastante. Arroz con nueces. No es que sea la cena típica, pero... A mí me encanta.

–Lo probaré –Zahir levantó el plato y ella le sirvió una ración.

Era la primera vez que comía así. La situación resultaba extrañamente íntima... Servirle, que ella le sirviera...

–Supongo que tu madre no cocinaba ella misma, ¿no?

Con solo oír mencionar a su madre, siempre tan hermosa y serena, con su traje largo y lleno de pedrería, Zahir sintió una presión en el pecho.

–No. Pero se le daba bien delegar.

Katharine se rio, más contenta ya.

–Oh, a mí también. En ningún momento he dicho que haya cocinado todo esto yo sola –hizo una pausa y ladeó la cabeza. Una melena brillante y dorada le cayó sobre el hombro–. A lo mejor un día llego a cocinar.

–¿Cuando alcances la luz que está al final del túnel?

–Sí. A lo mejor entonces. Voy a mudarme del palacio. Tradicionalmente, una princesa soltera seguiría viviendo allí, bajo la protección de su familia, pero supongo que una divorciada puede hacer lo que quiera.

–¿Supones?

–Nadie de mi familia se ha divorciado jamás.

–¿Nadie?

Ella sacudió la cabeza.

–No. Voy a ser la única.

–Estoy seguro de que ya lo eres.

–A lo mejor demasiado, para desesperación de mi padre.

–¿Y no te preocupa cómo van a recibir la noticia?

–Mi madre murió cuando yo tenía diez años. Mi padre ya no estará dentro de poco... –su voz estaba cargada de dolor–. Solo quedará Alexander y a él le da igual lo que yo haga. Ya sabes cómo son los hermanos pequeños.

Y era cierto. Él era uno de ellos. Se había pasado la vida admirando a Malik, respetándole. Nunca le había envidiado su posición. Nunca había querido ser él. ¿Cómo había llegado a eso? ¿Cómo había entrado así en la vida de su difunto hermano? Incluso se iba a casar con su prometida... El pensamiento le marcó como un trozo de hierro al rojo vivo. Nada encajaba en su vida. Nada era suyo. Todo le recordaba, una y otra vez, que había sido el hombre equivocado el que había sobrevivido. Debería haber sido Malik el que se sentara junto a Katharine esa noche. Debería haber sido su hermano el que gobernara el país, tal y como dictaban las leyes.

–Lo sé.

–A él todo le parecerá bien... Se alegrará por mí, supongo.

–¿Siempre has odiado el papel que te ha tocado?

Ella se quedó en silencio unos segundos.

–Siempre he aceptado que me tengo que casar con alguien por el bien de mi país. Cuando conocí a Malik, tuve una buena sensación. Sentí que estaba haciendo lo correcto. Era un buen hombre y la alianza entre los dos países iba a ser muy beneficiosa para todos.

–¿Y cuando murió?

–Se me rompió el corazón.

Katharine bajó la vista. Era la verdad. La forma en que se había enterado de lo de los ataques... Era como si le hubiera pasado a su propia familia. Lamentaba profundamente la pérdida de toda la familia S'ad al Din. Había llorado por ellos y por el que había quedado.

No amaba a Malik, pero eso no significaba que su muerte le fuera indiferente. Era un hombre bueno, alguien que hubiera hecho lo mejor para su país y también para Austrich.

–No sabía que sentías algo tan fuerte por él –dijo Zahir. Sus ojos negros se cerraron.

–Sentía algo bueno respecto al acuerdo. Es por eso que he luchado tanto por ello. Era lo correcto.

–Y como yo te doy una salida, estás más que dispuesta a aceptarla.

Katharine sintió el calor de la vergüenza en las mejillas.

–Sí –dijo.

Sus palabras no fueron más que un susurro.

–¿Qué ha cambiado ahora? –le preguntó él.

–La idea de que quizá podría llegar a tener algo más, algo mejor, distinto.

Zahir apretó la mandíbula.

–Y mientras tanto, te conviertes en un sacrificio humano.

–¿No lo hemos hecho los dos?

–Cierto. Sé por qué haces lo que haces. ¿Sabes por qué soy el jeque de Hajar? ¿Sabes por qué le cedí el trono a un pariente lejano? –le preguntó, con la voz tomada por la emoción–. Porque yo soy el único que queda dispuesto a luchar. Y si tengo que luchar por mi gente desde mi despacho, lo haré hasta el último segundo de mi vida. Porque solo quedo yo.

Katharine sintió que el corazón se le encogía en el pecho. El impulso que le llevó a tocarlo fue casi un acto reflejo. Cubrió su mano con la suya propia. Él se sobresaltó, pero no retrocedió. Continuó mirándola durante unos segundos. No hablaba. Solo la miraba. Pero la expresión de sus ojos se hizo más intensa y centrada a medida que pasaban los segundos. Bajó la mirada y contempló sus manos unidas.

–Siento lo de antes –le dijo ella. Su voz no era más que un susurro.

Él guardó silencio un momento.

–Y yo.

Apartó la mano de la de él, pero siguió sintiendo su calor en los dedos.

–Hoy hablé con mi padre y con mi hermano.

–¿Y?

–Mi padre está encantado, claro. Bueno, a su manera. Y... Alexander realmente no sabe de qué se trata. Yo no quiero que sepa nada. No le haría ninguna gracia saber que hago todo esto por él. Solo tiene dieciséis años y no lo entendería. Y ninguno de los dos sabe que esto es... temporal.

–Entiendo. ¿Cuándo entendiste que te casarías con un hombre al que elegiría tu padre?

Ella se rio suavemente. El recuerdo de aquel día estaba encerrado en el rincón más oscuro y recóndito de su mente.

–Tendría unos doce años. El tema salió durante la cena. Mi madre había muerto un par de años antes y Alexander no andaba todavía. Mi padre mencionó que había empezado a buscar... Creo que usó las palabras «pretendientes adecuados». Me quedé consternada.

–No me extraña.

–Tenía pósteres de mi cantante favorito en la pared y soñaba con casarme con él. De alguna forma pensaba que una estrella del rock pasaría el casting –dijo, sonriente.

–Ya me lo imagino –él sonrió.

–¿Y qué me dices de ti?

–Malik fue quien tuvo que pensar en los matrimonios de conveniencia más ventajosos.

–Ya. Se suponía que el más ventajoso era el mío.

Él contempló su copa de vino un momento.

–Yo me iba a casar por amor.

–Todavía puedes. Después de lo nuestro –Katharine sintió un nudo en el estómago.

–Creo que no. Ya no creo en ello. Y aunque creyera, sé que ya no puedo sentirlo –se puso en pie. Sus movimientos eran bruscos, torpes–. Gracias por la cena.

–Gracias al chef –dijo ella, intentando reprimir la tristeza que le había sobrevenido.

–Ya se las daré –inclinó la cabeza, dio media vuelta y se marchó.

Capítulo 5

KATHARINE llevaba poco más de una semana en Hajar, pero el palacio ya se le caía encima. Sentía la necesidad de salir y conocer el país. Por lo menos quería ver algo más, algo que no fueran las paredes del palacio, por muy hermoso que fuera. Había oído que Kadim, la capital, tenía unos centros comerciales fantásticos, pero hasta ese momento no había visto más que el aeropuerto y la casa de Zahir. Ya era hora de salir. Había hablado con Kahlah esa mañana y le había pedido seguridad para salir de compras. Una hora más tarde iba de camino a la ciudad... No había hablado con Zahir, pero él no estaba ni en el gimnasio ni en su despacho, y tampoco le había facilitado otra forma de contactar con él. Ya empezaba a preguntarse si alguna vez salía del palacio... Era como un prisionero, y sin embargo, era él mismo quien se había impuesto esa sentencia de por vida. Katharine estaba segura de ello; podía sentirlo. Había una oscura energía en él que bullía bajo la superficie; una energía que él reprimía, al igual que contenía muchas otras cosas más. Podía ver el horizonte de la ciudad más allá de la autopista. Los modernos rascacielos ofrecían un elegante e inesperado contraste con la vieja Kadim, que aún se divisaba en primer plano. Los edificios estaban hechos de piedra y las estrechas callejuelas estaban flanqueadas por hileras de puestos que constituían auténticos mercados al aire libre.

Aquel lugar tenía un encanto especial, totalmente sorprendente en las inmediaciones de la rutilante ciudad moderna que se extendía más allá. Katharine sintió una extraña llamada. Había algo en aquel lugar que la fascinaba.

Cuando el coche pasó por delante de uno de los mercados, se acercó a la ventanilla para ver mejor. Estaba abarrotado de gente. Las señoras corrían de un lado a otro, haciendo recados, y los turistas paseaban, haciendo compras y disfrutando del día soleado.

–Me gustaría parar aquí un momento, si no le importa.

Los dos hombres que iban delante se miraron y asintieron con la cabeza. El conductor se detuvo y aparcó en la plaza más próxima. El equipo de seguridad se bajó antes. La discreción no era su fuerte precisamente. Le abrieron la puerta de atrás.

–Gracias –dijo ella.

Flanqueada por los dos guardaespaldas, se abrió camino hacia el epicentro del mercado.

–Pueden ir detrás de mí –les dijo–. Un poquito.

Cuando salía de compras en Europa, siempre llevaba seguridad, pero su presencia no era tan evidente. Respiró hondo. El olor a carne y a especias se mezclaba con el polvo, produciendo una curiosa combinación que le provocaba picor en la garganta. Había mucho ruido; gente hablando, riendo, cantando...

–Voy por aquí –dijo.

Los imponentes guardaespaldas la siguieron sin decir nada. La expresión de sus rostros era poco menos que estoica. La multitud era tupida y la gente pasaba a toda prisa por su lado; algunos casi se tropezaban. Era extraño pensar que ese iba a ser su hogar durante varios años. Era tan distinto a todo aquello a lo que ella estaba acostumbrada. Observó con atención mientras una mujer recogía a un niño del suelo; el pequeño lloraba y gritaba sin parar. Todo era distinto, pero igual al mismo tiempo. Sonrió y se volvió hacia uno de los puestos. Tocó uno de los collares brillantes que estaba fijado con un clavo a una base forrada en terciopelo.

–¿Pero qué es esto? –la voz de Zahir cortó el ruido del mercado como un cuchillo.

Ella soltó el collar.

–Soy yo... Yendo de compras. ¿Cómo supiste dónde estaba?

–Kahlah me lo dijo. Desde luego tú no me dijiste nada. ¿Por qué no me dijiste adónde ibas?

La gente se estaba parando para mirar. Miraban a Zahir, boquiabiertos. Hasta donde ella sabía, nunca hacía apariciones en público. Desde el ataque, además, se habían publicado muy pocas fotos de él en los medios, y ninguna de cerca. La gente, no obstante, lo reconocía muy bien. Todos sabían quién era. Y estaba claro que algunos estaban impresionados, mientras que otros estaban horrorizados, asustados. Había tantos que le creían un demonio... Una bestia... Pero todo eso parecía traerle sin cuidado a Zahir. Sus ojos estaban fijos en ella.

–Esto no es seguro –la agarró del brazo.

–Tengo guardaespaldas.

–Yo también –le gritó, cada vez más furioso–. Todos teníamos seguridad. Pero no sirvió de nada.

–Zahir...

Katharine sintió que la presión de sus dedos se intensificaba. Cada vez había más gente a su alrededor, gente que había pasado por su lado como si fuera invisible tan solo un rato antes. Pero las cosas habían cambiado de repente. Zahir estaba a su lado. Él guardó silencio un momento. Su rostro parecía de piedra. Ella volvió a ver esa mirada distante y triste en sus ojos, como si no la viera, como si no viera lo que estaba pasando a su alrededor. Sus pupilas se habían convertido en pozos sin fondo. Era como un animal cazado, acorralado, lleno de miedo y rabia. Y fue entonces cuando Katharine se dio cuenta de que por fin la veía. La veía, pero no como la había visto aquel día en su despacho. Algo iba mal. Estaba en otro lugar, en otro tiempo, atrapado en sí mismo. Tiró de ella y se la llevó lejos de la multitud, hacia uno de los ruinosos edificios de ladrillo que estaban tras los puestos. Ella se tropezó, pero él la sujetó con fuerza. Rodearon una esquina y entraron en una estrecha callejuela. La acorraló contra la pared; su enorme cuerpo era como un escudo... ¿De qué tenía que protegerla? Katharine no lo sabía. Tenía las manos apoyadas sobre el ladrillo a ambos lados de su cabeza. Casi la aplastaba con el pecho... Trataba de protegerla... Su respiración era entrecortada, irregular. Con cada bocanada de aire su cuerpo vibraba, retumbaba. Estaba rígido de tensión. Todos sus músculos estaban en estado de alerta.

–Zahir.

Él no se movió. Siguió allí, de pie, apoyado contra ella... Una barrera humana contra cualquier peligro... Ella levantó una mano y la puso sobre su pecho, sintió cómo le latía el corazón, sintió su dolor, su miedo... Estaba dentro de ella, apretándole el corazón, asfixiándola... Era horrible. No podía ni imaginarse cómo sería estar dentro de él. Deslizó la mano hacia arriba y le agarró del cuello. Él levantó la cabeza; sus ojos negros brillaban con locura. Apoyó la mano en su mejilla. Su piel era áspera bajo las yemas de los dedos.

–Todo está bien. Estamos en el mercado.

Él se estremeció. Sus ojos se cerraron un momento y entonces los abrió de nuevo. Ella levantó la otra mano, la apoyó sobre el lado bueno de su rostro. Lo miró a los ojos.

–Zahir...

Él tragó con dificultad y ella le sintió temblar. Los músculos se le movían con espasmos.

–Katharine.

Se apartó de ella. Katharine sintió un gran alivio al ver que la multitud se había dispersado, probablemente gracias a Taj y a Ahmed... Sin duda debían de tener un estilo de lo más persuasorio.

–Estoy bien –le dijo a Zahir.

–Métete en el coche –dijo él, en tensión.

Ella asintió una vez y echó a andar. Mantenía la cabeza baja, ignorando las miradas y las conversaciones en una lengua que no conocía.

–No –dijo él–. Súbete a mi coche.

Katharine se dio la vuelta y se encontró con un elegante coche negro, igual al otro.

–Tú no viniste conduciendo, ¿no? Porque no deberías.

Él le lanzó una mirada fulminante.

–Ya no conduzco. Creo que el motivo es bastante obvio.

Abrió la puerta y ella subió sin más dilación. Él rodeó el capó y subió por el otro lado. El conductor salió a la calle y dio la vuelta para dirigirse al palacio. El corazón de Katharine latía con fuerza. Las manos le temblaban. La descarga de adrenalina que le había provocado la situación, la cercanía de Zahir, era demasiado. Un silencio tenso se cernió sobre ellos. Katharine esperó todo lo que pudo antes de hacer todas esas preguntas que se arremolinaban en su cabeza.

–¿Con qué frecuencia te pasa?

Él se volvió hacia ella.

–Mucho menos que antes –le dijo.

–Te pasó en tu despacho, la semana pasada.

Él se mesó el cabello. Las manos aún le temblaban ligeramente. Katharine quiso apartar la vista, pero no pudo. Quería dejarle recuperar el orgullo; quería dejarle recuperar lo que había perdido en ese momento de debilidad. Pero no podía.

–No fue para tanto.

No quería hablar de ello. Katharine se daba cuenta... Pero tenía que preguntarle. Tenía que saberlo.

–¿Tienes... recuerdos...? –le preguntó, en un tono tentativo.

–Es la multitud –dijo él. Su voz sonaba tensa–. Vi... Pensé que estabas en peligro –cerró el puño–. No estoy loco.

–Lo sé... Nunca lo he creído –recordó ese momento... sus ojos, su rostro, el miedo...

Para él había sido real. Para él no había sido una exageración...

–Entiendo que aún no lo has superado. Ha sido... muy duro para ti. Yo... he trabajado como voluntaria en muchos hospitales de Austrich, y he visto a gente que ha sufrido... accidentes. Lo que te pasa es bastante común entre la gente que ha pasado por algo como lo que has pasado tú.

Él se volvió hacia la ventanilla. Se dedicó a contemplar el paisaje.

–Probablemente... Me dieron medicación para dormir. Eso es todo.

–No te la tomas, ¿verdad?

–Ya me conoces mejor que mis médicos –dijo, soltando una risotada.

–¿Y duermes?

–No –esbozó una amarga sonrisa.

–A lo mejor deberías...

–No. Tomar drogas que me alivien. Me cansan. ¿Con eso qué arreglo? Nada. Eso solo enmascara el problema. Otra cosa que controlar cuando... Cuando debería... No quiero esto. No quiero que me afecte –dijo en un tono seco y duro.

Ella quería ofrecerle consuelo. Quería tocarlo, y sin embargo, también sabía que él la rechazaría.

–Pero te afecta.

–Va mejorando.

–Yo no he visto mucha mejoría hace un rato.

Él resopló.

–Sí que va mejorando. Deberías haberme visto antes. Pregúntale a Amarah cómo estaba.

Katharine sintió una opresión en el pecho. Estuvo a punto de no hacerle la pregunta.

–¿Quién es Amarah?

–Era mi prometida. Estaba allí cuando me desperté, junto a mi cama. Aguantó cinco minutos antes de salir corriendo. Volvió. Claro. Lo intentó, durante dos días. Trató de lidiar conmigo. Trató de ayudar a los médicos. Pero yo me quedaba... Me quedaba en blanco. O tenía algún flashback y entonces... era impredecible.

Katharine se tocó el vientre y trató de calmar la oleada de náuseas que la recorría por dentro.

–¿Le hiciste daño?

Él sacudió la cabeza.

–Nunca. Trataba de protegerla, pero... ¿Te sentiste segura hace un rato? –se rio con amargura.

Katharine no tenía duda de que podría llegar a dar mucho miedo en esas circunstancias, pero ella sentía miedo por él, no de él. Desde el momento en que la había acorralado contra la pared había sabido que solo trataba de protegerla, interponiéndose entre ella y el peligro que imaginaba. Solo quería cuidar de ella.

–Sí. Me he sentido segura contigo –le dijo, diciendo la verdad.

Él tragó con dificultad.

–Bueno, ella no. Y no puedo culparla por ello. No le hice daño ninguna vez. Pero perdí demasiado la cabeza. ¿Y si hubiera pasado a mi lado alguna noche? ¿Y si a mí me hubiera dado por pensar que estábamos rodeados de enemigos? ¿Qué le habría hecho entonces? Amarah fue inteligente y se marchó.

Katharine tampoco quería hacer la siguiente pregunta.

–¿La echas de menos?

–No siento nada por ella –Zahir volvió a mirarla. Su expresión era estoica.

Observando su expresión sincera, Katharine se dio cuenta de que era cierto. Le había dicho que ya no era capaz de sentir amor. Y tampoco parecía lamentar la pérdida del mismo.

–No te vayas de nuevo. No sin decírmelo.

–Trataré de mantenerte al tanto de todo, pero no podía encontrarte. Y no soy tu prisionera. De todos modos, Kahlah lo sabía, y llevaba seguridad conmigo. Sé que eso no es garantía de nada, no del todo, pero era lo único que podía hacer. Y estoy acostumbrada a moverme libremente.

–Y ahora todo el país lo sabrá.

–Que te preocupaba mi seguridad. Nada más. La verdad queda entre nosotros. Aunque creo que si la gente lo supiera... Creo que lo entenderían.

–Algunos... Pero aquí... hay una mezcla de ideas nuevas y viejas. Los que viven en tribus, los beduinos, no estarían de acuerdo... Ya hay rumores entre los más tradicionales de que no fue Zahir quien sobrevivió a los ataques, sino el demonio, que ha poseído su cuerpo. Estoy seguro de que mucha de la gente que estaba en el mercado lo cree. O por lo menos creen que su jeque está loco, que mi posición como líder refleja cierta... debilidad.

–Entonces vamos a demostrarles lo contrario.

–Katharine...

–¿Por qué no, Zahir? ¿Por qué no? Vas a tener que ocuparte del tema de la boda.

–Podré hacerlo –dijo él en un tono decidido–. No soy un niño.

–Sé que no lo eres. No dudo de tu fuerza. No he dudado ni por un momento y es por eso que sé que puedes superar esto, plantarle cara.

–¿Crees que no lo he intentado?

–Estás solo. Tu solución siempre ha sido ignorarlo, y hoy hemos descubierto que eso no funciona.

–Ha funcionado. Funcionaba antes de que tú llegaras.

–Pero ahora yo estoy aquí.

–Sí. Aquí estás.

–¿Qué pasó ese día, Zahir?

Él se puso tenso. Los tendones de su cuello se pusieron tirantes como las cuerdas de una guitarra.

–Lee las noticias de aquel día.

–He leído mucho sobre ello. Fui al funeral de tu familia, pero quiero que tú me lo cuentes.

Él sacudió la cabeza.

–No recuerdo mucho y no puedo... No puedo recordarlo sin verlo. Es así de simple. Lo veo como si estuviera pasando de nuevo. No puedo recordarlo sin más. Tengo que vivirlo de nuevo. Una y otra vez.

–Muy bien –dijo Katharine–. No tienes que contármelo. Pero sí podemos intentar solucionar el tema de salir a la calle.

–He salido. Voy a los eventos que forman parte de mis obligaciones.

Zahir luchó contra la rabia creciente que lo llenaba por dentro, que amenazaba con ahogarlo. Que lo vieran de esa forma... Era una debilidad totalmente inaceptable. En momentos como ese, se odiaba a sí mismo. Sentía desprecio por el hombre en el que se había convertido.

Se avergonzaba de que ella lo viera así, en su momento más vulnerable.

–Pero la boda será mucho más que eso y... tenemos que ir a Austrich. Nos tienen que bendecir oficialmente en la iglesia ortodoxa. Si no es así, no estaremos oficialmente casados a los ojos de la gente. Lo manda la tradición y mi padre me ha recordado que era parte del acuerdo original.

Zahir guardó silencio. Nadie se había atrevido jamás a desafiarlo... nadie excepto ella. Su orgullo no le permitía rechazarla, y tampoco le permitía pararse delante de una multitud y perder la cabeza de esa manera.

Las instantáneas de aquel fatídico día eran como pesadillas. Su subconsciente tomaba el control y le obligaba a observar lo que ya había vivido. Todavía seguía allí, pero las imágenes que desfilaban por su mente, los recuerdos, le hacían sentir lo que había sentido aquel día. El agrio sabor del pánico en la boca... la sensación de impotencia...

–Es la multitud –le dijo. Odiaba hablar del tema, pero era mejor que dejarla pensar que estaba loco de verdad–. Es lo último que recuerdo de ese día. Íbamos en el coche, por la ciudad. Había un desfile, una fiesta nacional. Había tanta gente... De repente me di cuenta de que había una multitud alrededor del coche. Pensé que solo eran ciudadanos, pero... Siempre hay una barrera. Para cuando me di cuenta...

Tuvo que parar. No podía seguir relatando aquella historia.

–No podrías haber hecho otra cosa –le dijo ella.

Eran las típicas palabras de consuelo. Lo que le habían dicho todos los médicos, los consejeros... Que ella se lo dijera no lo hacía más creíble.

–Podría haber muerto yo en su lugar. Malik podría haber vivido. Habría sido mejor así.

Capítulo 6

KATHARINE dejó marchar a Zahir. El corazón se le encogía con solo pensar en ese momento, cuando le había visto tan perdido, tan asustado. La había protegido; su instinto le había llevado a salvarla, a pesar del miedo.

«Podría haber muerto yo en su lugar».

Se dirigió hacia su dormitorio. Sus pasos retumbaban en los solitarios corredores. Era tarde y los empleados ya se habían marchado. Siempre era ella la que iba en su busca... Abrió la puerta del gimnasio. Estaba vacío. Entró. Deslizó los dedos de una mano sobre uno de los aparatos. Tenía un cuerpo fuerte. Se esforzaba mucho para estar así. No quería mostrar debilidad alguna.

Había un pasillo corto que comunicaba el gimnasio con su habitación. Tampoco estaba allí... Había pocas cosas en su dormitorio. La cama estaba en un rincón y, aparte de un armario y algún mueble más, estaba casi vacío. Había una barra horizontal cerca de la puerta que daba al patio.

Katharine miró hacia la cama. Las almohadas estaban a un lado. La manta y las sábanas estaban revueltas. Había estado allí. Y no había sido capaz de dormir. Le había dicho que no podía dormir...Volvió a sentir esa opresión en el pecho. Se inclinó sobre la cama, puso las mantas en su sitio y recolocó las almohadas. Necesitaba algo que hacer para mantenerse ocupada mientras decidía qué paso dar a continuación. Era su forma de poner algo de orden en aquel extraño puzle.

–¿Qué estás haciendo?

Katharine se volvió bruscamente. Zahir estaba en el umbral, desnudo de cintura para arriba y sudoroso bajo la luz de la luna.

–Solo vine a...

–No puedes dejarme solo, ¿verdad, Katharine? –le dijo en un tono desesperado.

–¿Y cómo voy a hacerlo después de lo que me dijiste? –le preguntó ella. Las sienes le palpitaban. Sentía mareos.

–Es muy fácil. Déjame en paz, al igual que ha hecho todo el mundo durante los últimos cinco años. Accedí a ese matrimonio sobre el papel porque quería ignorarte todo lo posible –le dijo, casi con un gruñido. Apenas podía contener la ira.

–¿Y por qué aceptaste entonces?

–Porque es lo mejor para mi gente. Puede que no sea capaz de estar en una multitud, pero eso no me exime de mis responsabilidades.

–Siento lo de hoy.

Él entró en la habitación.

–Sientes lo de hoy, sientes lo de la mesa. ¿Es por eso que estás aquí? ¿Para demostrarme lo mucho que lo sientes?

La agarró de la cintura y tiró de ella. Se inclinó y deslizó los labios sobre su cuello. Katharine sintió que las piernas empezaban a temblarle, no de miedo, sino de otra cosa. Era pura atracción... el mismo sentimiento que la había asaltado nada más entrar en su despacho.

Incluso en ese momento... sabiéndose el objetivo de tanta rabia, no podía evitar sentir esa vibración especial que había entre ellos. Era tan poderosa.

–¿Has venido para decirme lo mucho que lo sientes con ese precioso cuerpo tuyo? –le dijo en un susurro.

Sus labios le rozaron el lóbulo de la oreja levemente. Había un ligero temblor en sus dedos.

–Qué apropiado. El sacrificio de una virgen para apaciguar a la bestia –tensó la mano y estiró los dedos sobre su cintura. Con el pulgar casi le rozaba la parte de abajo del pecho.

Katharine se quedó sin aire. Quería que la soltara, pero también quería que la apretara contra su cuerpo. Él se quedó así, no obstante. Podía sentir su rostro muy cerca. Su aliento le rozaba la mejilla, caliente e íntimo. De repente sintió una caricia a lo largo de la mandíbula. El gesto fue tan sutil, nada que ver con la rabia que desprendía su cuerpo... Pero cuando lo miraba a los ojos veía algo más. Deseo, tan primario y auténtico que casi podía palparlo...

Él bajó el brazo y retrocedió bruscamente.

–No necesito tu compasión –le dijo, dando otro paso atrás.

Katharine sintió una ira creciente, frustración, impotencia...

–No tienes mi compasión –le dijo en un tono tirante–. Siento lo que le pasó a tu familia. Siento que hayas tenido que pasar por ello. Ningún hombre, ninguna mujer, nadie debería tener que pasar por lo que tú has pasado. Pero ahora mismo te estás comportando como un idiota. Y un hombre que se comporta como un idiota porque cree que se puede salir con la suya no me da ninguna pena. Nos vamos a casar dentro de dos meses. Yo estoy dispuesta a colaborar. Pero, elijas lo que elijas, tienes que encontrar la forma de civilizarte. Y los recuerdos no tienen nada que ver con eso –dio media vuelta y abandonó la estancia. Sus tacones sonaban con contundencia sobre el suelo de mármol.

Una ola de arrepentimiento se apoderó de Zahir. Apretó los dientes para contener la rabia y la excitación, casi dolorosa en ese momento. Habían pasado cinco años durante los que no había sentido ni el más mínimo impulso sexual. Nada. Pero Katharine lo había devuelto a la vida nada más entrar en su despacho por primera vez. Tenía que controlar esos sentimientos. No tenía otra opción.

–¿Y qué propones que hagamos? –le preguntó él, entrando en el patio, a la mañana siguiente.

Katharine ya estaba allí, con el pelo recogido en un pulcro moño. La taza de café se detuvo a medio camino entre la mesa y su boca. Levantó la vista y lo miró. Dejó la taza sobre la mesa.

–¿Perdona?

–¿Qué quieres que hagamos para terminar con esos flashbacks? Parecía que ayer tenías una idea.

–Y tú parecías estar a punto de echarme del palacio.

–Eso fue anoche.

–¿Y entonces no tiene importancia?

Él agitó la mano, restándole importancia a sus palabras.

–Ya no.

Trataba de superarlo. Quería dejar atrás ese arrebato de lujuria, y la rabia que llevaba consigo. Estaba listo para luchar, como el guerrero que era; el guerrero que se había disfrazado de rey durante los cinco años anteriores. El control no era suficiente. Tenía que pasar a la acción, enfrentarse a los obstáculos y acabar con ellos.

–Sí que importa. Porque me importa a mí. Yo no soy tu enemiga, Zahir. Ya te has ocupado de tus enemigos, ¿no?

Él asintió. Esos recuerdos sí que estaban claros. Los

hombres que habían arrojado granadas bajo la caravana de su familia habían sido castigados con todo el peso de la ley.

—Yo no soy uno de ellos. Yo no lucho contra ti. Estoy luchando por mi país, por el tuyo. Por mi hermano. Y necesito a un hombre que sea capaz de ser el regente de Austrich.

—Yo soy capaz. Más que capaz. ¿No has visto cómo ha progresado Hajar desde que yo estoy al frente del gobierno?

—Claro que lo he visto. Llevo tiempo... —miró hacia otro lado—. Llevo tiempo sabiendo que tendría que casarme contigo, y he seguido todos tus pasos.

—Pero siempre evitabas verme.

—No es que tengas fama de ser un hombre encantador y alegre precisamente.

—Entiendo.

—Y yo ignoraba esta parte de mi trabajo.

—¿Trabajo?

—¿No consideras que ser jeque es un trabajo?

—Sí. Bastante exigente, por cierto. Papeleos que nunca terminan, y trivialidades que me llevan mucho tiempo.

—Y es lo mismo para mí, aunque mis responsabilidades sean distintas. El matrimonio siempre estuvo incluido en las funciones a desempeñar; un matrimonio para consolidar alianzas, por lo menos, o por las razones por las que nos casamos nosotros.

—¿Pero tú lo ignorabas?

—Sí. Cuando se pospuso, yo lo acepté sin más y aguanté todo el tiempo que pude. A decir verdad, lo pospuse tanto porque estaba esperando a que hubiera algún tipo de crisis. No lo hice bien.

—Por lo menos lo hiciste al final. Espera... En realidad fue la crisis la que te hizo decidirte por mí.

–¿Lo fue?

–El comercio es una cosa. Es algo beneficioso, claro, y es importante. Pero yo no podía condenar a tu país a una guerra civil, a más derramamiento de sangre. No podía soportar la idea de volver a tener las manos manchadas de sangre –cerró los puños mientras hablaba–. Casi podía sentir esas manchas. Debería haber sido capaz de pararlo. Por lo menos debería haber protegido a mi hermano.

–No tienes las manos manchadas de sangre, Zahir. Yo no soy tu enemiga. Y tú tampoco eres mi enemigo.

–Ya basta –dijo él, zanjando la discusión.

–Vuelvo a la razón inicial por la que estoy aquí. ¿Cómo piensas prepararme para la boda?

–Tengo unas cuantas ideas –dijo él.

Ella lo miró. Zahir contempló sus ojos verdes, tan dulces y profundos.

–Saldremos de esto. Vamos a seguir luchando.

–¿Listo? –Katharine miró a Zahir.

Su perfil, poderoso y masculino, no dejaba lugar a dudas. Los hombres como él siempre estaban listos. Su orgullo no les permitía otra cosa.

–Sí.

Pero eso no le decía nada, porque ella ya sabía cuál iba a ser su respuesta.

–Bien.

El conductor arrancó el coche y salió del palacio, dirigiéndose hacia el centro de la ciudad.

–No es que no viaje nunca –le dijo él.

–Lo sé. Y también sé que evitas pasar cerca de sitios como el mercado, donde la gente se puede aglutinar alrededor del coche.

–No tengo miedo –dijo él. Sus palabras sonaron breves, cortantes.

–Nunca he dicho que lo tuvieras.

–Pero lo piensas. No tengo nada que temer. Me he enfrentado a la muerte y, si viene de nuevo por mí, lucharé contra ella, y si no puedo, la recibiré con valentía. Lo que no me gusta es que se apoderen de mi mente, no tener control sobre lo que veo, sobre lo que hago. Prefiero enfrentarme a la muerte en ese caso –todo su cuerpo estaba tenso; sus músculos agarrotados–. Ya sabes cómo es... Tener que invertir tanta energía en mantener a los demonios a raya, no tener ni un momento de paz. Vuelvo a vivirlo a diario. No hasta ese punto, como en el mercado, pero al final siempre es lo mismo.

Ella tragó con dificultad.

–¿Por qué?

–Tengo... tengo que recordarlo –dijo él, con la voz ronca.

–No, Zahir. No tienes que hacerlo.

–Todo el mundo está muerto, Katharine. Malik, mi madre, mi padre, los guardias, que estaban allí para protegernos. ¿Cómo voy a dejarlo atrás? ¿Debería superarlo? Ellos nunca podrán. Están muertos.

El dolor que impregnaba sus palabras era lacerante, abrasador. De repente, Katharine lo entendió todo. Él llevaba consigo el recuerdo de los últimos momentos de su familia porque pensaba que no hacerlo le restaba importancia a la tragedia. Lo entendía, y quería compartir el peso de ese dolor con él, aliviarle la carga.

–Ellos no están, pero tú sí. Y yo te necesito. Tu gente te necesita. Y es por eso que lograrás superarlo todo.

Él se miró las palmas de las manos.

–Yo pensaba que lo había superado –apartó la vista–. No. Sabía que no lo había superado. Pero pensaba que lo tenía controlado. Los dos flashbacks que tuve desde que llegaste han sido los únicos que he tenido en más de un año.

Ella trató de forzar una sonrisa.

–Entonces... se trata de mí.

–Haces que sea muy difícil concentrarse –le dijo él, clavándole la mirada–. Eso es cierto. Y sin embargo... –volvió a rehuir su mirada–. Tu voz... Tu cara... Me trajeron de vuelta.

Una emoción incontenible surgió dentro de Katharine.

–Bien. Partiremos de ahí –apoyó la mano sobre el asiento, entre ellos–. Agárrate a mí si sientes que va a ocurrir.

Él bajó la vista hacia su mano, arqueó una ceja... Su expresión era pura testarudez masculina.

–Lograré bloquear esos recuerdos.

–Si fuera tan sencillo, entonces lo harías siempre.

La expresión de Zahir era casi fiera.

–Debería ser así de sencillo. Yo debería ser más fuerte.

–¿Deberías ser más fuerte? ¿Deberías poder soportar todo este peso y superarlo al mismo tiempo? ¿Cómo ibas a ser más fuerte, Zahir? Sobreviviste. Y no solo eso. Tu padre y Malik estarían orgullosos de ti si pudieran ver lo que estás haciendo con tu país.

–Ellos estaban hechos para esta vida. Nacieron para ello. Hombres diplomáticos, hombres de su gente –se rio con amargura y frialdad–. Los dos sabemos que yo no soy muy diplomático, por así decir.

–Te preocupas por tu gente. Que no pases la vida exhibiéndote por ahí no quiere decir que no te importen. Que no sea tan fácil para ti no quiere decir que no lo puedas hacer tan bien como Malik.

–¿Por qué quieres curarme, *latifa*?

Ahí estaba de nuevo. Belleza. La frase completa estaba llena de falsedad, pero Katharine se aferró a esa única palabra. Le habían dicho cosas bonitas muchas veces, sobre todo la prensa. Pero esos eran los mismos medios que más tarde la criticaban si se atrevía a llevar una tonalidad de amarillo que no fuera bien con su tono de piel. Su padre también usaba la palabra, pero en los labios de Zahir sonaba de otra manera. Algo pasaba en su interior cuando la oía; un cosquilleo que se le extendía por el cuerpo, asentándosele en el estómago.

Parpadeó y levantó la vista hacia él. Lo miró a los ojos.

–Yo... Porque tengo que hacerlo. La boda. Tenemos que mostrar fortaleza.

Sus palabras sonaron torpes, pero enérgicas. No sabía qué más decir. Siempre había trabajado por el bien de su país; había atendido a los militares en los hospitales como voluntaria...

El coche giró, tomando una ruta que pasaba por las zonas más pobladas y que llevaba al centro de la ciudad. Katharine sintió que Zahir se ponía tenso a su lado. Extendió una mano y le rozó los dedos. Quizá sus palabras no habían sido las más acertadas, pero el contacto físico era lo correcto. Y él lo aceptaba. La calle se estrechó. Se llenó de vehículos y viandantes a medida que se acercaban al mercado. El tráfico se hizo muy lento. Katharine podía sentir la ansiedad de Zahir a medida que la multitud se cerraba alrededor del coche, pasando por su lado para poder cruzar la calle.

–Mírame –dijo ella.

Él se volvió. Tenía la frente cubierta de sudor, y la mandíbula contraída.

–Mírame –le dijo ella–. Estoy aquí. Y tú también.

Él acercó la mano hasta rodear la de ella por completo. Le rozó los nudillos con el pulgar. Se la apretó con fuerza, aflojó y entonces volvió a apretar. Katharine sintió una opresión en el pecho. Viéndole luchar así sentía que había una fuerza escondida dentro de él. Estaba librando una batalla contra sus propios demonios.

–Realmente no sé lo que estoy haciendo –dijo ella suavemente.

–Pues sigue haciéndolo –dijo él, apretando los dientes–. Porque parece funcionar.

Ella sintió que se le cerraba la garganta. Estaba molesta. Le molestaba que él tuviera que lidiar con todo aquello. Estaba furiosa. Sufría porque alguien le había hecho eso, y no sabía qué tipo de ayuda ofrecerle.

–¿Qué hiciste anoche? –le preguntó ella.

Él soltó el aliento. Relajó la expresión un poco.

–Pillé a una intrusa en mi habitación.

Katharine sonrió.

–Antes de eso.

–Iba a caballo. Ella ve lo que yo no puedo ver. Y aunque ya existen coches que hacen lo mismo, no es igual.

–No. No podría serlo. Los animales tienen una intuición que las máquinas no tienen. A mí también me gusta montar a caballo –tomó el aliento–. Me gustaría salir contigo, a montar, quiero decir.

Él asintió con la cabeza.

–Por la tarde, cuando no haga tanto calor.

–Me gustaría.

Estaban pasando por el centro de la ciudad, atravesando la multitud. Zahir se relajó un poco. Apartó la mano y la puso sobre el regazo.

–¿Estás listo para volver? –le preguntó ella, preguntándose si era suficiente por un día.

–Estoy bien –dijo él.

Y ella supo que lo decía de verdad.

Capítulo 7

ZAHIR se detuvo en el umbral de la biblioteca. Katharine estaba allí, sentada junto al hogar. Un resplandor dorado bañaba las páginas del libro que sostenía, y también su piel de marfil. El fuego no era necesario realmente, pero ella lo había encendido para dar un poco de ambiente. Era esa clase de persona, de las que disfrutaban de los pequeños detalles, de las cosas sencillas, como poner flores en un jarrón. Cuando no resultaba irritante, esa característica suya le sorprendía, le hacía anhelar algo que no creía poder encontrar por sí mismo. Le hacía sentir que tenía que apartarse de ella, volver a aquel lugar donde no podía sentir nada. Pero en realidad no quería hacerlo.

—Ven a montar conmigo.

Ella levantó la vista, esbozó una sonrisa.

—Me encantaría —se puso en pie y dejó el libro sobre la mesa que estaba a su lado. Sonrió.

Muy poca gente le sonreía. Pero Katharine no era como los demás.

—No puedes ir con eso —le dijo, mirando el vestido de verano que se había puesto.

Solía ir vestida de esa manera y Zahir no tenía quejas al respecto. Así podía mirarle las piernas todo el día.

—Voy a cambiarme —dijo ella y echó a andar.

Cuando pasó por su lado, Zahir no pudo evitar fijarse en el suave meneo de sus caderas a cada paso. Un deseo repentino y casi violento se apoderó de él.

La deseaba con locura...

–Un momento –dijo ella, entrando en la habitación y cerrando la puerta tras de sí.

Él apoyó la palma de la mano, todavía dolorida después del incidente del florero, sobre la fría madera de la puerta, nada que ver con la piel suave y cálida de una mujer. Había pasado tanto tiempo desde la última vez que había tocado la piel de una mujer... Pero antes que obligarla a estar con él, pasaría el resto de su vida viviendo como un monje. Todavía le quedaba algo de orgullo, tanto como le permitían esas horribles heridas. Apretó el puño... No estaba dispuesto a aprovecharse de ella. No iba a meterla en su cama con argucias...

Pero se sentía tentado... tanto así que casi temblaba de deseo.

–Lista –ella abrió la puerta de repente y salió con unos leggings color crema y una chaqueta color verde olivo. Era como la versión de pasarela de un traje de amazonas, entallado, elegante y llamativo.

–Por aquí –le dijo Zahir. Echó a andar hacia la parte de atrás del palacio, para salir por el acceso más próximo a los establos.

Le miró la mano y se sintió tentado de tomársela, tal y como había hecho el día anterior. En ese momento ella había sido su apoyo, le había salvado de caer una vez más en ese abismo de recuerdos terribles. Apretó la mano y resistió el impulso. La dejó que fuera tras él sin más.

–Todavía no he salido a los establos. No quería... No sabía si tenía permiso.

–Pero mi habitación te parece un buen sitio para pasar la tarde.

–Bueno, te estaba buscando. Y... sé que he cometido algunos errores, Zahir.

–Los errores ya estaban de antes, Katharine –le dijo él, forzando las palabras–. ¿Por qué haces eso?

–¿El qué?

–Aunque estés muy segura de ti misma, parece que siempre asumes más culpa de la que te corresponde.

–Yo solo... Quiero ayudar –dijo ella.

–¿Eso es todo?

Ella guardó silencio entonces. No tenía ninguna respuesta ingeniosa para ese comentario. Por primera vez, Zahir sintió pena por ella. Estaba haciendo lo correcto, lo que sentía que tenía que hacer, y sin embargo, aún tenía la sensación de estar esperando algo, esa luz... ese momento en que por fin sería libre, de todo, de él.

–A lo mejor lo ves en mí porque tú tienes la misma tendencia.

–Yo me he ganado a pulso toda la culpa que tengo.

–No –dijo ella–. No es así. La culpa es de otros, Zahir. La culpa es de los hombres que atacaron a tu familia. ¿Y todo para qué?

–Por dinero. Poder.

–Pero a ti te dan igual esas cosas. No te importan en absoluto, y no entiendo por qué piensas que tienes culpa en esto.

–Porque yo soy el único que queda. Debo de haber cometido un pecado muy grande para merecer esto.

–O a lo mejor fuiste afortunado.

–Eso es lo último que se me ocurriría pensar, *latifa*.

Abrió la puerta que daba al exterior y recibió la caricia de la fresca brisa de la tarde. En momentos como ese se sentía normal, vivo... El resto del tiempo simplemente no sentía nada, o de lo contrario sentía una enorme culpa que le paralizaba. Los caballos, un bayo y otro negro, esperaban justo delante del establo, amarrados a la verja. Zahir fue hacia el más grande y le acarició la nariz. Los caballos no le tenían miedo.

–Esta es Lilah. Puedes montar en ella. Es muy buena.

–Te agradezco la consideración, pero no me hace falta que sean buenos.

Él guardó silencio. La frase estaba cargada de dobles sentidos.

–Muy bien –le dijo sin más.

–¿Y cómo se llama el tuyo? –le preguntó ella.

Él puso el pie en el estribo y se subió al caballo rápidamente.

–A Nalah no le gusta que la confundan con un chico.

–Lo siento. Pensé que... –montó encima de Lilah–. Un hombre tan fuerte y grande como tú cabalgaría a un semental.

–Oh, no, definitivamente no. No creo que fuéramos a llevarnos muy bien, ¿no crees?

Ella se rio y sus carcajadas retumbaron por el prado. Él sintió que una sonrisa le tiraba de las comisuras de los labios. Era una sensación tan extraña; hablar con otra persona de esa manera, libre de miedo, incertidumbre... Un orgullo repentino creció en su interior de repente, mezclándose con el calor que corría por sus venas. La había hecho sonreír.

–Mmm... Ya veo que no te falta ego.

–Te reto a una carrera hasta ese último palo de la verja, el que está junto a esas rocas. Y si me ganas, conseguirás hacer mella en ese orgullo mío.

Katharine sonrió de oreja a oreja y golpeó los flancos de Lilah con los talones. Zahir no tenía prisa. Podía ir detrás de ella todo el tiempo y adelantarla en el último momento. No podía conducir, ni caminar sin cojear,

pero las cosas eran distintas sobre el lomo de un caballo. La arena vibraba bajo las herraduras de Nalah. El
sonido retumbaba en su cuerpo, en su alma. Le hacía
sentir entero, completo, aliviado de alguna manera. El
sol se escondió detrás de una de las montañas bajas que
dibujaban el horizonte de Hajar. Todo quedó cubierto
por un manto purpúreo.

Todavía podía ver bien a Katharine, no obstante. Sus
tobillos y su rostro pálido eran visibles en la penumbra.
Tenía un aspecto tan delicado... Pero nada podía estar
más lejos de la realidad. Era pura fuerza.

La adelantó en el último segundo con facilidad. Ella
masculló un juramento y se detuvo justo detrás de él.
Tenía el pelo alborotado alrededor de la cara, respiraba
con dificultad y se reía al mismo tiempo.

—Oh, sabías lo que ibas a hacer, ¿verdad?

—Claro que sí —le dijo él.

Bajó de Nalah. Al retomar el contacto con el suelo,
hizo una mueca de dolor. La arena era más fina allí y el
terreno era más rocoso. Katharine bajó también y se sacudió el cabello, desprendiendo una suave fragancia a
vainilla.

—Muy bien. En casa te hubiera hecho lo mismo.

—Hablando de eso, quiero enseñarte algo.

Condujo a Nalah hasta el poste más cercano y la
amarró allí. Katharine hizo lo mismo y fue tras él.

—Muy bien. Te sigo.

—Por aquí.

Le siguió hasta las rocas que parecían colocadas allí
a propósito. Todo era llano y desierto a su alrededor.
Había un pequeño espacio entre las piedras, lo bastante
grande para permitir el paso de dos personas.

—¿Qué es esto? —le preguntó ella, contemplando el
verdor que la rodeaba.

Las rocas se curvaban hacia dentro y daban algo de sombra. Un pequeño manantial bajaba por las paredes naturales.

–Amal, el oasis de la esperanza. Eso fue lo que atrajo a mi gente a Kadim. Hajar es todo llano y es difícil refugiarse de los elementos. Llevaban semanas caminando por el desierto, y encontraron este lugar. Había agua. Podían refugiarse del sol.

–Y había un palacio, y una ciudad –le dijo ella, terminando la frase.

–La ciudad estaba primero. Pero este siempre ha sido un lugar especial para mi familia. Malik y yo solíamos venir aquí cuando éramos niños. Era un lugar en el que podíamos jugar, escapar del calor.

Katharine podía imaginárselos. Dos niños sin preocupaciones, con ganas de divertirse...

–Las cosas debían de ser mucho más sencillas entonces.

Él se encogió de hombros.

–Sí y no. Yo siempre lo supe. Siempre supe que Malik tenía un peso muy grande que llevar. Siempre me alegré de no tener que ser yo quien lo llevara –se rio. El eco de su risa retumbó en el espacio cerrado–. Me pregunto... –bajó la vista un momento y entonces volvió a mirarla–. Me pregunto si es por eso que solo soy yo el que queda. Una jugarreta del destino. Yo siempre me sentí muy contento con el lote que me había tocado. Me sentía tan feliz de que fuera mi hermano quien tuviera que llevar el peso de la responsabilidad del liderazgo –se aclaró la garganta–. Yo era militar. Debería haberlo visto venir. Debería haberlo sabido.

Ella le tocó el antebrazo.

–¿Qué deberías haber sabido?

–Debería haberme anticipado a los acontecimientos.

He visto guerras. Normalmente... siento las cosas, tengo intuición. Ese día, no vi nada. Estaba ciego. Todos lo estábamos. Pero yo era el único que no tenía excusa. Tendría que haberme dado cuenta.

—No podrías haberlo sabido, Zahir.

—Lo sé –dijo él con dureza–. Lo sé –repitió en un tono más suave–. Pero a veces pienso que debería haber sido capaz de pararlo todo.

—No. Los únicos que podrían haberlo impedido fueron los que lo hicieron. Podrían haber dado media vuelta ese día. Pero no lo hicieron.

—Y todo por la sed de poder. Idiotas. El poder es un sentimiento vacío.

—No si sabes cómo usarlo.

—Pocos lo saben. El poder, la sed de poder... Ese es el motivo por el que estás aquí y no en casa. Ese es el motivo por el que tienes que proteger a Alexander. Tienes que protegerle de la gente que haría cualquier cosa por quitarle el poder.

—Entonces son los que no lo quieren los que hacen las mejores cosas con él. Y será por eso que tú eres un líder tan bueno, Zahir.

—¿Y qué me dices de ti, princesa Katharine?

Ella arqueó una ceja.

—¿Qué me dices de ti y de toda esa responsabilidad que te has echado a la espalda? ¿Es tu deber responsabilizarte de todos?

—Sí. A lo mejor. No sé qué otra cosa hacer. A diferencia de ti, yo sí que siento la llamada del deber. Y sin embargo, no puedo gobernar. Nunca podré. Tengo que... hacer algo. Encontrar una forma para... que reconozcan mi trabajo. Y si tengo que responsabilizarme de todo para conseguirlo, lo haré. Seré yo quien lo arregle todo.

Él la miró durante unos segundos. Sus ojos oscuros trataban de ver más allá, abrasándola por debajo de la piel.

–A mí no tienes que arreglarme.

De repente ella se dio cuenta de que no sabía cómo hacerlo. Lo miró fijamente. El hombre que tenía delante era un guerrero, un guerrero al que le daba miedo la batalla. Las cicatrices que tenía por dentro eran mucho peores que las que tenía en la piel... De pronto tenía la sensación de que nunca sería suficiente para él. Nunca sería capaz de atravesar esa coraza de hierro y llegar hasta él...

–Fue más fácil hoy –dijo Zahir, entrando en la biblioteca.

Katharine dejó a un lado el libro que estaba leyendo y le ofreció una de sus sonrisas más dulces. Zahir se había acostumbrado a ellas, más de lo que quería admitir.

–Me alegro.

El camino hasta la ciudad había sido más fácil ese día. Sentirla a su lado le daba fuerzas, tranquilidad. El tacto de su mano le mantenía en el presente.

La boda era otra cosa, no obstante. Habría cientos de personas observándolos. Era su oportunidad para cubrirse de gloria, o para mancillar el buen nombre de su familia. Era difícil explicar lo que podría llegar a pasar en esa situación. Perder el control, en público... Eso le aterraba más que nada.

–La boda será fácil –dijo.

–¿Fácil? –repitió ella, levantándose de la silla, con los brazos cruzados.

Él se permitió el lujo de mirarle las curvas de arriba abajo y la lujuria le golpeó de inmediato.

–Las bodas nunca son fáciles, sean cuales sean las circunstancias.

–Pensaba que solo tratabas de hacerme sentir mejor.

–Solo trato de que salgamos adelante –dijo ella.

–Una meta ambiciosa.

–Creo que eso es todo lo que puede esperar cualquier pareja de novios antes de casarse.

–Puede que tengas razón, aunque mi primer compromiso fue bastante corto –le dijo él.

–Oh... Amarah...

Zahir casi esbozó una sonrisa al oír ese tono de voz tan afilado.

–Amarah no era mala.

–No me la puedo imaginar de otra manera. Debería haberse quedado contigo.

–Y así no te habría tocado a ti al final, ¿verdad?

–No. Porque te hizo una promesa.

Él apretó los dientes. Odiaba tener que contar la historia, pero tenía que hacerlo. Ella tenía que entenderlo.

–Recuerdas cómo estaba el primer día, en el mercado, ¿no?

Ella asintió.

–Seguí así durante mucho tiempo. Tenía pequeños momentos de lucidez seguidos de gritos, arrebatos de locura. Me dolía mucho, y la medicación que me daban me hacía dormir, o me alejaba de la realidad. Yo no era el hombre al que ella conocía. Ni siquiera me parecía a él. Tenía la piel de la cara tan quemada que estaba irreconocible. Durante un tiempo pensaron que había perdido la razón del todo. Yo mismo llegué a pensarlo. Había tanta rabia y dolor dentro de mí, tanto dolor en todas partes... Sentía la piel como si todavía estuviera ardiendo. Y cuando por fin empecé a dejarlo todo atrás, los recuerdos, las emociones, entonces pude seguir adelante. Entonces pude empezar a andar. Aprendí a manejarme con un solo ojo. ¿Cómo iba a pedirle que se quedara? ¿Cómo iba a pedirle que se quedara al lado de una bestia?

–Tú no eres...

–Lo era entonces.

Los ojos verdes de Katharine se llenaron de dolor. No era pena, ni compasión. Era como si sintiera lo que él mismo había sentido, como si pudiera compartirlo.

–¿Cómo fuiste capaz de seguir adelante? Perdiste a tu familia y después la perdiste a ella.

–Tenía a mi país, Hajar. Y sabía que tenía que proteger a mi gente. Tenía que ser yo. Y aunque no fuera un líder nato, tenía que hacer lo que pudiera. Empecé por mejorar la seguridad, seguí con los hospitales para niños que hubieran sufrido ataques... Tratamos a niños de todo el mundo, gratis. Evidentemente, para hacer eso, tuve que buscar nuevas formas de obtener ingresos. Eso es lo que me ha mantenido a flote.

–¿Pero cómo crees que no naciste para ser líder, Zahir? Tu gente...

–Mi gente me tiene miedo.

–A lo mejor es porque no les has demostrado cómo eres realmente.

Se lo dijo con tanta dulzura... como si realmente creyera que había algo valioso dentro de él, incluso después de haberle oído decir que estaba vacío por dentro. La miró fijamente. Examinó la forma en que ella lo miraba. Y deseó poder cambiarla.

Apartó la vista.

–Entonces me he estado preparando para enfrentarme a las multitudes. ¿Algo más?

–Bueno, tendremos que bailar. En realidad, no tenemos por qué hacerlo. Si tu pierna...

Zahir sintió un nudo en el estómago.

–Pensaba que teníamos que hacerlo.

–No si... No quiero...

–Tú me dijiste que no eras frágil, ni delicada. Yo tampoco. Solía bailar mucho. No tomé clases ni nada parecido, pero durante los años que pasé estudiando en Europa, bailaba mucho.

Para él había sido más bien una técnica para ligar, pero había funcionado muy bien.

–Eso me sorprende.

–Pues no debería. A las mujeres les gusta y a mí siempre me han gustado las mujeres.

–Y tú les gustabas a ellas.

–Bueno, parece que hace siglos de eso, pero si puedo montar a caballo, entonces puedo bailar, a menos que no quieras bailar con un hombre que no hace más que cojear.

Ella frunció el ceño.

–No es eso. No quiero ponerte bajo presión.

Zahir sintió que su cuerpo respondía como si fuera un reto. Una descarga de adrenalina le recorrió por dentro.

–*Latifa,* puedes provocarme todo lo que quieras, pero dudo mucho que consigas tu propósito.

Un destello brillante iluminó los ojos de Katharine. Era una respuesta al desafío.

–Bueno, me gustaría ver esas técnicas de baile.

–No son nada comparado con aquello a lo que estás acostumbrada. De eso estoy seguro. Pero sé que todavía puedo.

Extendió la mano. Ella se lo quedó mirando.

–No he bailado mucho –dijo.

–Eso me sorprende –le dijo él.

–¿Por qué? –le preguntó ella.

–Eres una mujer preciosa.

Katharine se aclaró la garganta y apartó la vista. El cumplido la había avergonzado un poco.

–Bueno, soy una mujer a la que prometieron en matrimonio, destinada a casarse con un jeque. Y siempre supe que me utilizarían para conseguir otra alianza política así que... Nunca me alentaron demasiado en lo que a bailar se refiere.

–¿Y necesitas que te animen para hacer cosas? Yo pensaba que hacías lo que te daba la gana.

–Hago lo que mi padre me dice –le dijo ella tranquilamente–. Lo que le hace ver algo de valor en mí.

Zahir frunció el ceño. Su expresión se volvió más seria. Se inclinó hacia ella, la agarró de la barbilla y la hizo mirarlo a los ojos.

–Si no es capaz de ver lo que vales, entonces es que está ciego. No, ni siquiera ciego. Yo no puedo ver por un ojo, pero sí que veo lo que vales.

Katharine tragó con dificultad.

–¿En serio?

–Tú eres la única persona que me ha desafiado, de una forma u otra. Eres más tenaz que cualquiera de los hombres a los que conozco.

–Lo mismo digo –dijo ella, intentando no derretirse.

Sus palabras eran como un bálsamo sobre una herida que no se había curado.

–Bueno, baila conmigo, ¿quieres?

Sin quitarle la mirada de encima, Zahir se inclinó y tomó un mando de una mesa auxiliar. Apuntó hacia arriba y apretó uno de los botones. Una suave melodía de jazz, tocada a guitarra, empezó a sonar. Zahir dio un paso adelante, lentamente. Sus ojos negros estaban clavados en ella. Sus movimientos eran sutiles, fluidos. Extendió la mano y ella la tomó. Un calor intenso la inundó por dentro cuando sintió sus dedos, entrelazándose con los suyos propios. Tiró de ella y la agarró de la cintura... Durante una fracción de segundo, Katharine pudo ver al playboy que había sido; pudo ver al hombre a cuyos pies se arrojaban las mujeres... Él deslizó las manos desde su trasero hasta la curva de sus caderas; la agarró con fuerza. Ella levantó la vista, lo miró a los ojos. No quería echarse atrás. Le rodeó el cuello con ambos brazos y se acercó más. Necesitaba estar más cerca. Enredó las manos en su cabello, copioso y muy negro. Él emitió un sonido cercano a un gruñido y le clavó la mirada... Ella deslizó las manos por su cuello, le sujetó las mejillas... Su piel estaba áspera, cubierta por una fina barba de unas horas. Pero Katharine necesitaba más; necesitaba llenar el pozo de deseo que se había abierto en su interior... Sería difícil llenarlo, no obstante. Se puso de puntillas y lo besó en los labios. Fue como un electroshock. La descarga de corriente se había generado entre sus bocas y corría por sus venas a toda velocidad, como una bala de adrenalina que volaba hacia su corazón.

Él seguía bajo sus labios, agarrándola de la falda del vestido. El tejido se arrugaba en sus puños. Zahir gruñó... Katharine empezó a besarlo con frenesí... Entreabrió los labios y deslizó la lengua sobre su labio superior, sobre la cicatriz que lo atravesaba. Él se estremeció. Todos los músculos de su espalda temblaban bajo los dedos de Katharine.

La agarró con más fuerza, la apretó contra su propio cuerpo. Ella podía sentir su erección contra el vientre... La besó en el cuello, en el hombro, mordiéndola, chupándola... Deslizó las manos por sus caderas y siguió hacia la cintura... Ella se volvió y capturó sus labios de nuevo, gimiendo de placer. Todo era instinto, lujuria, desenfreno, sentimiento... Él la devoraba y ella estaba más que dispuesta. Deslizó una mano hacia abajo y la agarró del muslo, justo por debajo de la rodilla. Tiró de ella hacia arriba y le separó los muslos, obligándola a enroscar una pierna alrededor de su propia cadera. Katharine sintió la punta de su miembro contra su propio sexo y empezó a mecerse contra él, siguiendo su instinto, por una vez, olvidándose de la razón.

Se trataba de sentir. No había lugar para la lógica... Zahir dejó de besarla un instante y se rio, colmándola de besos en el cuello, en el hombro...

–Zahir... Oh, Zahir... –susurró ella, agarrándole con fuerza de los hombros, clavándole las uñas en la piel.

Él se quedó quieto, se apartó un momento. La expresión de su rostro era de confusión, aturdimiento. Y entonces volvió la cordura... Se alejó de ella con brusquedad, casi sin aliento.

–Ya basta.

–Zahir...

–¿Por qué estás aquí, Katharine?

–Quería leer un poco, así que bajé después de la cena y...

–No... ¿Por qué estás aquí? En Hajar. Conmigo.

–Por Alexander. Porque... Porque necesito a un marido que proteja el trono de Austrich...

–Si no hubiera sido por eso, ¿habrías venido?

Ella sacudió la cabeza.

–No –le dijo con un hilo de voz. Todo el cuerpo le temblaba.

Zahir la miró un momento. Sus ojos eran pozos negros, insondables. Katharine sintió un nudo en el estómago. Las rodillas le temblaron. Él asintió con la cabeza, dio media vuelta y se marchó.

Capítulo 8

KATHARINE no estaba acostumbrada a que la gente le mostrara su desaprobación tan abiertamente, a menos que se tratara de su padre. Pero lo que había pasado con Zahir era mucho más. Le había hecho daño. O por lo menos eso pensaba... Ya no sabía muy bien si era capaz de sentir dolor alguna vez. No sabía si había algo debajo de esa pared de granito.

«Sí que lo hay. Toda esa pasión...».

Por un instante, había visto a Zahir tal y como era. Seductor, encantador, sensual... Tal y como había sido, quizá... No. Aún lo tenía. Esa fuerza de la Naturaleza seguía dentro de él.

Parpadeó rápidamente y volvió a mirar la pantalla del ordenador que tenía delante. Sus dedos se deslizaban sobre la pantalla táctil, pasando las páginas y mostrando un traje de novia tras otro. Aunque no importara mucho cómo fuera vestida, quería mirar unos cuantos modelos más de los que su modisto particular le había mandado. Eran unos bocetos espectaculares; una buena publicidad para él y para el diseñador que los había creado.

Katharine frunció el ceño. Siempre hacía lo mismo; justificarse y buscarle sentido a todo lo que hacía. Era una forma de sentirse útil. Rodó sobre sí misma y se acostó boca abajo. Apartó la tableta. Le diría a Kevin que escogiera uno, porque realmente no le importaba mucho. ¿Qué importancia tenía, después de todo? Zahir hubiera preferido no casarse, de haber tenido elección, y le traía sin cuidado si desfilaba hasta el altar con un traje glorioso o con un saco de patatas...

Tenía que protegerse a sí misma. Si se dejaba quitar el corazón, si llegaba a olvidar que él no era capaz de sentir algo por ella, entonces estaba perdida. Se trataba de un arreglo temporal, un matrimonio de conveniencia, y debía tenerlo bien presente en todo momento.

–No quisiera que fuera de ninguna otra manera –dijo para sí.

Iba hacia esa luz al final del túnel. Pero cuando cerraba los ojos, ya no la veía. Veía a un hombre con ojos tristes, desesperado...

–Katharine.

La voz de Zahir, enérgica y profunda, la sacó de su ensimismamiento. La luz del sol de media tarde se colaba por las ventanas, iluminando la cama, calentándole la mano... La quitó rápidamente y flexionó los dedos.

–¿Sí? –se volvió hacia él y el corazón casi se le paró. Su presencia era tan poderosa, tan intensa.

–¿Por qué hay un ejército de periodistas en la puerta?

–Yo no... Mi padre –dijo ella, incorporándose y frotándose la cara–. Todo ese despliegue mediático es importante para él. Un mensaje para John, para hacerle saber que sus posibilidades de acceder al trono se han acabado.

Miró a Zahir. Esos ojos negros tenían un brillo de locura.

–Podemos decirles que se vayan –le dijo, sintiéndose repentinamente culpable por haberle involucrado en todo aquello.

–No –dijo él, apretando los puños.

–Entonces podemos ignorarles sin más –dijo ella.

Podían salir por detrás, ir hasta el oasis. El oasis de la esperanza... Ese podía ser su refugio secreto.

–No. Vamos a salir y a hacer una declaración –la miró de arriba abajo–. Arréglate y nos vemos en el pasillo principal dentro de veinte minutos.

Katharine llegó al vestíbulo un poco antes. Se había recogido el pelo y se había puesto un vestido amarillo con un cinturón ancho de color blanco que le marcaba la cintura. Hacía un día soleado. Zahir entró poco después, vestido con unos pantalones blancos de lino y una camisa ancha color arena que le marcaba el pecho. Los trajes tradicionales no eran para él, pero eso no era ninguna sorpresa para Katharine. Él no era de los que seguían los pasos de la manada sin rechistar.

Se había peinado de cualquier manera, probablemente con los dedos. Estaba claro que no quería estar allí. Pero estaba. Y eso era lo que más importaba. Ahí estaba la valentía.

–¿Lista? –le preguntó.

–¿Sí? –dijo ella en un tono vacilante.

–Puedes hacerlo mejor, Katharine.

–Sí. ¿Qué vamos a decir exactamente?

–Que nos vamos a casar –dio media vuelta y se dirigió hacia la puerta. Su cuerpo se movía con rigidez, pero la herida de la pierna le hacía andar con una cadencia irregular.

Katharine sintió que el corazón se le henchía... Podía sentir el esfuerzo que estaba haciendo, la fuerza de voluntad que necesitaba para caminar con la cabeza bien alta. Dos de los guardias de seguridad abrieron las puertas y los acompañaron hasta el jardín. La prensa estaba detrás de la verja. Todas las cámaras apuntaban hacia Zahir y los flashes se dispararon casi al unísono. Katharine vio el cambio en el rostro de Zahir. Su expresión se volvió más seria, más tensa... Pero apenas se notó. A los ojos de todos, su expresión seguía siendo impasible, hermética.

–No tenemos que hacerlo –le dijo ella–. Podemos buscar a un representante.

–No voy a esconderme. Puedo ser muchas cosas, pero no soy un cobarde, Katharine.

Ella asintió con la cabeza y dio tres pasos adelante para situarse a su lado.

–Vamos a responder a tres preguntas –dijo él, parándose delante de la enorme puerta doble de hierro forjado. Tenía los brazos cruzados sobre el pecho. Las preguntas, sin embargo, eran lo que menos importaba en ese momento. Todos querían ver a la bestia de Hajar, al hombre que se había recluido en su palacio durante cinco años.

–¿Es cierto? ¿Se va a casar con la prometida del jeque Malik, la princesa Katharine? –gritó uno de los reporteros por encima del tumulto de voces.

–No. No es la prometida de mi hermano. Mi hermano está muerto. Me voy a casar con mi prometida –dijo Zahir en un tono feroz.

Katharine vio unas gotas de sudor en su frente. Se le acercó un poco más y deslizó las yemas de los dedos por su brazo. El fino vello le hacía cosquillas en la piel.

–¿Cuándo se va a celebrar la boda?

–Dentro de un mes.

–¡Princesa Katharine! ¿Qué se siente siendo la prometida de la Bestia de Hajar?

–Mucha felicidad –dijo Katharine, respondiendo con el mayor sarcasmo posible. Una llamarada de rabia la quemaba por dentro, pero tenía que mantener la compostura.

Los músculos de Zahir se tensaban bajo su mano.

–Sé que recibiré fidelidad y amor de mi esposo, así que me considero una mujer muy afortunada –añadió en el mismo tono irónico.

Nada más hablar, sintió que la tensión que agarrotaba los músculos de Zahir empezaba a disiparse.

–No tenemos nada más que decir –dijo él de repente. La tomó de la mano, dio media vuelta y volvió a entrar en el palacio.

Cuando las puertas se cerraron tras ellos, Zahir levantó la mano y se mesó el cabello.

Los dedos le temblaban... Los guardias de seguridad desaparecieron y los dejaron solos en el pasillo. Ella trató de buscar algo que decir... Él se volvió hacia ella. Una oscura emoción relampagueaba en su mirada. Fuego, sed de algo... Ella retrocedió y él avanzó hacia ella, un paso, otro más... La agarró de la cintura y la besó ferozmente, sin titubear. Katharine puso los brazos alrededor de su cuello y se aferró a él de la misma manera que él se aferraba a ella. Zahir tenía las manos sobre sus caderas, ásperas, firmes... Le clavaba las yemas de los dedos en la piel. La acorraló contra una pared. Katharine apoyó las palmas de las manos sobre la fresca superficie de ónix con incrustaciones de oro. Él liberó su boca un momento y empezó a darle besos ardientes en el cuello, en el hombro... Le agarró las manos. Pero ella no se sentía atrapada; no tenía miedo. Estaba con Zahir. Se sentía segura.

Él se relajaba poco a poco. La tensión desaparecía a medida que aumentaba la pasión. Y ella la sentía también. Su propio cuerpo lo llamaba a gritos, lo deseaba.

–Zahir... –susurró.

Él se quedó quieto un instante. Su respiración se había vuelto entrecortada, jadeante. Tal y como había hecho la última vez, se apartó bruscamente. Sus ojos estaban velados por el deseo y su erección era evidente, gruesa y prominente. Katharine podía sentirle contra el vientre.

Su pecho se movía abajo y arriba. Su expresión era seria, grave.

—Cuando dices mi nombre... Vuelvo a ser yo.

Katharine no entendía por qué lo decía de esa manera, como si eso le causara un tremendo dolor.

—Yo no...

—No quiero volver a este cuerpo –le dijo él. Las palabras le salían de manera atropellada.

Dio media vuelta y se marchó. La dejó allí, con las manos apoyadas contra la pared, anhelando mucho más de lo que jamás tendría.

Zahir no era muy religioso. Nunca lo había sido. Sin embargo, las costumbres de su pueblo estaban bien arraigadas en él. Beber alcohol no era, por tanto, uno de sus pasatiempos favoritos.

En ese momento, no obstante, se sintió tentado de beber; bebérselo todo para olvidar. Necesitaba algo que le entumeciera, que le quitara el dolor, que le alejara de la realidad.

No. Si se alejaba de la realidad, perdía tiempo, perdía una parte de sí mismo. Veía aquel día... Tenía que verlo todo desde el principio hasta el final.

No podía ir por ese camino.

Sus pensamientos se volvieron hacia Katharine. Había sido un poco brusco con ella, pero ella le había respondido. Se lo había devuelto todo. Su cuerpo era tan suave y agresivo al mismo tiempo. La atracción entre ellos era puro magnetismo, una fuerza de la Naturaleza que se lo llevaba todo por delante... Ella había dicho su nombre, tal y como había hecho aquella noche en el estudio, en el mercado... Y eso le había devuelto a la realidad, le había sacado del abismo, del sueño... El jeque Zahir S'ad al Din... La bestia de Hajar. Esa era la realidad, mientras que ella era la mujer más hermosa que había visto jamás en sus treinta y tres años de vida. Todo en ella era perfecto, extraordinario... Y él no era más que...

Un monstruo.

Se quitó la camisa y miró hacia la barra. Podía emborracharse, despertarse con una terrible resaca y un deseo sin satisfacer, o podía dar media vuelta e ir a buscar la única cosa que había deseado en cinco largos años...

Katharine retiró las mantas y fue hacia la ventana. Tenía calor. Y no era por el clima del desierto. Hacía una noche fresca, pero nada podía apagar la llama que Zahir había encendido en su interior. No había conseguido apagar ese fuego. La ducha que se había dado no había hecho más que despertar todas esas partes de su cuerpo que anhelaban las caricias de Zahir. Tenía la piel al rojo vivo, tensa como las cuerdas de una guitarra. Quería quitarse la ropa... Arqueó la espalda y el fino camisón de seda que llevaba puesto le rozó los pezones. Respiró hondo. La ligera abrasión que le causó el tejido lanzó dardos de placer que la recorrieron de arriba abajo hasta llegar hasta su sexo. Se agarró un mechón de pelo y lo enredó alrededor de la mano. Tenía el cabello mojado de sudor... El frescor del aire llegó hasta ella por fin.

–Katharine.

Ella se soltó el pelo de golpe, lo dejó caer sobre sus hombros. Zahir estaba parado en el umbral. No llevaba nada más que unos pantalones de lino que le caían casi por debajo de las caderas, dejando ver unos músculos perfectos, una piel bronceada.

Katharine se acercó, respiró hondo...

–¿Qué estás haciendo aquí?

–He venido a terminar lo que debería haber terminado hoy en el vestíbulo, lo que debería haber terminado la semana pasada en el estudio.

Ella solo tuvo tiempo de respirar una vez más y entonces sintió el golpe de sus labios. Un frenesí de lujuria y desesperación se apoderó de ella, clavándosele en el estómago, poseyéndola por completo.

Él deslizó las manos por su espalda. La agarró del trasero, palpando su piel a través de unos pantalones muy cortos y finos.

–Estoy aquí para demostrarte que todavía soy un hombre.

Katharine sintió un escalofrío de placer y se estremeció contra él. Él la agarró de la cintura con el otro brazo y siguió besándola, lamiéndola con desenfreno. Le levantó la parte superior del pijama y le tocó la espalda. Ella dejó escapar un gemido de placer.

–¿Bien? –le preguntó en un susurro.

–Oh, sí –dijo ella.

Zahir deslizó ambas manos por su cintura y siguió subiendo. Al llegar a sus pechos flexionó los dedos pulgares, torturándola deliciosamente. Ella arqueó la espalda, suplicándole, pidiéndole más. Él dejó escapar una carcajada y continuó deslizando las manos por todas esas partes de su cuerpo que le daban un placer tan inesperado. El vientre, la zona que estaba justo por debajo del ombligo hasta llegar a la cintura baja de los pantalones... El tacto de sus manos era como el roce de una pluma. No llegaba a acariciarla del todo. No llegaba a satisfacer el dolor que palpitaba dentro de ella. De pronto volvió a tocarle la espalda y tiró de ella, apretándola contra su propio cuerpo para que pudiera sentir el poder de su miembro erecto. Ella empezó a mecerse contra él, buscando esa satisfacción, pero sin encontrarla. Estaba jugando con ella, y lo hacía a propósito. Dejó de besarla un momento y la miró. Esbozó una sonrisa maliciosa, peligrosa. Empezó a besarla en el cuello, deslizó la punta de la lengua entre sus pechos al tiempo que deslizaba las manos hacia arriba, levantándole más la parte superior del pijama.

Se puso de rodillas, le dio un tórrido beso en el vientre. Palpó el borde de su camiseta.

–¿Necesitas ayuda? –Katharine se la quitó de un tirón.

Zahir le bajó los pantaloncitos hasta los tobillos y ella los tiró a un lado con los pies. Ya estaba completamente desnuda ante él, pero no se sentía incómoda. Él deslizó las manos sobre sus caderas, sus muslos, le rodeó el trasero...

–Eres preciosa –le dio un beso en el vientre de nuevo, trazando una línea recta con la punta de la lengua.

Ella apoyó las manos sobre sus hombros, sujetándose con fuerza. Él continuó jugando. Su lengua estaba tan cerca, pero tan lejos al mismo tiempo... Se movía sobre ella, haciéndola temblar de gozo. De repente se puso en pie, la miró un instante. Todavía tenía esa sonrisa maliciosa en la cara.

–La cama.

Katharine empezó a andar hacia atrás, manteniendo la vista fija en él, hasta que sus rodillas se toparon con el borde de la cama. Se sentó; se inclinó hacia atrás. Él empezó a palpar sus curvas, besándola como un hombre hambriento. Le agarró los pechos, jugueteó con sus pezones... Empezó a mover una mano entre sus muslos, deslizó dos dedos entre sus labios más íntimos. Recogió algo de humedad y la llevó hasta su clítoris. Katharine gimió con todo su ser.

Se inclinó hacia ella, le lamió un pezón y después se lo masajeó con la mano.

–Oh, Zahir –se detuvo. Tenía miedo de haberlo estropeado todo.

Él volvió a lamerle el pezón, deslizando la lengua alrededor de la aureola.

–Dilo de nuevo.

–Zahir.

–De nuevo –le dijo él, besándola en el vientre, en el ombligo.

–Zahir.

Le separó los muslos con los hombros, sujetándole las piernas con firmeza. Empezó a acariciarla, frotando su sexo con las yemas de los dedos. Después bajó la cabeza e hizo lo mismo con la lengua, caliente y húmeda. Exploró todos los rincones de su sexo, le dio placer de todas las maneras posibles... Introdujo un dedo y Katharine creyó ver las estrellas; una lluvia de fuegos artificiales que la hicieron arder allí donde cayeron. Zahir se tumbó a su lado, acariciándole la cara, el cabello, colmándola de besos... Podía sentir su erección, dura e insistente, contra la cadera.

–¿Y ahora qué? –le preguntó ella, extendiendo la mano para agarrar su miembro viril.

Él la interceptó en el aire. Le dio un beso en la palma.

–Más de lo mismo.

Se inclinó sobre ella y le dio un beso en la boca. Ella sintió que se derretía de nuevo...

Capítulo 9

CUANDO el último estremecimiento de placer escapó de los labios de Katharine, Zahir se levantó de la cama. Ella rodó sobre sí misma y se puso de lado, observándole. Estaba medio vestido y su erección seguía siendo evidente, tensándole los pantalones.

–Ven aquí –le dijo ella, preparada para dar el siguiente paso.

La había llevado al orgasmo tres veces y ya era hora de dárselo todo.

–Creo que ya basta, ¿no crees? No es que no haya disfrutado viéndote.

–Ven a buscar placer para ti –le dijo ella, sin saber muy bien qué quería decir con aquel comentario tan críptico.

–He tenido mucho esta noche, saborearte, tocarte... Todo eso me ha dado mucho placer, más que suficiente.

–Zahir...

Él dio media vuelta. La luz de la luna se colaba por la ventana, incidiendo en las cicatrices que tenía en la espalda.

–¿Eres virgen?

–Yo... Bueno, llegados a este punto, no es más que un tecnicismo.

–Entonces creo que deberías seguir así.

–¿Y eso depende de mí? –le preguntó ella, agarrando las mantas e incorporándose de golpe.

–Y de mí. Si yo no quiero...

–¿No quieres estar conmigo? –bajó la vista y miró su miembro claramente excitado–. Eso no me lo creo.

–Dime... ¿Esa virginidad tuya es parte del contrato de matrimonio?

Ella se ruborizó.

–Más o menos.

–¿Es por eso que todavía eres virgen? ¿Porque creías que podrías necesitarlo ahora que Malik no está?

–Yo... es complicado. Pero te estaría mintiendo si te dijera que eso no tenía nada que ver.

Le daba vergüenza admitirlo, pero la realeza tenía esa visión del mundo. Una novia virgen era importante y eso le habían enseñado desde niña.

–¿Y si lo necesitas más adelante? –le preguntó Zahir.

–Estaré divorciada. Nadie esperaría algo así.

Katharine sintió que la garganta se le cerraba. ¿De verdad lo estaba haciendo? ¿Le estaba rogando a un hombre que se acostara con ella? ¿De verdad estaba pensando en acostarse con él, divorciarse y buscar a otra persona más adelante? Una ola de rabia la sacudió por dentro, mezclándose con una profunda vergüenza que le revolvía el estómago.

–Fuera –le dijo de repente.

Él inclinó la cabeza.

–Como quieras, *latifa* –dio media vuelta y se marchó. Katharine tuvo ganas de llamarlo, hacer que volviera, para gritarle un montón de cosas, para hacer el amor con él.

Se tumbó sobre la cama y juntó las rodillas bajo el mentón. Nunca se había sentido tan fuera de lugar en su propio cuerpo.

« Estoy aquí para demostrarte que todavía soy un hombre...».

Solo quería demostrárselo a sí mismo; ponerse a prueba. Su orgullo estaba en juego y la había utilizado para recuperarlo. Le había dado placer, mucho más de lo que había creído posible, pero lo había hecho por sí mismo. Esa había sido su recompensa, su prueba.

Katharine golpeó la almohada con el puño. Una vez más se había convertido en su terapia. Le había resultado muy conveniente y útil. Pero ella quería algo más que eso. Quería ser su mujer, su amante... Pero lo que acababa de pasar no dejaba lugar a dudas. No había nada detrás de esa pared que había construido alrededor de su alma; nada excepto oscuridad...

Evitarse resultó ser muy fácil en el palacio de Hajar. Zahir pasó casi una semana y media sin verla, desde aquella rueda de prensa improvisada, desde aquel día en que había ido a su habitación... Él no era Malik. Eso era seguro. Katharine habría estado mucho mejor con su hermano, o con él, si el ataque no hubiera tenido lugar. Un dolor agudo se propagó por todo su cuerpo. Era la primera vez que reparaba en eso. Si la hubiera conocido antes, si hubieran sido un hombre y una mujer, nada más...

—Pero eso no pasó —dijo en voz alta para sí mismo.

De repente se abrió la puerta de su despacho. Enseguida supo que era ella. Cualquier otra persona hubiera llamado antes de entrar.

—Nos vamos a Austrich mañana.

—Lo sé.

—Bueno, he pensado que deberíamos trazar un plan —le miró como si fuera culpa suya el que no lo tuvieran ya.

Él apoyó las palmas de las manos sobre el escritorio y se puso en pie, inclinándose un poco.

–No he sido yo quien ha estado esquivándote.

Ella abrió la boca y la cerró de inmediato.

–No he estado esquivándote.

–Bueno, no has aparecido por el gimnasio ni por mi habitación en casi dos semanas, y tampoco has venido al despacho. Y no solo eso. Ni siquiera has salido a pasear con Lilah. Te has estado escondiendo.

–Yo no me escondo.

–¿No? Ahora mismo lo estás haciendo. Te escondes detrás de esa fachada, sin emociones, soberbia... Pero yo conozco a la mujer que hay debajo. La he tenido en mis brazos mientras vibraba de placer.

Katharine se sonrojó.

–Que me hayas provocado un orgasmo no significa que me conozcas.

–No es por eso que te conozco.

Zahir no sabía por qué había dicho eso ni por qué insistía, pero quería que ella admitiera que había algo entre ellos.

«No debería importar. Sea como sea, ella se marchará cuando Alexander alcance la edad legal. Nunca será tuya».

Y él no quería que se fuera, porque era perfecta. Era abierta, dulce, optimista, y debajo de esa cubierta de acero, había auténtica fuerza. Él, en cambio, no era más que oscuridad. Y quería permanecer en las sombras. ¿Cómo iba a hacer otra cosa si era el único que quedaba?

–¿Cómo me conoces entonces? –le preguntó ella.

–Te conozco porque... te has entregado a mí.

Era cierto. Lo había hecho. Era la imagen que tenía fija en la mente, en vez de las granadas... Cuando la multitud rodeaba el coche en el mercado, la veía a ella.

–Yo no me he entregado a ti –dijo ella, arrugando la nariz, como si la idea le causara repulsión.

–La idea no te pareció tan repelente el otro día en la cama –dijo él, sintiendo un golpe de rabia.

–No es eso lo que quería decir. Evidentemente no... Evidentemente yo no... no te pertenezco.

–No, Katharine, no me perteneces. Nunca podrías pertenecerle a ningún hombre. Sería un lugar demasiado tranquilo para ti. Y tú no tienes nada de tranquila.

–No sé.

–Pues yo sí lo sé. Tengo las heridas de guerra que lo demuestran. Simplemente quería que te lo tomaras con calma conmigo. Quería que te tomaras tu tiempo y que... –no le gustaba usar la palabra «ayuda». Parecía un síntoma de debilidad, pero necesitaba su ayuda. Y ella se la había dado–. Me has ayudado.

–Tenía que hacerlo –ella bajó la vista.

–¿Para que parezca que voy a ser un buen regente para tu país?

–Claro –levantó la vista. Había tanta emoción en sus ojos verdes que sus pupilas parecían tan profundas como el océano–. Recuerda que hace mucho más frío en Austrich que aquí. El aire es más ligero.

–Es lógico.

–¿A qué hora nos vamos mañana?

–Si salimos a primera hora de la mañana, podremos llegar de día. ¿A las ocho?

Ella forzó una sonrisa.

–Creo que ponerse de acuerdo no fue tan complicado después de todo.

Árboles verdes, cubiertos por un manto de nieve, se extendían sobre la planicie a la que se aproximaba el avión. Aterrizaron en una pista privada situada detrás del palacio, en la capital de Austrich. La exuberancia de color, después de haber visto la tierra baldía de Hajar, era casi cegadora, surrealista... Katharine bajó del jet y avanzó sobre la pista con sus tacones altos. El suelo estaba helado. En el desierto nunca había silencio. Siempre se oía el zumbido de algún insecto, o el sonido del viento sobre las dunas. Pero en Austrich, las montañas y los árboles aislaban el sonido y generaban un silencio sublime.

–¿Te encuentras bien? –le preguntó a Zahir.

Él miraba el cielo, gris, nublado... Debía de parecerle totalmente ajeno.

–Sí.

–No has... Quiero decir que sé que Malik y tú fuisteis al colegio en Europa, pero tú no has salido de Hajar en...

–Cinco años –dijo él, contemplando los picos nevados que los rodeaban.

–Aquí todo es muy diferente. Recuerdo que la primera vez que estuve en Hajar, casi me da algo. Me parecía que estábamos al lado del sol.

Él la miró entonces. Sus ojos negros eran inescrutables.

–Este es tu sitio.

Lo que quería decir en realidad era que su sitio no estaba en Hajar. Katharine levantó la vista hacia el castillo, que se alzaba en medio de los pinos. Las almenas resplandecían bajo la luz del sol. De repente todo le parecía lejano, extraño.

–Mi padre nos espera –dio media vuelta y fue hacia la limusina que los esperaba para llevarlos al palacio.

Subió al vehículo. Buscó algo que decir desesperadamente... Quería llorar, gritar, hacer cualquier cosa que rompiera ese silencio sepulcral de Austrich. No se había sentido muy bien desde aquella noche en su habitación. Cerró los ojos. Echaba de menos algo de Hajar, pero no sabía muy bien lo que era. El aire helado de Austrich se coló en la limusina cuando Zahir subió a su lado.

–Me gusta –le dijo ella, tocándole la manga de la chaqueta de lana.

–No he tenido ocasión de usarla durante mucho tiempo.

–En Hajar no hace falta mucha ropa de abrigo precisamente.

–No.

Él se volvió hacia la ventanilla, contempló el paisaje. Katharine volvió a cerrar los ojos, intentó dejar la mente en blanco. El viaje fue demasiado corto. Apenas unos minutos después, el coche se paró delante de la entrada principal del palacio.

–¿Cómo está tu padre?

–No lo sé –le dijo ella, con la voz ahogada.

No le había visto en más de un mes, pero su padre no era de los que admitían una debilidad.

Las puertas de la limusina se abrieron al mismo tiempo y ambos salieron el frío aire de Austrich. Ya había empezado a nevar. Poco a poco un fino manto blanco iba cubriendo el jardín situado delante del palacio. Zahir echó a andar delante de Katharine. Sus zancadas eran firmes, seguras... Ella trató de seguirle el ritmo. Trató de absorber un poco de su fuerza... No había hecho más que tratarle como al enemigo, porque le había hecho daño, pero en ese momento necesitaba un aliado. Lo necesitaba desesperadamente. El castillo de Austrich no tenía nada que ver con el de Hajar. Había empleados de servicio en todas partes, personal administrativo, miembros del parlamento que estaban de visita, y algún grupo de turistas... Siempre era un lugar concurrido, bullicioso... Había flores en todos sitios, y guirnaldas de claveles colgadas por doquier en las zonas más transitadas. Los suelos eran de reluciente mármol blanco y las paredes, impecables también, llevaban la impresión de la flor de lis.

Aquel lugar le parecía ajeno de repente. Se acercó un poco a Zahir.

–Por aquí –le dijo, indicando la dirección del despacho de su padre.

Él estaría allí, esperándola.

Se detuvieron delante de una enorme y oscura puerta de madera de nogal. Katharine respiró profundamente, pero tampoco le sirvió de mucho.

–Katharine –le dijo Zahir, tocándole la mano–. Mírame.

Ella le obedeció. Miró aquel rostro hermoso y marcado por el dolor.

–Si puedes irrumpir en un despacho como lo hiciste aquel día en Hajar, puedes hacer esto.

Ella asintió, se aclaró la garganta y llamó a la puerta.

–¿Sí? –la voz de su padre se oyó desde el otro lado de la puerta.

Katharine sintió un nudo en el estómago. Abrió la puerta y entró. Ese despacho siempre había sido distinto al resto del palacio, espacioso, pero oscuro.

–Padre, me gustaría presentarle al jeque Zahir S'ad al Din, mi futuro esposo.

Su padre se puso en pie. Su rostro parecía haberse consumido hacia dentro, y tenía el pelo más blanco que nunca.

–Jeque Zahir, me alegro mucho de que haya decidido cumplir con el acuerdo. Mi familia siempre ha confiado en la suya.

Una vez más Katharine se dio cuenta de que era a Zahir a quien su padre se dirigía, no a ella.

Zahir asintió.

–Katharine me dio unos argumentos muy convincentes.

–¿Ah, sí? –su padre arqueó una ceja.

Katharine apretó los dientes. Luchó contra ese sentimiento de injusticia que la carcomía por dentro. Era como si no estuviera en la habitación. Pero tampoco era el momento para enfadarse por ello. Su padre no estaba muy bien de salud.

–Sí. Yo me negué, pero ella me hizo ver cosas muy importantes –Zahir la miró.

Su padre parecía muy sorprendido.

–Es cierto –dijo ella, aclarándose la garganta. Pero entonces se quedó sin palabras.

Su padre volvió a mirar a Zahir.

–Imagino cómo te convenció.

Katharine sintió que una bola de fuego le subía por el pecho.

–Disculpadme, por favor, necesito... Me alegro de haberle visto, padre –dio media vuelta y salió del despacho.

Echó a andar por el pasillo y no se detuvo hasta que llegó al sitio que estaba menos concurrido.

Se apoyó contra la pared y respiró profundamente, tratando de desatar el nudo de dolor que se había hecho alrededor de su corazón. De repente oyó unos pasos que se acercaban. Zahir apareció por la esquina. Apoyó la mano izquierda sobre la pared.

–Le he dicho que no vuelva a hablarte de esa manera. ¿Por qué no me lo dijiste, Katharine?

–¿Decirte qué?

–Que es un bastardo.

–Yo no... No me daba cuenta. No me di cuenta hasta que empezó a insinuar que usara mi... mi cuerpo para convencerte.

–Podrías abandonarlo. Lo sabes –le dijo él, mirándola fijamente.

Por un instante, Katharine deseó poder hacerlo; tomarle la palabra, tomarle de la mano y salir de allí para siempre.

–No lo hago por él. Lo hago por Alexander. Por mi gente. Ya no me preocupa el hecho de tener que demostrar algo. Ya no –se mordió el labio y sacudió la cabeza–. Quería que viera que... Que yo podía ser igual de importante. Pero es imposible.

–Es distinto para los herederos. Necesitan seguridad, confianza. Tienen que entender que sus obligaciones conllevan una gran responsabilidad. Tienen que estar listos para dirigir un país. Los sustitutos, como nosotros... No somos más que un accesorio, un comodín.

–¿Tú lo eras?

Zahir miró hacia otro lado.

–Mis padres eran buenos conmigo, cuando los veía. Malik era la única prioridad para mi padre, y eso lo puedo entender en cierto modo.

–Pero eres tú quien está al frente de Hajar ahora.

Zahir tragó en seco.

–Sí. Y eres tú quien va a salvar Austrich.

Ella sonrió.

–Cuando tenga hijos, no les voy a poner en esa jerarquía. Me niego.

–Yo nunca tendré hijos, así que eso no es un problema para mí.

–¿Nunca?

–Llorarían nada más verme.

–Te adorarían.

Un destello fugaz iluminó la mirada de Zahir durante un segundo.

–No sabría cómo quererlos.

El dolor que desprendían sus palabras casi le rompió el corazón a Katharine.

–Sí que sabrías, Zahir. Sí que podrías.

–No sabes cómo es vivir en este cuerpo –se tocó el pecho–. Estoy vacío. Gracias a Dios.

–¿Porque querer duele demasiado?

–Duele demasiado. Te parte en mil pedazos. Y no me apetece pasarme el resto de mi vida recogiéndolos. En algún momento, te vuelves inmune, insensible... A todo y a todos. A lo bueno y a lo malo. Pero cualquier cosa es mejor que esa clase de dolor.

Katharine sintió que su propio corazón se desgarraba por dentro. Casi podía sentir lo que él describía. Se tocó el pecho.

–Pero todavía sientes dolor. No puedes escapar de él. Lo he visto. ¿Por qué te niegas las cosas buenas?

–¿Cómo voy a aceptarlo? Todos esos inocentes que pasaban por allí, mi familia, los guardias... Ninguno de ellos va a tener ocasión de disfrutarlas ya –dio media vuelta, como si fuera a marcharse.

–¿Y qué te dijo mi padre cuando le soltaste esa reprimenda?

–Nada. A lo mejor todavía sigue ahí, ahogándose en su propia ira. Pero no creo que se atreva a nada más. Me necesita, ¿recuerdas?

–En realidad no es tan malo, Zahir. Tiene ideas anticuadas y es un poco cerrado, ambicioso. Pero ha hecho cosas maravillosas por este país. Como gobernante, siempre ha mostrado una gran compasión. Como padre, no tanto. Pero yo respeto todo lo que ha hecho aquí, y le apoyo.

–Y yo voy a asegurarme de que Austrich siga teniendo un gobierno estable.

Katharine se dio cuenta de algo. No había nombrado su propio país, sino solo a Austrich. Sus prioridades parecían haber cambiado de pronto. El dinero y el comercio ya no parecían ser tan importantes para él...

Había una semilla buena en él. Siempre lo había sospechado, y en ese momento tenía la certeza...

Capítulo 10

EL DÍA de la boda no nevaba tanto. La luz del sol hacía resplandecer el inmaculado manto blanco que cubría la finca del castillo. Katharine sujetó con fuerza el ramo de rosas y cerró los ojos. Un enjambre de mariposas revoloteaba en su estómago. Las dos semanas anteriores habían sido frenéticas. Zahir y su padre se habían ocupado de todos los preparativos, y el pobre Alexander había tenido que asistir a todas las reuniones familiares. Con dieciséis años ya no era un niño, pero parecía tan joven... Demasiado... Por suerte Zahir estaba a su lado. Le estaba tan agradecida. La boda, no obstante, todavía la aterraba. No había visto a Zahir en más de veinticuatro horas y no sabía lo que sentía en esos momentos. Muy pronto iba a tener que enfrentarse a una multitud de gente. Suzette, una de las damas de honor, levantó la cola del vestido y la dejó caer con suavidad. El sol que entraba por las vidrieras de la catedral incidía sobre el delicado encaje y lo hacía resplandecer.

–Estás preciosa, Kat –dijo Suzette.

Katharine suspiró. Era perfecto. Perfecto por fuera, por lo menos. Y eso era todo lo que importaba. Se volvió hacia la joven, la única persona a la que podía llamar amiga de verdad. Habían ido al mismo internado y desde entonces siempre habían sido como hermanas. Suzette había vuelto a los Estados Unidos, su país natal, pero siempre acudía cuando la necesitaba.

–Suzette, ¿ha llegado Zahir? –le preguntó Katharine.

–Seguro que sí –dijo su amiga, recolocándose el top de su vestido verde pálido.

Katharine suspiró.

–Tienes razón. Claro. Es que son los nervios de la novia.

Suzette abrió los ojos.

–No serán nervios de la noche de bodas, ¿no? Porque si es así... Tenemos que hablar después de la ceremonia.

Katharine dejó escapar una risotada. De repente recordó la noche que había pasado con Zahir, lo que él la había hecho sentir, las cosas que habían hecho juntos...

–No es eso. En absoluto –dijo.

No obstante, no pudo evitar preguntarse si la noche de bodas significaría algo para Zahir. Si querría algo más de ella... No. Probablemente no. Le había dicho que no quería dormir con ella, sin más.

–Bueno, solo se trata de nervios antes de pronunciar los votos matrimoniales –dijo Katharine.

–Un momento –le dijo Suzette. Abrió la enorme puerta de madera que daba al santuario, lo justo y suficiente para mirar.

Se volvió hacia Katharine y esbozó una sonrisa.

Katharine se la devolvió. El alma se le cayó a los pies cuando la música empezó a sonar. El espectáculo acababa de empezar...

Zahir sentía los dedos helados, pero sabía que no era por la nieve que estaba cayendo fuera. Era la embestida del pánico. El corazón se le aceleró, los músculos se le tensaron, el estómago se le cerró como un cepo, los dedos se le entumecieron... No sabía por qué. Solo sabía que el sentimiento le resultaba demasiado familiar.

Tal y como quería Katharine, fue una boda discreta, aunque real. Unos doscientos invitados abarrotaban el milenario santuario de piedra y un cuarteto tocaba música en directo.

Una rubia pequeña y curvilínea con un vestido verde avanzó por el pasillo. Era la dama de honor. Se la habían presentado la noche anterior, pero no era capaz de recordar su nombre. Todo se había vuelto borroso de repente, confuso. Parpadeó con fuerza, intentó ignorar el sabor metálico que tenía en la boca. El miedo extendía sus tentáculos, paralizándole. De repente hubo un cambio brusco en la música...Zahir se volvió hacia las dobles puertas que daban al vestíbulo. Se abrieron y un ángel atravesó el umbral.

Katharine...

Parecía que flotaba. Su pelo rubio le caía en cascada sobre los hombros. El traje, de encaje vaporoso, resplandecía y se movía en el aire a cada paso que daba. Pero eso no era lo que más le cautivaba. Su rostro... Ese era el mismo rostro que lo había rescatado aquel día en el mercado, el mismo rostro que había observado mientras le daba placer en la cama.

A medida que Katharine se acercaba, todo lo demás se desvanecía. Extendió la mano y ella la tomó. Un segundo después había recuperado el calor en el cuerpo. Se inclinó hacia ella.

—¿No tenías a tu padre para que te entregara?

Ella sacudió la cabeza.

—Esto ha sido decisión mía.

El sacerdote habló en latín durante un largo rato. Zahir no conocía muy bien los detalles de la ceremonia, pero sí sabía lo que significaban los copones llenos de arena que estaban al fondo del altar. Era una tradición de Hajar, y no pensaba que nadie fuera a molestarse en incluirla en el ritual. Pronunciaron los votos matrimoniales y, antes de que el sacerdote los declarara marido y mujer, hizo un gesto para que le acercaran los cálices llenos de arena. Uno estaba lleno de arena blanca, y el otro de arena oscura. Entre los dos había un jarrón transparente y vacío.

–Ahora el jeque Zahir y la princesa Katharine han elegido sellar el enlace siguiendo la tradición de Hajar, el país natal del jeque –su voz sonaba más fina en inglés, casi despreciativa.

–¿Qué es esto? –preguntó Katharine

–Una tradición de Hajar. Tu padre debió de pensar que era buena idea añadirlo.

Porque sabía lo que significaba... Era un sutil recordatorio de que la unión sería para siempre. Sujetándola de la mano, la llevó hasta la mesa. Se arrodillaron sobre unos almohadones de terciopelo.

–¿Y qué significa? –preguntó ella, en voz baja.

Él recogió ambas copas y le dio a Katharine la que estaba llena de arena blanca.

–La arena nos representa a nosotros, como individuos. Hoy no vamos a salir de aquí como dos personas, sino como una sola.

Inclinó su propia copa sobre el jarrón y vertió un poco.

–Ahora tú.

Katharine hizo lo mismo y después repitió el movimiento hasta vaciar su copón, alternando con Zahir. La arena se asentó en distintas capas dentro del jarrón.

–Todavía estás ahí –dijo él, señalando una beta brillante de arena–. Y yo. Pero, al igual que la arena, será imposible separarnos. Estamos unidos.

Los ojos de Katharine se llenaron de lágrimas. Él se inclinó y le puso los labios al oído.

–Lo siento. No sabía que esto sería parte del servicio religioso.

Ella asintió. Estaba algo tensa.

–No... No tiene importancia.

Zahir la llevó de vuelta a donde estaba el sacerdote. Podía sentir cómo le temblaba la mano.

El vicario pronunció las palabras finales y le ordenó que besara a la novia. Inclinándose suavemente sobre ella, Zahir vio cómo se le cerraban los ojos a medida que se acercaba. Le dio un beso sutil en los labios. La sensación fue casi explosiva, increíble... Y solo era un pequeño atisbo de la clase de placer que le ofrecería su cuerpo. Él lo sabía muy bien, porque ya había experimentado esa tortura. Ella apretó los labios con más firmeza contra los de él, y él se quedó así un momento, atrapado, embelesado... rodeado por ella.

Se apartó unos segundos después. Su mano seguía unida a la de ella y los invitados aplaudían al tiempo que el sacerdote los presentaba como marido y mujer por primera vez. De repente sintió que Katharine le agarraba la mano con más fuerza. Caminaron juntos por el pasillo. La multitud era un borrón a ambos lados. Zahir mantenía los ojos fijos sobre ella; su mente seguía en el presente.

–¿Lista? –le preguntó Zahir, ofreciéndole una mano.

Ya estaban en el salón de bailes. La multitud se había hecho un círculo a su alrededor. Desde su llegada a la fiesta, todo se había vuelto abrumador. La gente se acercaba a hablar con ellos para desearles lo mejor, tarta, fuente de ponche, fotos... Todo lo que no podía faltar en una boda.

Lo de la arena había conmovido mucho a Katharine.

Había sido tan simbólico, tan hermoso... Así era como debía ser un matrimonio.

–Sí. Estoy lista.

Se abrieron camino hasta el centro del círculo. Zahir la atrajo hacia sí, agarrándola de la cintura. Tenían una orquesta en directo, pero Katharine todavía seguía oyendo aquella guitarra sensual que tocaba una pieza de jazz... Aquella música sensual que había escuchado en la biblioteca del palacio... De repente le pareció que estaban completamente solos. Todo parecía distante. Era tan peligroso, tan estúpido por su parte... Y sin embargo, no podía luchar contra ello. No quería hacerlo... Él se inclinó hacia ella, presionándole la mejilla. Su piel resultaba áspera, pero agradable. Era él, Zahir.

–Lo hemos conseguido –dijo él en un tono suave. Su aliento caliente le hacía cosquillas en el cuello.

–Lo has conseguido.

–Te miré.

No volvieron a hablar. Simplemente siguieron bailando al ritmo de la música mientras Katharine intentaba contener la emoción que amenazaba con consumirla por dentro. Podía sentir cómo le latía el corazón, en sincronía con el suyo propio. Nunca se había sentido tan cerca de alguien. Nunca había deseado tanto abrazar a alguien. Y no quería saber lo que eso significaba, así que era mejor no pensar, por lo menos no en ese momento.

Cuando la canción terminó, Zahir la soltó, demasiado pronto... Si hubiera sido posible congelar el tiempo, Katharine habría escogido ese momento.

–Necesito una copa –dijo a medida que salían del círculo–. ¿Y tú?

–Por mí podemos irnos ya.

La forma en que lo dijo, la mirada que tenía... Katharine se preguntó si se estaba refiriendo a la noche de bodas... en el sentido más tradicional de la expresión.

El corazón empezó a latirle con rapidez, y su sangre entró en ebullición. ¿Y si se refería a eso?

–Un... un momento –dio media vuelta y se dirigió hacia la mesa del ponche, saludando con la mano a unas chicas con las que había ido al colegio.

–¿Katharine? –una de las chicas, cuyo nombre no podía recordar, dio un paso adelante–. Ahora vas a vivir en Hajar, ¿no?

Katharine frunció el ceño.

–Claro que sí. Pero seguiremos viniendo de vez en cuando.

Zahir tenía que cumplir con sus obligaciones de regente.

–¿Y no tendrás que llevar velo allí?

Katharine sacudió la cabeza.

–No. Las mujeres no llevan velo en Hajar.

Una de las mujeres que estaba más atrás soltó una carcajada. Se llamaba Ann. Katharine recordaba su nombre y no era por cosas buenas precisamente.

–No es a las mujeres a las que habría que ponerles velo, ¿no?

Katharine se puso tensa. Una ola de rabia la recorrió por dentro. Hubiera querido darle una bofetada en la cara para borrar esa sonrisa estúpida, pero no quería hacer una escena en mitad del salón de baile.

–Si eso es lo que piensas de verdad, Ann, entonces es que no tienes ni idea de lo que es el sex appeal –le dijo en un tono suave, pero incisivo–. Y mi marido tiene muchísimo.

–En ese caso –le dijo Ann–. Será mejor que sepas mantenerle a tu lado. Recuerdo cómo eras en el colegio. Créeme, cariño, seguir las reglas no tiene nada de sexy.

Y una virgencita tímida como tú, y no tiene sentido fingir que no lo eres, lo va a tener muy difícil para mantener el interés de un hombre que ha... vivido tanto.

Katharine dio media vuelta y se topó con el pecho de Zahir. Él la agarró de los brazos con firmeza y la atrajo hacia sí. Lo miró a los ojos; negros pozos de furia... Todavía seguía con ella, pero no estaba contento... La cara de miedo de Ann era un poema.

–Si has molestado a mi esposa, tengo que pedirte que te marches. Y ni siquiera me voy a molestar en llamar a los guardias –dijo en un tono inflexible.

–No tiene importancia, Zahir –dijo Katharine. No estaba acostumbrada a que alguien la defendiera de esa manera, pero le agradecía mucho la intervención. Con él a su lado, el insulto de Ann ya no le hacía mella.

–¿Lista, *latifa*? –le preguntó él.

–Lista –dijo ella en un tono seguro, acariciándole el brazo ligeramente antes de salir del grupo de gente.

Cuando los invitados se dieron cuenta de que se marchaban, se alinearon a ambos lados del salón, formando una pasarela. Les tiraron pétalos de rosa. A medida que avanzaban hacia la puerta, Katharine empezó a sentir que Zahir se ponía tenso a su lado. El calor de la ira le abrasaba la piel. Las puertas se cerraron tras ellos... Él se mesó el cabello y se paró un instante. Sin mirarla, dio media vuelta y salió por la puerta que daba acceso a los jardines. Katharine se levantó la falda del vestido para que no se le estropeara y fue tras él, saliendo a la fría noche de Austrich.

–¿Zahir?

–Vete. Cámbiate. Descansa un poco.

–¿Qué pasa?

Él se giró. Sus zapatos machacaban la capa de hielo que cubría el suelo, haciéndola crujir. Esbozó una sonrisa sarcástica. La expresión de su rostro transformaba las cicatrices, exagerándolas.

—¿Es por lo que Ann dijo de ti?

—¿Es eso lo que piensas tú, Katharine? ¿Que soy tan superficial que ha conseguido herir mi orgullo?

—A mí me ha hecho daño el comentario.

—¿Por qué? No me importa lo que piense. Pero no me gustó el lugar en que te dejó... Te hizo daño.

—Sí. No me gustó nada lo que dijo de ti. Ni de mí.

—Casi perdí el control, Katharine. Hoy había conseguido tenerlo todo bajo control hasta ese momento. Me recordó algo que me dijo Amarah. No importa cuánto se alivien mis heridas... Nunca volveré a ser el hombre que era antes. Tenía razón. Por mucho que me esfuerce, nada va a cambiar. En realidad, no. Se apartó de ella y Katharine supo que la conversación había terminado.

—Sí que ha cambiado algo. Hace un mes no podrías haber entrado en ese salón sin haber sufrido un ataque de pánico. Eso se llama cambio, Zahir.

—Pero no es real. Eso no cambia el hecho de que podría perder el control en cualquier momento. En cualquier lugar, o situación. Y eso me da la certeza de que en cualquier momento puedo recaer... Vete a la cama —se dio la vuelta.

Katharine quería tocarlo, consolarlo, pero sabía que su cariño no sería bien recibido en ese momento.

—Estaré en nuestra habitación —le dijo en un tono tenso y se marchó.

Habían cambiado todas sus cosas a la habitación de él para la noche de bodas.

Katharine volvió a entrar en el palacio y pasó un rato deambulando por los pasillos vacíos, subió la escalinata de caracol que llevaba a la suite en la que Zahir se había alojado nada más llegar. Abrió la puerta de un empujón.

Se quitó los zapatos de una patada. Le dolía el empeine... Se sentó en el borde de la cama. El tejido grueso del vestido de novia se le arremolinaba alrededor de las caderas. Zahir... Su corazón lloraba por él, por los dos... Hubiera querido darle un puñetazo en la cara a Ann. Apoyó la barbilla en las palmas de las manos. Ni siquiera debía quedarse allí. Nadie se daría cuenta si volvía a su habitación. Hizo una mueca... Sí. El personal lo sabría. Y aunque no fueran mala gente, podían cometer alguna indiscreción en algún momento. Se tumbó en la cama. El vestido se extendía a su alrededor. La diferencia horaria, la boda... El mes y medio anterior... De repente todo se le cayó encima... Era como si el mundo hubiera dado una vuelta repentina... Cerró los ojos. Sintió que caía a través del colchón... Se sumió en un sueño profundo, provocado por el agotamiento, la pena...

Zahir entró en el dormitorio. Le dolían los dedos, del frío. Tenía la rodilla casi congelada y el dolor lo obnubilaba. A lo mejor tenía un poco de artritis, causada por las heridas y agravada por el frío. Rezó una vez más para no tener que volver a ese país de hielo. De repente se fijó en una silueta blanca y resplandeciente que estaba sobre la cama. Era Katharine, todavía vestida con su vestido de novia. El pecho se le encogió. Luchó por recuperar el aliento... En el salón de baile se había comportado con valentía. Había mantenido la frente bien alta. No se había dejado amedrentar. Por muy delicada que pareciera, había un núcleo de hierro en su interior... Se aflojó la corbata y se sentó en la silla más próxima a la cama. No podía ni imaginarse cómo sería dormir con un vestido como ese... Si la tocaba, si deslizaba las yemas de los dedos sobre su piel, aunque fuera el roce más leve, estaba perdido. Sería fácil. Podía despertarla con un beso, aprovecharse de la oscuridad, de su estado adormilado... Lo estaba deseando. Temblaba de deseo por ella. Estaba al borde del precipicio, tambaleándose al filo de la navaja. Su fuerza de voluntad estaba a punto de romperse como una cuerda tensa... Los sentimientos que ella despertaba eran desconocidos. Llevaba tanto tiempo muerto que no sabía qué hacer con esas sensaciones recién descubiertas. Katharine era dulzura, era luz... Él, en cambio, era oscuridad.

Capítulo 11

ALGUIEN gritaba. Era un sonido aterrador, colérico. Zahir abrió los ojos y se dio cuenta de que era él quien gritaba. Se apoyó en los brazos de la silla. Respiraba con dificultad. Sintió una mano fresca en la frente y la oscura habitación empezó a tomar forma.

–¿Te encuentras bien?

Era Katharine. Una vez más había hecho el ridículo delante de ella. Apretó los puños y se levantó de la silla. Ella se quitó de su camino. Zahir no podía verle la cara en la penumbra, pero tampoco quería que ella viera la suya, así que decidió no encender ninguna luz.

–Muy bien –masculló–. Por lo menos no pasó durante la ceremonia, ¿no? Por lo menos no te avergoncé delante de todo el mundo, pero estuve cerca.

Ella se quedó allí de pie, con los brazos cruzados y la cabeza ladeada. Su rostro seguía oculto.

–¿Con qué sueñas, Zahir?

–Con gente. Y después oigo gritos, todo se vuelve oscuro, y nada más. Es esa «nada» lo que más me asusta –cerró los ojos–. Era como... no existir, durante horas. O a lo mejor solo fueron segundos. Pero era un vacío. Aislado de todo, incluso del dolor. A veces me da miedo verme arrastrado de nuevo.

Ella se arrodilló delante de él, le agarró las manos.

–No pasará. No puede pasar.

Él volvió a abrir los ojos y ella seguía allí. Tenía su rostro en la mente, y también delante de los ojos.

–Siempre me da miedo haberme perdido algo –le dijo con voz ronca–. Si hubiera prestado más atención aquel día. Podría haberlo parado. Me come vivo. Y siempre tengo que verlo todo, sintiéndome impotente. ¿Te he parecido lo bastante sincero?

–No te aprecio menos porque te afecte, Zahir. De hecho, lo que me sorprendería es que no te afectara.

–¿Por qué estoy yo vivo, Katharine, si todos los demás... están muertos? Eso es lo que no puedo perdonarme, lo que me carcome por dentro.

Ella dio un paso adelante.

–Por alguna razón, has dado por hecho que eras menos importante, menos valioso. Pero no es así.

–Lo dices con tanta seguridad.

–Porque te conozco.

–Me he preguntado si... –tragó en seco–. Tal vez haya sido un error.

–No lo será si no lo cometes. Mira todo lo que has hecho por Hajar. Has renovado la economía del país, has dado fuerza a tu gente... Y has ayudado a la mía.

–Es esta voz que tengo en la cabeza. Ya sabes lo que quiero decir. Tu padre. Él es la voz dentro de la tuya.

–Necesitamos nuevas voces.

–No te lo discuto.

Katharine volvió a la cama y se acostó por el lado izquierdo, apoyándose sobre el vientre, con un brazo por debajo de la cara. Él fue por el lado derecho y se tumbó. Contempló su cuerpo, perfilado por la luz de la luna. Volvió a sentir sueño y no tardó en dejarse llevar por el cansancio. En su mente no había otra cosa que no fuera el rostro de Katharine.

Katharine nunca hubiera podido imaginar que volver al asfixiante calor de Hajar fuera a ser un gran alivio. Pero lo era. Austrich era su hogar de muchas maneras, pero en Hajar era libre. Se preguntó dónde sería libre Zahir, si alguna vez lo era. La noche anterior, su noche de bodas, se había quedado dormido a su lado sin más. No había hecho ni el más mínimo movimiento, ni ademán de tocarla. Ella lo había deseado desesperadamente, había esperado que ocurriera...

–¿Tengo que...? ¿Qué se supone que tengo que hacer ahora? –le preguntó ella cuando entraron en el palacio de Hajar.

–¿Aquí?

–Sí.

–Seguir como siempre. Sin mover muebles, claro.

Pronunció las palabras sin el más mínimo toque de humor. Katharine sintió que el estómago se le encogía.

–No, claro que no.

–Podrías –dijo él en un tono contundente.

–¿Podría qué?

–Mover muebles si quisieras. Pero asegúrate de decírmelo primero. Tienes razón, Katharine. Este es tu hogar ahora. Y eso significa que tienes derecho a vivir en él. No eres una prisionera. Esto no es una cárcel.

–Gracias –dijo ella, poniéndose tensa de repente.

Él la miró un momento. Un músculo se contraía en su mandíbula. Levantó una mano, le sujetó la mejilla y la acarició. No se inclinó sobre ella para besarla, como ella esperaba que hiciera. Simplemente se lo quedó mirando. Katharine le cubrió la mano con la suya propia.

Las emociones la desbordaron; emociones que no quería sentir; emociones que no debía sentir. Pero las sentía. Y no quería identificarlas, aunque fueran como anuncios de neón en su subconsciente. Tenía que ignorarlas. Porque si no lo hacía... Zahir decía que no podía sentir amor, pero sí sentía placer. Ella sabía que sí. Había sentido su cuerpo, duro contra el suyo propio, y sabía lo que eso significaba. Sabía que él la deseaba tanto como ella a él.

Se apartó. No tuvo más remedio. Si continuaba tocándola de esa manera, terminaría haciendo algo atrevido y estúpido... algo que quería reservar para más tarde. Tenía un plan que poco a poco empezaba a tomar forma.

–A lo mejor salgo a caminar luego. He pensado ir al oasis.

–Si quieres –le dijo él, frunciendo el ceño–. No quiero que vayas sola.

–¿Por qué no vienes conmigo?

–Cuando termine en el despacho. Se me han acumulado algunas cosas mientras estuve fuera.

–¿Más papeles que firmar? Lo siento.

Él esbozó una media sonrisa.

–No tiene importancia. Tú tenías razón. Si estoy aquí, tengo que hacerme notar. Puede que ya no sea un soldado, no como lo era antes, pero todavía estoy aquí para proteger a mi país. A mi gente. Aún estoy aquí para interceder por ellos, aunque eso signifique estar sentado tras un escritorio, aprobando leyes.

–Adelante. A por ello –le dijo Katharine, llenándose de un extraño orgullo.

–Te veo después.

Katharine dio media vuelta y se marchó. Sí que le

vería. Tenía planes, planes importantes para él, planes que la hacían temblar de emoción.

Zahir no pudo evitar mirar cómo movía las caderas mientras caminaba delante de él. Se había vuelto a poner uno de esos vestiditos frescos que apenas la cubrían y llevaba un bolso bastante grande en las manos que botaba arriba y abajo.

–A lo mejor necesito algo de ayuda –dijo ella, señalando las enormes piedras que separaban el oasis del resto del desierto.

Él arqueó una ceja y fue hacia ella. Ella sonrió, de oreja a oreja.

–¿Ayuda?

Ella asintió.

–Solo un poquito. Solo... eh... ayúdame a mantener el equilibrio.

Se subió a una roca. Su libertad de movimiento se veía limitada por la falda del vestido. Él la sujetó de la cintura, para que no se cayera hacia atrás. Y mereció la pena... Tocarla de nuevo, sentir esa piel suave bajo las manos... Ignorando la excitación creciente que poco a poco se apoderaba de su cuerpo, subió a la roca tras ella y entró en el refugio que ofrecía el oasis. El sonido del agua reverberaba contra las rocas. El frescor que había allí nada tenía que ver con el calor asfixiante que los rodeaba. Katharine bajó el bolso que había llevado consigo. Se llevó las manos a la espalda y se soltó los tirantes del vestido.

–¿Qué haces?

–He pensado que podíamos nadar un poco.

–Tengo una piscina en el gimnasio.

–Lo sé –se meneó un poco y el vestido cayó a sus pies.

Debajo no llevaba más que un bikini amarillo claro que apenas la tapaba. Se inclinó y abrió la cremallera del bolso. Su expresión era culpable.

–Te he traído un bañador –le ofreció unos pantalones cortos oscuros.

Fue hacia el borde de la piscina natural y metió los dedos de un pie. Zahir, por su parte, se dio cuenta de que era inútil llevarle la contraria. Se quitó la camiseta. Miró por encima del hombro hacia ella. Ya estaba metida en el agua, avanzando hacia el centro de la laguna. Zahir se quitó los pantalones y se puso el bañador antes de que ella se diera la vuelta.

–¿No vienes? –le preguntó ella.

Él sonrió. En vez de decirle nada, bajó hasta la laguna y se metió en el agua rápidamente. Echó a nadar. A Katharine el agua le llegaba por el ombligo. Tenía los pezones duros como botones.

–¿Tienes frío? –le preguntó él.

Ella sacudió la cabeza.

–No exactamente. A decir verdad, tengo calor.

–Entonces métete del todo.

–Acercarme a ti no me resolverá el problema.

Él se puso erguido y empezó a caminar dentro del agua.

–¿Y eso qué significa exactamente?

Ella se aclaró la garganta.

–Lo siento. Esto no se me da muy bien. Quería decir que... estar cerca de ti... Eso es lo que me pone caliente. Verte así.

–¿Así?

–Casi desnudo. La primera vez... en el gimnasio... Me dejaste sin aliento.

–Las cicatrices, querrás decir –le dijo él, nadando hasta ella.

–Tus cicatrices son... –ella dio otro paso adelante. El agua le subió más–. Se ven dolorosas. En ese sentido, sí. Son muy feas. Pero no esconden ese cuerpo impresionante que tienes –se le pusieron rojas las mejillas.

Zahir empezaba a tener problemas para pensar con claridad. Tenía el cuerpo ardiendo y su corazón amenazaba con salírsele del pecho.

–Dijiste que ya habías visto bastante –le dijo él.

–Solo porque si veía más, sabía que iba a... hacer algo de lo que me terminaría avergonzando profundamente. Nunca había sentido algo así en toda mi vida.

–Pensaba que querías a mi hermano.

–Así no. Me preocupaba por él. Me puse muy triste cuando... Estaba triste, claro. Era un buen hombre, y creo que podría haber sido muy feliz con él. Pero nunca sentí pasión por él. Nunca le deseé, no como te deseo a ti.

–Pero él era... No tenía cicatrices. Y no hablo solo de las cicatrices que tengo en la piel.

–No son lo que veo cuando te miro, Zahir.

Ella se adentró más en la laguna y nadó sobre la superficie del agua hasta llegar hasta él. Se detuvo justo delante. Le dio un beso en el pecho, justo por encima del corazón, junto a una gruesa cicatriz de piel quemada.

–¿Me estás seduciendo?

–¿Está funcionando? –le preguntó ella. Sus ojos verdes hablaban tan en serio que a Zahir casi le dolía.

–Sí –dijo él. Su voz sonaba ronca, como la de un extraño–. Pero no sabes lo que me estás pidiendo, Katharine. Ni siquiera yo lo sé.

–Te estoy demostrando que aquí, a plena luz del día, en plenas facultades, quiero esto. Te quiero a ti. Te estoy diciendo que eres tan guapo que me cortas la respiración.

—Pero hay más que eso. Siempre, siempre me tengo que concentrar. Para mantener el control. Para no... perderme nada. Para que no pase nada.

Ella sacudió la cabeza.

—No. No tienes por qué hacerlo. Descansa. Conmigo.

Enredó una pierna con la de Zahir, por debajo del agua, haciéndole sentir un cosquilleo que le subía por el cuerpo. Él la agarró de la cintura, atrayéndola hacia sí. Su piel resultaba resbaladiza. La sensación era tan erótica que Zahir tenía miedo de perder el control allí mismo. Debía dar media vuelta, pero no podía. Ella le ofrecía su cuerpo, y mucho más. Le ofrecía descanso.

Inclinó la cabeza y tomó sus labios. La ola de calor que recorría su cuerpo era arrolladora. Estaba fuera de control y eso le hacía temerario. Sentir el roce de su piel de marfil le volvía loco... Ni siquiera esperó a que se rompiera la cuerda. Simplemente se dejó llevar, se dejó caer al abismo de deseo que acababa de abrirse frente a él.

Katharine sintió el cambio. Sus movimientos eran más fluidos, y su boca se había vuelto hambrienta. Sus manos se deslizaban y la tocaban con facilidad, ayudadas por el agua.

De repente la agarró del trasero y empezó a masajearla. Ella arqueó la espalda hacia él, dando rienda suelta al gemido que reverberaba por todo su cuerpo. Solo era capaz de pensar en el placer que Zahir le estaba dando. Él deslizó las manos hacia abajo, la agarró de un muslo y le subió la pierna. Apretó su erecto miembro contra ella y ella le sujetó con más fuerza, dejando escapar un jadeo.

—Zahir —le susurró, sabiendo que él querría oírlo de nuevo.

–¿Has traído algo? ¿Una manta? Te tumbaré sobre la arena si es necesario –murmuró él contra sus labios–. Pero me gustaría algo más suave para ti.

–He traído una manta –dijo ella, sonrojándose.

–Chica lista.

–Y a ti te encanta que lo sea.

–No es que me disguste.

La levantó del agua y la estrechó en sus brazos.

–En el bolso –dijo ella, señalando.

Él se inclinó, sin soltarla, y sacó la manta con pedrería que había tomado de su propia cama. La extendió en la arena y Katharine se sentó sobre las rodillas de inmediato, lista para él. Más que lista. Él se agachó con ella, sobre las rodillas, y la estrechó contra su pecho. Se detuvo un instante, le acarició la cara, le apartó el pelo de los ojos.

–No poder ver con claridad cuando hay tanta belleza que ver es mi mayor castigo.

Ella le agarró la otra mano y se la llevó hacia su propia cintura.

–Puedes usar todos los otros sentidos para ayudarte –susurró.

–Y lo haré, *latifa*, mi amor, lo haré.

Le acarició la cadera, y después los pechos, los pezones. Le soltó el nudo de la parte superior del bikini y dejó que cayera sobre la manta.

–Increíble –le dijo, abarcando sus pechos con las manos.

–Me siento como si te debiera algo –dijo ella, poniendo las manos sobre sus caderas y metiendo los dedos por dentro del elástico de su bañador. Tiró hacia abajo, pero la tela se atascó justo por encima de su erección.

–Maldita sea –dijo ella.

Él se rio.

—De acuerdo —puso sus manos sobre las de ella y la ayudó a bajarle los pantalones cortos.

—No te pasa nada en el cuerpo —dijo ella, estimulándole, masajeando su miembro arriba y abajo.

No se había dado cuenta de lo increíble que podía llegar a ser el cuerpo de un hombre.

Pero no era el cuerpo de cualquier hombre. Era Zahir. Nadie tenía ese efecto sobre ella. Estaba segura de ello. Él era especial. Era increíble. Y lo dijo en alto, para que él lo supiera.

Él le agarró la mano, la hizo detenerse.

—Todavía no habrá... Cuando Alexander llegue a la mayoría de edad...

Ella bajó la vista.

—Lo sé.

—No tengo nada para ti, Katharine.

Ella volvió a masajearle.

—Eso no es cierto.

Él echó atrás la cabeza y se dejó llevar. A Katharine se le aceleró el corazón. De pronto sintió un arrebato de poder embriagador que iba unido a la excitación. Estimulándole también se estimulaba a sí misma. Él empezó a mover los dedos sobre la braguita de su bikini. Los metió por dentro del elástico y empezó a tocar su piel húmeda. Ella lo miraba mientras le daba placer.

Cuando ya estaban jadeantes, Zahir le desató el bikini y le dio un beso en los labios. La empujó hacia abajo y se puso sobre ella, sin dejar de mirarla ni un segundo. Deslizó una mano sobre su cuerpo, recorriendo todas sus curvas, su entrepierna... Empezó a masajearla. Su tacto era como una chispa, como fuego en el desierto.

—Tengo que asegurarme de que estés lista —le dijo él, metiendo un dedo dentro de ella.

Ella asintió y se arqueó contra él, clavando los talones en la manta. Él introdujo un segundo dedo y empezó a frotarla, hacia dentro y hacia fuera. La sensación era tan intensa, que Katharine no sabía si iba a ser capaz de soportarla.

–Estoy lista –le dijo, abriendo las piernas.

Él buscó su mirada y entonces se colocó entre sus muslos. La gruesa punta de su miembro erecto la empujaba, cada vez con más fuerza, dándole tiempo para adaptarse.

Ella se aferró a sus hombros, clavándole las uñas. Él emitió un sonido gutural y entonces empujó con todas sus fuerzas, penetrándola por completo. Y entonces Katharine ya no pudo pensar más, porque él empezó a moverse dentro de ella de la forma más increíble, llevándola a cotas aún más altas de excitación y placer, llevándola a un nivel superior, desconocido.

Lo agarró de la espalda, deslizó las manos sobre su piel. Sentía las cicatrices bajo las yemas de los dedos. Era su Zahir... Empezó a mover las manos arriba y abajo por su trasero, atrayéndole hacia sí más y más, recibiendo su embestida. Él empujaba y empujaba y así creaban una cadencia que los hacía moverse en sintonía bajo el tórrido sol del desierto. Una sensación apabullante empezó a crecer dentro de Katharine. Quería gritar, pero estaba paralizada, aferrándose a la última pizca de autocontrol. Y entonces todo saltó por los aires. Un placer y una satisfacción inmensos cayeron sobre ella como una ola gigantesca, saciándola, calmando su sed.

Zahir sintió que el clímax también llegaba para él. Todo se desvaneció a su alrededor, excepto ella. Pero no tenía miedo, porque Katharine era lo más preciado que tenía, lo más hermoso. Ella le llenaba por completo. Y cuando por fin llegó, recibió con gusto esa descarga de placer. Una llamarada abrasadora le recorrió las venas y le subió hasta la cabeza, sacudiéndole una y otra vez.

Cuando terminó, estrechó a Katharine entre sus brazos y la vio sonreír... Un segundo más tarde estaba dormida.

Paz.

—Es tarde.

Katharine abrió los ojos. El aire se había vuelto frío de repente. Era de noche. Se acurrucó contra el pecho de Zahir. Él le agarró la mano y le dio un beso en la palma.

—¿No crees que deberíamos volver, gatita mía?

Ella se echó a reír.

—¿Gatita?

—Bueno, tengo los arañazos que lo prueban.

Ella rodó sobre sí misma y se acostó boca arriba. Se tapó la cara con las manos.

—Lo siento.

—Pues yo no.

—Simplemente increíble –dijo ella, contemplando el cielo. Las estrellas empezaban a aparecer, como purpurina sobre un manto de terciopelo.

—El desierto es un sitio completamente distinto por la noche.

Katharine se puso de lado.

—No me refería al desierto. Me refería a ti.

—Katharine...

—Oh, vamos, Zahir. ¿Desde cuándo rechaza un hombre un cumplido sobre su potencia sexual?

—Hace tanto tiempo. No recuerdo lo que solía decir a modo de respuesta.

Katharine sintió que se le encogía el corazón. Se preguntaba si había habido alguna mujer desde el ataque, desde Amarah...

–Solía ser fácil. Un poquito de sexo no tenía nada de malo. Yo era un hombre con dinero y poder, y a las mujeres les encanta. No era superficial, pero... Era apuesto, y ellas me deseaban. Todo era tan sencillo.

–Podrías haber seguido teniendo a todas las mujeres que quisieras, Zahir. Eso tienes que saberlo.

–¿Pero por qué iban a estar conmigo, Katharine? ¿Por qué razón?

–Por placer –dijo ella.

–A lo mejor. ¿O sería porque piensen que no pueden rechazar a la bestia de Hajar, porque no pueden decirle que no al jeque? Antes nunca preguntaba por qué. Simplemente aceptaba lo que me ofrecían. Pero ahora... Me pregunto por qué decían que sí entonces –se rio–. Estar solo te da demasiado tiempo para pensar.

–No sé por qué dijeron que sí las otras mujeres, pero yo no solo dije que sí, Zahir. Te lo di todo. Lo hice porque te deseo. A ti, con cicatrices o sin ellas. Te quería a ti con tus cicatrices. No me asustan. No me molestan. No me parece que seas menos hombre por tenerlas. En realidad creo que te hacen más hombre.

Él guardó silencio. Escudriñó el cielo un momento.

–Las mantuve lejos de mí porque tenía miedo de mí mismo, de lo que podría hacer, de lo que pudiera pasar. Pero cuando me tocaste esta vez, supe que todo estaría bien.

Katharine sintió que se le encogía la garganta. El pecho le dolía.

–Tenemos que volver –dijo él, con la voz tomada por la emoción.

Ella sabía que se arrepentía de haberle sido tan franco, pero ella no se arrepentía de haber oído todas esas cosas.

—Muy bien —asintió con la cabeza.

No quería volver. Quería quedarse en el oasis con él, bajo ese manto de estrellas. Era el oasis de la esperanza, y tenía miedo de que todo se esfumara en cuanto salieran de allí. Sabía por qué había dicho que sí. Estaba enamorada de Zahir. Esa revelación repentina la hizo sentirse como si el corazón se le fuera a salir del pecho. Desde el principio había sabido que estar con Zahir conllevaba un riesgo... El riesgo de acabar con el corazón roto... Pero tampoco había imaginado algo así. No había imaginado cómo sería estar enamorada de un hombre que jamás querría su amor, alguien que jamás la correspondería...

Capítulo 12

ZAHIR durmió muy mal esa noche. Imágenes de Katharine, de su cuerpo, su aroma, lo habían asediado hasta el amanecer. Al regresar del oasis, la había dejado irse a su habitación... En realidad se había sentido un poco culpable... Ella era virgen y no quería agobiarla demasiado ese día. A lo mejor era pedirle demasiado a su cuerpo... Además, no la quería en su cama, escuchando sus sueños. No quería arriesgarse a hacerle daño si sus pesadillas se volvían violentas. Sin embargo, esa noche los sueños terribles no llegaron. No sabía qué significaba eso. Se levantó de su escritorio y estiró los músculos lentamente. Dobló la rodilla para asegurarse de que estaba en forma. Siempre era mucho peor después de un periodo de inactividad. Le fallaba un poco el equilibrio, pero podría arreglárselas. Solía pensar que su nuevo cuerpo era como una celda, un lugar en el que estaba encerrado, algo ajeno, extraño. No era realmente él.

De repente se dio cuenta de lo falso que era todo eso. No le gustaba sentirse limitado. No le gustaba parecer un monstruo, tener un ojo a través del que apenas veía. Odiaba la cojera. Odiaba esos flashbacks. Pero era su cuerpo... En cuanto entró dentro de Katharine, en cuanto sintió la ola de placer que le cubría por completo, diferente a todo lo que había sentido hasta ese momento, lo supo con certeza. Era su cuerpo. No era un lugar en el que su alma estaba encerrada. Y eso significaba que nunca se libraría de él. Nunca sería libre. Y por ello tenía que dejar de perder el tiempo como si eso fuera a pasar algún día. De repente alguien llamó a la puerta del despacho. Era Rafiq, su asistente personal, el hombre que salía a comparecer en público en su lugar la mayoría de las veces.

—Me alegra oír que la boda ha ido tan bien –le dijo con una sonrisa–. Siento no haber podido asistir.

—No hay problema. El nacimiento de tu hijo era mucho más importante –por un instante, Zahir se preguntó cómo sería tener hijos propios. Cuando era joven siempre había dado por sentado que algún día los tendría.

—La gente quiere verte a ti y a tu esposa.

—Han tenido la suerte de no tener que verme durante los últimos cinco años. No creo que quieran cambiar eso ahora. Ya sabes lo que dicen, lo que piensan.

—Pero sí que quieren verte. Estás en las revistas de toda Europa. Una boda real. El jeque y su princesa.

—La Bella y la Bestia. Ya he visto los titulares... Aunque, curiosamente, me he dado cuenta de que si me dieran a elegir entre burlas y elogios, me quedaría con las burlas.

—Eso solo podrías decirlo tú, amigo mío.

—¿Y qué quieres que haga, Rafiq?

—La princesa Katharine y tú tenéis que comparecer. Una fiesta sería una buena elección. Así la gente se sentiría parte de los festejos.

—No fue mi intención que no se sintieran parte de ello.

—Pero ha sido así.

—Eso es...

—¡Oh! –exclamó Katharine de repente. Estaba en el umbral, mirando a Rafiq y a Zahir–. No sabía que estabas ocupado.

–Soy Rafiq, su consejero. Mi esposa acaba de dar a luz. Es por eso que no hemos tenido oportunidad de conocernos antes.

Katharine lo saludó con un gesto tenso.

–Encantada de conocerte.

Rafiq se puso en pie y le ofreció su mejor sonrisa. Aunque Zahir sabía que Rafiq jamás miraría a una mujer que no fuera su esposa, no pudo evitar sentir una punzada de celos. Rafiq siempre había sido un hombre apuesto. Las mujeres siempre se lo decían. Se preguntaba si Katharine estaría de acuerdo...

–Estoy intentando convencer a su marido de que debe hacer una celebración para el pueblo de Hajar. Hay fotos de la boda en todos los medios europeos, y la gente de aquí siente que ha quedado relegada a un segundo plano.

Katharine miró a Zahir.

–No podemos dejar que piensen eso.

Zahir apretó el puño.

Oh, no, ¿pero quieres que piensen que su gobernante es un lunático?

–En la boda te fue bien.

Rafiq miró a Zahir.

–De acuerdo. No he estado presente. Pero solo te estoy diciendo lo que he oído.

El pueblo de Hajar llevaba cinco años sin querer verle, tejiendo leyendas y especulando con su vida y muerte... Sin embargo, esa vez no tenía elección. Tenía que hacer cambios. Esa sería la prueba más dura. Pero iba a conseguirlo. Ya no cumplía sentencia dentro de su propio cuerpo.

–¿Cuándo empezamos a prepararlo? –le preguntó a Katharine.

Ella miró a Rafiq y después volvió a mirarlo a él.

–Creo que podríamos preparar algo para el próximo fin de semana, si lo hacemos rápido.

–Estupendo –dijo Rafiq–. Podemos hacerlo en la plaza.

Zahir tragó con dificultad.

La plaza... El epicentro, el corazón de la ciudad... Allí se celebraban todos los festejos, allí habían tenido lugar los ataques... Pero ya estaba cansado de vivir con miedo.

–Bueno, pues empecemos cuanto antes.

Afortunadamente, Katharine no tuvo que ocuparse más que del menú y de dar el visto bueno a los diseños de Kevin. El modisto parecía empeñado en transformarla en icono de la moda, una especie de jequesa moderna y vanguardista. Los diseños eran todos gloriosos y le había resultado bastante difícil decantarse por uno. La comida también era exquisita... Se había encontrado con los platos favoritos de Zahir... y con los suyos... A lo mejor el chef se acordaba, o a lo mejor había sido Zahir quien lo había pedido... Suspiró. Zahir apenas parecía recordar que estaba viva. Ni siquiera parecía recordar que habían hecho el amor. No había vuelto a tocarla desde aquella noche... Los festejos tendrían lugar al día siguiente, pero ni siquiera sabía qué pasaba por su mente, lo que sentía... Cuando Rafiq había sugerido la idea no había caído en la cuenta. Pero después, oyendo hablar a los empleados, lo había comprendido todo.

Era la misma plaza. Iban a pasar por el lugar de los ataques, en coche... No sería solo una demostración de amor hacia el pueblo de Hajar, sino también una demostración de fuerza.

Sabía que para él sería todo un tormento.

–No va a venir a buscarte para sincerarse –dijo, hablando sola.

No. Si alguien iba a sincerarse, sería ella en todo caso. Se levantó de la cama al tiempo que se abría la puerta de su habitación. Y allí estaba Zahir, con la camisa medio desabrochada, el pelo revuelto, descalzo...

–Katharine... Mañana... Tengo que ser fuerte mañana.

–Lo serás.

–¿Y si no es así?

–Nunca te he visto ser otra cosa. Has tenido que soportar demasiadas cosas en la vida.

–Pero eso es lo que se espera de mí, así que tengo que seguir adelante. Y tengo que hacer esto.

Ella fue hacia él, puso la mano sobre su rostro, sobre las cicatrices. Movió las yemas de los dedos sobre la piel arrugada, sobre el labio cortado por la fea cicatriz. Tenía el corazón en la garganta. Sentía que se iba a echar a llorar en cualquier momento.

–Vas a hacerlo, porque eres el hombre que tenía que estar aquí. Eres el hombre que tiene que hacerlo –cerró los ojos y le dio un beso en la mejilla, encima de la cicatriz.

Él se estremeció, así que volvió a besarlo, en la comisura, en la barbilla, en el cuello.

–No, Katharine.

–¿No me deseas? –le preguntó, levantando la cabeza.

Él soltó una carcajada triste. Katharine sintió que se le encogía el corazón. Era como si alguien le hubiera sacado toda la sangre de las venas.

–¿Pero cómo puedes desearme?

–¿Por qué? ¿Porque soy guapa? Para mi padre esa es mi única baza. Estaba seguro de que te casarías conmigo porque soy hermosa. Pero, ¿a ti qué te parece? ¿Realmente es una baza? ¿Debería sentirme superior porque nací así? No lo creo.

—Yo también nací así.

—Y todavía eres así. Sexy –le puso una mano en el pecho, le abrió la camisa desde los hombros y se la quitó. La tiró al suelo.

Él se apartó de ella.

—Lo eres –dijo ella–. Cuando te miro, tiemblo por dentro. Y no es miedo. Es algo... eléctrico... Es... deseo. Tan profundo que me parece que nunca llegaré al fondo.

Le puso la mano en el pecho de nuevo; esa vez con más firmeza. Zahir se sintió tentado de apartarse, pero no fue lo bastante fuerte. No podía negar el deseo que corría por sus venas. La agarró de la muñeca y tiró de ella. Capturó sus labios y le dio un beso feroz, desesperado.

La besó como un hombre que acababa de encontrar agua en el desierto. Él era ese hombre. Había vagado durante muchos años, sin sentir nada, pensando que no necesitaba nada, que no había remedio para él. Pero entonces se topó con un oasis, Katharine. Su oasis, su esperanza...

—Te necesito –le dijo con voz ronca. Nunca había pronunciado unas palabras tan sinceras.

—Y yo a ti –dijo ella.

Zahir no entendía cómo. A lo mejor se refería a algo sexual... Pero él hablaba de algo más profundo, algo que no podía nombrar o comprender. Le tiró de la cremallera del vestido, pero no se movió más que unos milímetros. Volvió a tirar, pero fue inútil. Emitiendo un gruñido, agarró la tela a ambos lados de la cremallera y tiró con fuerza, desgarrando el tejido. Dejó que el vestido cayera al suelo y contempló el cuerpo desnudo de

Katharine. No llevaba sujetador. Solo llevaba unas braguitas diminutas. Tenía los pezones duros, maduros, perfectos...,

Le puso una mano en la espalda y la atrajo hacia sí. Se detuvo un momento para contemplarlos, rosados y jugosos... Ella contuvo el aliento y arqueó la espalda, acercando el pecho a los labios de él.

–No me quejo. No tienes que esconder nada de mí.

–Trato hecho –le mordió un pezón.

Ella gimió.

–Siempre y cuando no te guardes nada –añadió.

–No lo haré –dijo ella.

–Túmbate en la cama –le dijo él.

Ella hizo lo que le pedía, retrocediendo hacia el borde de la cama, sin dejar de mirarlo. Él fue hacia la pared más alejada y apagó la luz.

–No –dijo ella–. La luces encendidas.

Él vaciló un momento, pero entonces volvió a encenderlas.

–Mucho mejor –ella sonrió, contenta de salirse con la suya.

Sentándose en el borde de la cama, se quitó las braguitas. Él hizo lo propio con los calzoncillos y fue hacia la cama.

–Espera –dijo ella. Tenía la piel ardiendo, las mejillas sonrosadas–. Solo quiero mirarte un momento.

Zahir no podía hacer otra cosa que mirarla, contemplar su cuerpo perfecto. El corazón casi se le salía del pecho, y su miembro viril palpitaba en sincronía.

Ella retrocedió un poco y se tumbó en la cama, reclinándose sobre las almohadas que estaban contra el cabecero. Con los ojos fijos en él, empezó a tocarse la entrepierna. Zahir creyó que el corazón se le iba a parar.

Katharine se mordió el labio. Dejó escapar un jadeo.

–Con solo mirarte, Zahir... Tengo ganas de... –respiró profundamente.

Casi de forma instintiva, Zahir empezó a tocar su propio miembro erecto, frotándose, tratando de aplacar el ansia que lo consumía por dentro.

–Mucho mejor –dijo ella.

Él se quedó mirándola, cautivado, embelesado. Ella deslizaba las yemas de los dedos sobre su propio cuerpo, observándole en todo momento. Respiraba trabajosamente. Tenía los pezones erectos y su estómago se expandía y se contraía con cada bocanada de aire que tomaba. De repente empezó a tocarse un pecho. Zahir sintió que el corazón se le paraba un instante, y entonces empezó a latir el doble de rápido. Se frotó de nuevo, tratando de frenar las cosas un poco. No quería terminarlo todo antes de llegar a tocarla siquiera, tal y como ella se estaba tocando a sí misma.

–¿No vas a venir aquí? –le preguntó ella. Su voz sonaba ahogada, embebida de excitación.

–No me lo pidas dos veces.

Fue hacia la cama y puso su propia mano sobre la de ella, sobre su pecho, entre sus piernas... Ella sonrió y quitó las manos. Le dejó tomar el relevo. Él tomó su pezón entre el pulgar y el dedo índice y tiró suavemente. Empezó a palpar sus labios más íntimos con la otra mano. Estaban húmedos y calientes. Empezó a mover las dos manos en sincronía, frotándola arriba y abajo. Ella lo agarró del antebrazo; echó atrás la cabeza. El rubor de sus mejillas se hizo más fuerte. No era de vergüenza, como él había pensado en un primer momento. Era deseo.

–Zahir, ahora, por favor.

Él cambió de postura. Se puso de rodillas frente a ella, le sujetó un muslo contra su propia cadera y la penetró. Su gruñido de placer fue recibido con un gemido.

Ella empezó a mecerse contra él. Sabía cuál era el ritmo perfecto para que ambos obtuvieran placer. Él flexionó las caderas y empujó con todas sus fuerzas. Ella arqueó la espalda, siguiendo el movimiento y agarrándolo de los antebrazos. Él la agarró del trasero, sujetándola con fuerza, asegurándose de que cada embestida llegara adonde tenía que llegar. Podía sentir cómo se contraían y se expandían sus músculos más íntimos alrededor de su propio miembro viril. Estaba lista para llegar a lo más alto, al igual que él. Un cosquilleo de sensaciones lo recorrió de arriba abajo. Aceleró el ritmo. La miró. Ella entreabrió los labios. Sus ojos estaban velados por el placer, observándolo, contemplándolo. Confiaban en él.

Zahir sintió que el corazón se le encogía, junto con el resto del cuerpo. Y cuando el orgasmo lo sacudió por dentro, todo su corazón se abrió, derramando emociones por doquier. Se perdió en ella... Fue como si todos los sentimientos del mundo, éxtasis, desesperación, oscuridad y luz, hubieran caído sobre él de golpe. La miró a los ojos y atravesó la tormenta con ella. No apartó la vista hasta que el fuego que lo consumía quedó reducido a un puñado de ascuas.

Más tarde, con la palma de la mano apoyada sobre su fría mejilla, buscaba una explicación a todo lo vivido. Todo había cambiado en él. Y no sabía lo que eso significaba... Lo único cierto era que esa noche iba a dormir con Katharine en los brazos, como debía ser. Le apartó el pelo de la cara y le dio un beso en la frente.

–Es cierto que eres preciosa –le dijo suavemente–. Pero no es tu belleza lo que necesito. Te necesito a ti.

Zahir abrió los ojos de nuevo cuando la luz de la mañana se colaba a borbotones por las ventanas. Había

dormido bastante. Pero no recordaba nada. Ni imágenes, ni sueños, nada. Miró a Katharine, acurrucada a su
lado. La noche anterior había sido... No lo sabía. Pero
algo había cambiado. Los festejos de la boda eran ese
día. Y no estaba lleno de miedo. Se sentía como nuevo.
Ya no sentía las garras del pánico en la espalda, recordándole que podía fracasar. Todo saldría bien. Lo haría
por Hajar. Por Katharine.

Lo haría sin más.

Ese día el fracaso no era una opción. De repente se
dio cuenta de que esconderse en el palacio para evitar
lo desconocido era un error. Quería despertar a Katharine, solo para decírselo, porque ella lo entendería todo.
La tocó en el hombro y ella se estremeció.

–Zahir –susurró–. ¡No! –rodó sobre sí misma y se
incorporó.

–¿Te encuentras bien? –le preguntó, poniéndole las
manos sobre los hombros para contener sus temblores.

–Yo... Oh... He tenido un sueño horrible. Como me
dijiste. Toda esa gente. La oscuridad. Fue... –se tocó el
pecho–. Estás a salvo –tragó en seco–. Eso es bueno.

Él le tomó las manos, sintiéndose culpable de repente. ¿Qué le había hecho? ¿Qué le había metido en la
cabeza? Él había dormido, y había sido ella quien había
soportado su tormento.

–Vístete –le dijo. Tenemos un día largo por delante
–la miró a la cara.

Aquellos preciosos ojos verdes, siempre luminosos,
estaban turbios, llenos de sombras.

Zahir apretó los puños y se apartó de la cama. Recogió sus pantalones del suelo.

–Te veo luego.

Ella asintió y se tapó hasta el pecho con la sábana.
Él dio media vuelta y se marchó.

Capítulo 13

NO TE preocupes. Me he puesto mucho protector solar.

Zahir dio media vuelta justo a tiempo para ver entrar a Katharine en el vestíbulo del palacio. Llevaba un hombro desnudo y el otro cubierto por un vaporoso drapeado con pedrería verde que resaltaba su piel de marfil y su pelo dorado. Le habían decorado los brazos con arabescos de henna que simulaban viñas y flores; una tradición para las novias de Hajar. Se veía tan exótico en ella.

–Espero que sí –le dijo–. Y espero que llevaras mucho aquel día en el oasis.

Ella se sonrojó y, por un momento, él se sorprendió.

–Sí. Si no me hubiera puesto protector solar, te habrías dado cuenta, porque hubiera terminado pareciendo un rábano al final del día.

Él la miró un momento, maravillado ante tanta belleza natural, sencilla.

–Eres preciosa, Katharine. Pero no fue tu belleza lo que me hizo aceptar casarme contigo. Fueron los argumentos que me diste. Sabías lo que querías, lo que necesitabas, y fuiste a por ello. Eso yo lo respeto mucho.

Katharine sintió lágrimas en los ojos. Tragó con dificultad.

–Gracias.

—Es la verdad —Zahir se encogió de hombros y dio media vuelta.

Ella lo miró fijamente; arrugó los párpados... Llevaba toda la mañana comportándose de un modo extraño.

—Bueno, me gusta oírlo —Katharine contempló su perfil, la pose rígida de sus hombros—. Tú tampoco estás nada mal.

—Esto es una celebración —le dijo él, dándose la vuelta.

La fría luz que iluminaba sus ojos oscuros la hizo sentir un nudo en el estómago.

—Vamos a celebrarlo.

La limusina avanzó por la plaza abarrotada hasta llegar al centro. La multitud estaba detrás de las barreras. Había seguridad delante y detrás del coche. Todo parecía seguro, pero Katharine no podía evitar mirar a Zahir, buscando signos de agobio, estrés. Su corazón palpitaba a toda velocidad, las palmas de las manos le sudaban. Nada podía ser más aterrador para él que la situación en la que se encontraban.

—¿Qué pasa ahora? —preguntó ella a medida que la limusina avanzaba hacia un espacio despejado, justo detrás del enorme escenario que habían montado en la parte de atrás de la plaza.

—Voy a dar un discurso —dijo él.

—¿Delante de todos?

Él esbozó una sonrisa desganada.

—El riesgo de la vida del político.

—Y lo vas a hacer ahora. Vivir como un político, quiero decir.

—Eso es lo que tengo que hacer.

Katharine sintió que se le encogía la garganta. Le

ofreció la mejor sonrisa que pudo dibujar. Sentía que las lágrimas no tardarían en llegar. Asintió con la cabeza, porque no había nada que decir. Estaba demasiado llena de orgullo, de emociones... No le salían las palabras.

El conductor se acercó y les abrió la puerta. Zahir bajó y le ofreció una mano.

–¿Vienes conmigo?

Ella le agarró la mano y salió del vehículo. Juntos se dirigieron hacia el escenario. El bullicio de la multitud recordaba a un panal de abejas. Katharine sintió mareos. Las celebraciones no eran tan ruidosas en Austrich, pero le gustaban más las de Hajar. Había tanta alegría, y todo era por Zahir.

–Adelante –le dijo a él cuando llegaron al pie de la escalera.

La miró un instante. Le soltó la mano y siguió hacia el escenario. Ella le siguió con la mirada. Estaba tan tensa que le costaba respirar. En cuanto Zahir subió al podio, la multitud se calló. Todos los ojos estaban puestos sobre la bestia de Hajar. Habló en árabe, pero Katharine hizo todo lo posible por entender con sus rudimentarios conocimientos de la lengua.

–Ha habido una nube negra sobre nuestro país durante mucho tiempo. Algunos dirán que yo mismo era esa nube negra. Pero ya no es así. Somos un país fuerte, lleno de gente fuerte. Todos perdimos mucho aquel día, cuando vimos en peligro nuestra libertad, nuestra felicidad. Pero hemos salido fortalecidos. Sí. Tenemos heridas que lo demuestran.

La multitud gritó y le ovacionó, pero él siguió adelante.

–Pero somos más fuertes, por ellos. Y vamos a seguir adelante hacia el futuro, sin olvidar a aquellos a los que perdimos, pero tampoco nos olvidaremos de vivir. Porque nos han dado un regalo. Nosotros seguimos aquí. Y lo más importante ahora es lo que hagamos con esa vida. Eso es algo que he aprendido de vuestra jequesa, mi esposa, Katharine Rauch.

Katharine se enjugó las lágrimas. Zahir acababa de hacerle un gesto para que se reuniera con él en el podio. Parpadeó rápidamente y subió los peldaños, saludando a la multitud con la mano.

Zahir le tomó la mano y la multitud gritó con más fuerza. Estaba listo para dirigir a su pueblo de una forma completamente nueva. Había subido a ese escenario como la bestia, pero iba a bajarse como rey, el rey de Hajar.

El cariz de los festejos de Hajar fue completamente distinto a la pompa de la ceremonia en Austrich; un baño con aceites aromatizados, flores de jazmín, parafina caliente en las manos y los pies para suavizarlos... Las mujeres habían pasado horas pintándole el cuerpo con henna. Tenía los dibujos por todo el cuerpo.

«Para el jeque...», había dicho una de las mujeres con una sonrisa cómplice.

Estaban sirviendo el bufé; más comida de la que Katharine había visto jamás. La gente comía y reía... Disfrutaron de la actuación de una orquesta y de una bailarina de danza del vientre. La mujer era como una sirena, con una larga cabellera negra que apenas le cubría los pechos. Sus caderas se movían a un ritmo sensual, en sincronía con la música. Era casi como si estuviera dirigiendo la orquesta, como si su cuerpo los guiara. Katharine se inclinó hacia Zahir, que estaba sentado a su lado. Le puso la mano sobre el muslo, por debajo de la mesa.

–¿Y si aprendo a bailar así?

Él se volvió hacia ella de golpe. Su expresión era casi fiera. Ella esbozó una sonrisa seca.

–No delante de otra gente. Solo para ti.

–Podría ser una buena idea –le dijo él, deslizando las yemas de los dedos sobre su muslo, yendo más y más arriba.

–Eso pensaba yo.

Le encantaba sentirse poderosa ante él... Era tan fuerte, tan vigoroso, tan hombre... Y respondía al tacto de sus manos. La sensación era casi embriagadora. La hacía sentir bien.

–Creo que es hora de estar a solas con mi esposa.

Katharine supo que ese día tendría su noche de bodas.

Ya de vuelta en su habitación, encendió todas las velas que pudo encontrar y las puso sobre unos soportes adornados. La estancia se llenó dc un resplandor dorado. Era perfecto para lo que tenía en mente. Zahir ya estaba tumbado en la cama, mirándola. Parecía relajado, pero ella sabía que había algo más. Tenía todos los músculos tensos, listos para entrar en acción en cualquier momento, listos para caer sobre ella. Y no era mala idea... Siempre tenía sed de él.

–Baila para mí ahora –le dijo él, con los ojos brillantes a la luz del fuego.

Ella sonrió y movió las caderas.

–¿Así?

Por alguna razón, no le daba vergüenza hacerlo delante de él. Él la hacía sentirse... auténtica. Simplemente era Katharine, por primera vez en toda su vida.

–Más.

Volvió a menearse y entonces se rio.

–Muy bien. No tengo ritmo.

–Tienes un ritmo estupendo. Quizá no sepas hacer la danza del vientre, pero tienes muy buen ritmo.

Ella se bajó la cremallera del vestido, observándole en todo momento.

Los tendones de su cuello se tensaron como cuerdas cuando la vio deshacerse del vestido. La prenda cayó a sus pies, descubriendo así todo el trabajo de henna que le habían hecho en el cuerpo. Las parras le subían por las piernas, creando una imagen de lo más provocativa que no le dejaba mirar hacia otro lado.

–Me deseas, ¿verdad? No soy una más.

Él se apoyó sobre las rodillas.

–Eres mi *latifa*, la más bella. Katharine, es algo más que piel. La belleza es mucho más compleja que eso. Eres tú, solamente tú. Es a ti a quien quiero. Llevaba años sin responder a nadie de una manera sexual. Casi había llegado a pensar que había perdido esa parte de mí. Pensaba que esos deseos habían desaparecido por completo. Pero entonces apareciste tú. Y yo tenía miedo... miedo de perder el control... Pero cuando pierdo el control contigo, solo hay libertad. Hay belleza y más belleza. Tú eres la única a la que deseo.

Fue hasta el borde de la cama y le rodeó la cintura con el brazo. Se inclinó hacia ella. Le dio un beso en el muslo y deslizó la lengua por encima.

–Vamos, *latifa,* déjame demostrarte lo mucho que te deseo.

Y mientras la besaba, la penetró, susurrándole palabras que solo eran para sus oídos... El placer se cernía sobre ella como una lluvia de chispas... Un sentimiento dulce empezó a propagarse por su interior; era algo que iba más allá de lo meramente físico, más allá de su amor por él.

–Katharine –susurró él.

Y en ese preciso momento ella sintió que no tenía que esforzarse para ser extraordinaria. Con Zahir, solo tenía que «ser».

–Zahir.

Lo llamó entre sueños. Él la contemplaba con atención, veía cómo se le enfurruñaba el ceño, cómo temblaba su cuerpo. Estaba asustada. Por él. Tenía miedo de él. Le puso la mano sobre la frente. Ella se calmó un poco. Esa emoción que le había golpeado la noche anterior... Había vuelto a sentirla, mientras le hacía el amor. En realidad, nunca había dejado de sentirla... La amaba, con toda su alma. Amaba a Katharine. Estaba dispuesto a dárselo todo. Pero nunca sería suficiente. Además, no le estaba dando más que pesadillas y tristeza a cambio. Sus propios demonios la estaban cercando, asediándola en sueños.

Era una locura. Era egoísta. Estaba dispuesto a pasar por todo de nuevo, si con eso conseguía liberarla. ¿Cómo iba a seguir robándole la vitalidad? ¿Cómo iba a atormentarla cuando ella solo le ofrecía descanso y paz? No podía hacerle eso...

Cuando Katharine se despertó a la mañana siguiente, la cama estaba fría. Las velas se habían consumido del todo y se habían convertido en amorfos charcos de parafina sobre sus soportes. Zahir estaba de espaldas, mirando por la ventana. El sol estaba saliendo, tiñéndolo todo de un color naranja.

–Cada día doy gracias por no haber perdido la vista en los dos ojos.

Katharine se incorporó. Dejó que las mantas cayeran a su alrededor.

–¿Cada día?

–No hay día que no piense en ello. No paso ni un día sin pensar en todo lo que podría haber perdido –se volvió hacia ella–. Hubiera sido una pena no volver a ver tu rostro.

Su voz sonaba extraña, en guardia. No se parecía al hombre con el que se había ido a la cama la noche anterior.

–Si quieres volver a Austrich, puedes hacerlo.

–¿Qué?

–No te necesito aquí. Cuando hicimos este acuerdo, pensé que podría... Pero... Ya has comparecido. Tendrás que venir periódicamente, pero mi pueblo entenderá que debes atender tus obligaciones en casa, sobre todo con el estado de salud de tu padre.

Katharine se sintió como si acabaran de darle un puñetazo.

–¿Pero qué pasó con... todo lo que dijiste? ¿Quieres que me vaya?

–Hemos tenido... Ha sido algo bonito –dijo él, mirando hacia el sol–. Pero yo tengo responsabilidades aquí y tu presencia ha sido... una distracción. Tengo que concentrarme. Tengo que mantener las riendas de todo.

Katharine sintió un arrebato de rabia. Quizá él no sintiera nada, pero ella lo sentía todo. Y no estaba dispuesta a guardárselo todo dentro.

–¿Un distracción? ¿Así es como lo llamas? ¿Como si no hubiera sido nada para ti? ¿Y qué pasa con lo de ayer?

Él tragó con dificultad.

–Ayer todo habría sido distinto si no me hubiera casado contigo. Causa y efecto. De todos modos, yo pensaba que tenías pensado cumplir con tus funciones de jequesa consorte desde Austrich.

–Eso era antes.

–¿Antes del sexo? Tú fuiste la instigadora. Yo simplemente te seguí el juego. Se suponía que todo seguía igual. Eso lo sabías.

Katharine guardó silencio. Las cosas que acababa de decirle... Sacudió la cabeza y se levantó de la cama, tapándose con las sábanas.

–Sí que cambiaron muchas cosas, Zahir. Sí que cambiaron. Cinco años sin una mujer, ¿recuerdas? Me dijiste que conmigo era distinto.

Él sintió que un músculo se le tensaba en la mandíbula.

–Y lo eres.

–¿Entonces qué pasa?

–¡Te doy tu libertad! –gritó él.

La bestia había salido. Katharine ya casi había olvidado que existía.

–Te ofrezco la libertad. ¡Te ofrezco todo lo que me pediste desde el primer día! ¿Por qué te resistes ahora?

–Porque he cambiado –dijo ella, sintiendo un nudo en la garganta–. Mis sentimientos han cambiado. Tú... Me enseñaste cosas sobre mí misma. Me hiciste creer que podía ser simplemente yo.

Él sacudió la cabeza.

–No. No hables.

Por una vez, le hizo caso. La garganta le ardía. Los ojos le escocían.

–No quiero saber nada de tus sentimientos. No significan nada para mí.

–Sí que significan algo. Sé que sí. Recuerdo la otra noche, lo que me dijiste. Me dijiste que yo era tu esperanza. Y yo creí...

–Tienes razón –su voz sonaba grave y cargada de emoción–. Dije todas esas cosas. Las decía de verdad.

Eres brillante, Katharine, una estrella fugaz, todo lo que un hombre podría desear en una mujer. Pero yo estoy muerto por dentro. No siento nada. Y tú te mereces a un hombre capaz de sentirlo todo.

Ella tragó con dificultad. Tenía un nudo en la garganta que le impedía respirar.

–¿Por qué no me dejas en paz y haces tu vida? –gritó él, furioso.

–Fuera –dijo ella, ahogándose con la palabra.

Él no se movió. Siguió allí de pie, observándola.

–¡Fuera! –gritó ella con la voz desgarrada.

Él inclinó la cabeza y salió. Sus pasos eran pesados, su ritmo irregular. Katharine sintió una lágrima, deslizándose sobre su mejilla. Se la secó con la palma de la mano y se dio la vuelta hacia la ventana hasta que oyó el portazo a sus espaldas. Fue hacia el cuarto de baño y soltó la sábana en la que se había envuelto. Se inclinó sobre la ducha y abrió el grifo. Esperó a que el chorro saliera muy caliente y entonces entró. Se miró los brazos, todavía decorados con los dibujos de henna. Un sollozo profundo le subió por la garganta. Agarró una pastilla de jabón y empezó a frotarse la piel con violencia. Quería borrar los tatuajes, quería borrarle a él... Pero no se quitaban... Tiró al suelo el jabón y bajó la cabeza. Dejó correr las lágrimas, dejó que se mezclaran con el agua que le caía sobre la cabeza. Durante un instante se imaginó subiendo a un avión y regresando a Austrich, esa vez de forma definitiva. Había sido su hogar durante toda su vida. Podía volver, vivir en la casa de su padre. Llevaba toda la vida soportando sus comentarios despreciativos; podía seguir haciéndolo. Siempre había sido fuerte y todavía podía serlo...

Volvió a mirarse los brazos. Esos arabescos con forma de flores y parras eran tan hermosos, de un color vibrante... Sentía que el corazón le iba a estallar en mil pedazos, pero la henna seguía ahí, al igual que él. Era parte de ella, y ella de él. A lo mejor no la creía, pero lo era. O quizá sí lo sabía, pero no quería enfrentarse a ello.

Se cubrió la cara con las manos y se secó las lágrimas. No iba a volver a Austrich. Abandonar no era una opción. Alejarse del hombre que le había mostrado su propia fuerza interior, el hombre que creía en su valía, era imposible.

A esas alturas Zahir ya debía de conocerla lo bastante como para saber que la jequesa Katharine S'ad al Din nunca huía de un desafío.

Zahir se sentía como si estuviera sangrando por dentro, y no sabía qué hacer para parar la hemorragia. Era puro dolor, caliente y destructivo. Dejarla ir le dolía, pero hacerle daño para alejarla de su lado era simplemente insoportable. Esa era la clase de dolor que podía arruinar la vida de un hombre. Salió del palacio y se dirigió hacia el prado. No podía verla marchar. Cerró los ojos... Esperó la llegada de esos recuerdos tormentosos... Pero no vio nada. No había nada que pudiera sacarle de ese momento de profundo dolor. Era imposible evadirse, por una vez. Pero no iba a verla marchar. Eso no podía hacerlo, porque si lo hacía, entonces trataría de detenerla.

Preparó a Nalah para salir y llenó las alforjas con todo lo que necesitaba para sobrevivir a la intemperie. Tenía que huir. La fuerza ya se le estaba acabando. Si la veía marchar, el corazón se le rompería en mil pedazos. Había logrado reconstruirse en una ocasión, pero no sabía si podría volver a hacerlo sin ella.

Capítulo 14

A ZAHIR le temblaba la mano cuando la puso sobre la puerta de la que había sido la habitación de Katharine. Llevaba fuera tres días, tiempo suficiente para dejarla recoger sus cosas y marcharse.

Las cosas se calmarían. Tenían que hacerlo. Ella lo superaría; el dolor se acabaría al final. Si su padre moría, cumpliría con sus obligaciones cuando fuera necesario.

Katharine no necesitaba que nadie la tomara de la mano y le diera consuelo. Era fuerte, mucho más que él. Era más fuerte, más lista que toda la gente a la que había conocido en toda su vida. Se debatió un momento. No sabía si abrir o no la puerta. A lo mejor si lo hacía, entonces todo sería demasiado definitivo. Si la dejaba cerrada, quizá podría imaginar aún que ella seguía ahí dentro. Sacudió la cabeza. Si había algo que ya no hacía era ignorar el dolor, o los sentimientos. Ella se lo había enseñado. Lo había ayudado a encontrar su corazón de nuevo. Empujó la puerta y el corazón se le encogió.

Allí estaba ella, sentada en el borde de la cama. Su postura era rígida. Tenía las manos entrelazadas sobre el regazo.

–¿Qué estás haciendo aquí?

–Oh, no me fui.

–Yo te pedí que lo hicieras.

Ella asintió con la cabeza.

–Lo hiciste. Y entonces yo te dije que salieras de mi habitación, pero aquí estás.

–Tres días más tarde.

–Aun así...

Zahir sintió una tensión en la garganta.

–¿Por qué estás aquí?

–Porque no quiero irme. Me comprometí a quedarme desde el primer día, y quiero cumplirlo. No voy a dejarte, no hasta que hablemos con un poco de sinceridad.

–Deberías marcharte... ¿Qué puedo darte yo, Katharine? –le preguntó. Las palabras sonaron desgarradas, como si se las arrancaran del corazón–. Tú me has dado muchas cosas, y yo no he hecho más que quitarte y quitarte. ¿Por qué lo has aceptado?

–Porque te quiero.

Las palabras de ella le golpearon como un puño.

–No puedes –le dijo, sacudiendo la cabeza.

–¿Por qué? ¿Porque tienes cicatrices? ¿No te das cuenta de que yo...?

–Por ser quien soy... Por lo que soy... Para aliviar mi dolor, te he robado la luz, y no puedo soportarlo.

–¿Sabes lo que veo cuando te miro, Zahir? Eres el hombre más valiente, más increíble que he conocido jamás. Has logrado superar cosas terribles, muchas más que cualquier otra persona, y lo has hecho con valentía, fuerza.

–He tenido miedo...

–Bien –dijo ella. Una lágrima rodó por la mejilla–. Bien. Porque eso me dice que eres todavía más valiente, porque lo haces de todos modos. ¿Crees que me has quitado algo? ¿Es que no te das cuenta de todo lo que me das? Respeto, cariño. Eres la única persona en mi vida que ha visto más allá de mi apariencia. Para ti no he sido solo una muñequita bonita, un peón. Me dijiste que me hubieras echado aquel día de no haber sido por mis acciones, por mis palabras. No por mi cuerpo, ni por mis contactos. ¿Cómo es posible que no sepas lo que eso significa? ¿Cómo es posible que no sepas lo que ha sido para mí?

—Las personas que te rodean no han sido más que unos idiotas, Katharine. Eres preciosa, la mujer más hermosa que he visto jamás. Pero es tu corazón, tu carácter, tu mente... Eso es lo que yo veo en tu rostro. Cuando los recuerdos y las pesadillas me asedian, veo tu cara y eso aleja la oscuridad —dio un paso hacia ella y le sujetó la mejilla con la mano—. Pero me temo que he dejado la oscuridad en ti. Tú eres bondad y luz, pero yo te he tocado con toda esa muerte que vive en mí.

—¿Pero por qué dices algo así? —le preguntó ella, sacudiendo la cabeza.

—Tuviste esos sueños. No... No puedo seguir envenenándote.

—Zahir... Sí. Tuve sueños malos. Soñaba que te perdía. Eso pasa cuando tratas de aferrarte a algo, y tienes miedo de que se te escape de entre las manos. Eso es lo que pasa cuando tienes miedo de estar enamorado y no ser correspondido. No eres tú. No hay muerte en ti. No hay oscuridad. Tú me has dado más alegría, más felicidad, más placer del que jamás he tenido en mi vida. No me has robado la luz. La luz ahuyenta la oscuridad, Zahir. Lo gana todo. Lo único que tú has hecho es darme fuerza.

Él la creía. Sus palabras estaban llenas de tanta fuerza y convicción que no podían ser mentiras. La verdad que había en ellas reverberó por todo su cuerpo hasta llegarle al alma.

—Pero yo no... Yo no soy todo lo que deberías tener. Estoy muy lejos de ser lo que tú te mereces.

–Y probablemente yo tampoco sea todo lo que tú te mereces, pero no es así como funciona. Te quiero. Y con eso, me llevo todo lo que eres. Y si tú pudieras quererme también, entonces te llevarías todas mis cosas malas, junto con todo lo bueno.

Él la miró un instante. El gesto firme de su mandíbula le resultaba ya tan familiar, tan dulce. Un hilo de esperanza se coló en sus venas. Felicidad, amor y muchos sentimientos más le iban llenando por dentro poco a poco. Eran sensaciones que creía perdidas para siempre.

–Cosas como lo mandona que eres.

Ella frunció el ceño.

–Sí.

–Lo acepto todo –de repente se sintió como si su corazón empezara a latir de nuevo después de haber estado parado durante mucho tiempo, como si volviera a estar vivo después de pasar cinco años muerto–. Lo acepto todo de ti. Porque te quiero, Katharine.

–Zahir... Tú... Me dijiste que eso del amor no era para ti.

–Y las multitudes tampoco lo eran. Había muchas cosas que no soportaba antes, muchas cosas que no me creía capaz de hacer. Sé por qué te quiero. Tú has traído luz a mi vida. Me has cambiado –apoyó la palma de la mano sobre el pecho; sintió su propio corazón, que retumbaba con cada latido–. Me has hecho seguir adelante. Es fácil quererte. Me has hecho sentir cómodo en este cuerpo. Llevo cinco años sin sentirme así.

Katharine dejó escapar una risotada de alegría y se secó las lágrimas que le corrían por las mejillas. Él se acercó y la miró a los ojos. Con las yemas de los dedos recorrió el rastro de humedad que habían dejado las lágrimas en sus mejillas.

–Lo que no entiendo es por qué me quieres.

–Cuando los paparazis estaban en la puerta aquel día, y tú saliste y te enfrentaste a ellos, me di cuenta de la clase de hombre que eres. Sabía que tenías un espíritu fuerte. Te he visto hacer lo correcto una y otra vez, incluso aunque fuera lo peor para ti. Le hiciste frente a mi padre, y le dijiste lo que pensabas sobre mí. Y antes de todo eso, vi ese cuerpo extraordinario que tienes –se rió de nuevo.

Zahir no pudo evitar esbozar una sonrisa. La esperanza crecía por momentos.

–No quiero a nadie más. No quiero otra versión de ti. Solo te quiero a ti. No quiero al hombre que eras. Quiero al hombre que eres ahora.

–Tú me ayudaste a convertirme en ese hombre. Me ayudaste a luchar contra lo que no podía luchar solo.

–Lucharemos juntos. Lucharemos el uno por el otro, durante el resto de nuestras vidas. Habrá cosas a las que no podamos enfrentarnos solos, y yo sé que cuando llegue ese momento, te querré a ti luchando a mi lado.

Zahir sintió un nudo en la garganta. Soltó el aliento bruscamente.

–Me partió el corazón dejarte marchar. Pero pensaba... Pensaba que era lo que tenía que hacer.

–Oh, Zahir –ella lo agarró del cuello y se aferró a él con devoción. Le dio un beso en la mejilla–. Es por eso que te quiero –le susurró–. Porque estabas dispuesto a sacrificarte para salvarme.

Se apartó un poco y lo miró a los ojos.

–Pero no vuelvas a hacer algo así jamás. Me rompiste el corazón.

–Rompí el mío también. No creía que fuera posible. Creía que no tenía corazón que romper, pero tú destruiste todas las barreras que había creado a mi alrededor. Me has hecho un hombre nuevo. Estaba perdido, hundido en mi propio dolor, en mi miseria. Tú me sacaste. No supe que había estado viviendo en el infierno hasta que tú me enseñaste que había algo más ahí fuera, hasta que me enseñaste que había dejado morir una parte de mí. Tú me devolviste a la vida.

Katharine lo miró. Contempló al guerrero que había sufrido una pérdida tan grande... El hombre que se había protegido con una coraza de hierro... Vio el brillo de las lágrimas en sus ojos, y entonces ya no pudo aguantar más. Se echó a llorar también.

–Te quiero de verdad –le dijo–. Quiero todo lo que eres, todo aquello en lo que te has convertido. Lo bueno, lo malo, y todo lo demás.

–Y yo te quiero a ti, lo bueno, lo malo y todo lo demás –dijo él, repitiendo sus palabras.

–¿Incluso cuando me pongo mandona?

Él la rodeó con los brazos.

–Sobre todo cuando te pones mandona –le dijo. Capturó sus labios y le dio todo lo que tenía para dar–. Ven conmigo...

La tomó de la mano y se la llevó por el largo pasillo que llevaba a sus aposentos, situados en la otra ala del palacio.

–No vas a seguir viviendo al otro lado del palacio, ¿verdad? –le preguntó ella.

–No. No voy a dormir sin ti. No puedo.

–Bien. Yo tampoco duermo bien sin ti.

La condujo al dormitorio.

Nada más entrar, Katharine reparó en lo que había sobre la repisa situada enfrente de la cama. Volvió a sentir el picor de las lágrimas. Era el jarrón en el que se habían mezclado la arena blanca y la negra.

–Aunque te pedí que te fueras, no pude olvidar esto.

No podía dejar de pensar que era verdadero, auténtico. Lo puse aquí cuando llegué a casa, justo antes de venir a verte. Sabía que aunque pasaran muchos años, la verdad seguiría ahí dentro. Tú estás en mí. Eres parte de mí. Siempre.

—Y tú eres parte de mí –dijo ella–. Una parte a la que quiero mucho.

—Les contaremos esta historia a nuestros hijos.

Katharine sintió que el corazón se le henchía.

—¿Hijos? Pensaba...

—En realidad nunca tuve miedo de que mis hijos lloraran al verme. Pero tenía miedo de que... Tenía miedo de no ser capaz de querer a un niño. Había perdido tantas emociones... Ahora ya no tengo miedo.

—Les contaremos la historia de la princesa y la arena mágica –dijo ella, sonriendo entre lágrimas.

—Pero no hubo magia –dijo él–. Todo salió de la princesa, de su fuerza, de su inteligencia. Y del amor que le dio a la bestia.

Katharine se puso de puntillas y lo besó en los labios.

—Bueno, eso sí que es un cuento de hadas –dijo.

Él le apartó el pelo de los ojos y así pudo contemplar al hombre que amaba. Era un rostro que hablaba de dolor, pero para ella era lo más preciado.

—Qué bien –dijo él–. Porque estoy seguro de que viviremos felices y comeremos perdices.

BIANCA.

MAISEY YATES

PACTO AMARGO

Lázaro Marino no se iba a detener hasta llegar a la cumbre. Había escapado de la pobreza, pero todavía le faltaba una cosa: subir al escalón más alto de la sociedad. Y Vannesa Pickett, una rica heredera, era la llave que abría la puerta de ese deseo. Con su negocio en horas bajas, Vanessa estaba en una situación límite. Casarse con Lázaro era lo más conveniente para los dos. Pero el precio de aquel pacto con el diablo sería especialmente alto para ella.

EL LEGADO OCULTO DEL JEQUE

La princesa Katharine siempre supo que su destino era un matrimonio de conveniencia política. Con pena en el corazón, se preparó para conocer a su futuro marido, el hombre al que llamaban La Bestia de Hajar...
El jeque Zahir gobernaba un país encerrado en su palacio. Nadie debía ver

N.º 506

su rostro desfigurado. Sin embargo, sus obligaciones le exigían continuar con la estirpe real...
Cuando su futura esposa cruzó el umbral, pensó que saldría huyendo nada más verlo. Pero Katharine Rauch y su diáfana mirada lo cautivaron sin remedio.

¡YA EN TU PUNTO DE VENTA!

BIANCA™

*La venganza lo encendía, pero la química
que había entre ambos era aún más ardiente...*

VENGANZA
O PERDÓN

KIM LAWRENCE

N.° 3188

Desde que su prometida lo dejó en el altar, Draco se juró
no volver a dejarse engañar por ella. Cuatro años más tarde, cuando se encontró con Jane en un pueblo perdido de
Inglaterra, no era solo ira lo que sintió, sino también una
ardiente atracción...
Jane huyó el día de su boda porque había descubierto que
no podía darle a Draco lo que él más deseaba: una familia. Cuando volvió a encontrarse con él, no solo le ocultó
secretos del pasado, sino también del presente. Pero parecía que la pasión que ardía entre ellos exigía una segunda
oportunidad, pero ¿quería Draco retomar la relación... o solo
buscaba venganza?

¡YA EN TU PUNTO DE VENTA!

BIANCA™

Mantener a su enemiga cerca...
para reclamar a su heredero

UN CAMBIO DE RUMBO

LUCY KING

N.° 3190

Un apasionado encuentro con Olympia Stanhope dejó al multimillonario griego Alexandros Andino aturdido. Era la mujer más abrumadora y sexy que había conocido nunca. Sin embargo, al acostarse con ella, se permitió olvidar brevemente que la familia de Olympia destruyó a la suya. Pero ya no podía alejarse de ella... ¡Olympia estaba embarazada! Tras crecer sin reglas ni afecto familiar, la rebelde y autodestructiva Olympia Stanhope quería que su hijo tuviera ambas cosas. Si para eso tenía que aceptar la proposición de matrimonio de Alex, que solo era un acuerdo de conveniencia, lo haría. Pero, aunque la mirada de Alex tenía una nota de desdén, también rebosaba un deseo devastador.

¡YA EN TU PUNTO DE VENTA!

BIANCA.

*De eficiente asistente en Londres...
a princesa en un reino de Oriente Medio*

UNA RELACIÓN MUY PROFESIONAL

CATHY WILLIAMS

N.° 228

Lucy Walker siempre ha mantenido su vida bajo control, pero todo cambia cuando debe acompañar a su jefe, el príncipe Malik, a su exótico país natal. Lo que empieza como una misión profesional se complica cuando, rodeados del lujo y la tradición del palacio real, la química entre ambos se vuelve imposible de ignorar.
Mientras el deber obliga a Malik a buscar esposa, Lucy lucha por no sucumbir a un deseo que amenaza con romper todas sus barreras. ¿Podrá el príncipe elegir el amor por encima de la obligación? ¿O el cuento de hadas terminará antes de que empiece?

¡YA EN TU PUNTO DE VENTA!

BIANCA™

JENNIE LUCAS
AMARSE, RESPETARSE Y… TRAICIONARSE

Cuando Callie Woodville conoció a su jefe, Eduardo Cruz, pensó que había encontrado al hombre perfecto. Pero, cuando la echó de su lado después de pasar una noche juntos, fue consciente de su grave error.

Nunca habría podido llegar a imaginar cómo iba a cambiar su vida en unos meses. Sosteniendo un ramo de flores, se vio esperando al hombre con el que iba a casarse y del que nunca iba a enamorarse. Eduardo, por su parte, decidió tomar cartas en el asunto…

MIRANDA LEE
EL PRECIO DE UN DESEO

Scarlet King era una novia radiante, pero la vida iba a darle un duro golpe… Poco menos de un año después, estaba sola, y deseaba tener un bebé.

John Mitchell, el soltero de oro del vecindario, aprovecharía la oportunidad para llevarse a la mujer que siempre había deseado. Pero su proposición tenía un precio muy alto… Para conseguir ese bebé, tendría que hacerlo a su manera, a la vieja usanza.

N.º 507

LYNN RAYE HARRIS
PASADOS BORRASCOSOS

Las cazafortunas eran un riesgo para el piloto de motos, convertido en magnate, Lorenzo D'Angeli. Y por eso había tenido que ampliar las funciones de su secretaria personal para incluir eventos nocturnos.

Faith Black había aceptado todos los desafíos de su jefe, pero ser vista con él implicaba exponerse al público y lidiar con la inesperada atracción hacia su jefe…

¡YA EN TU PUNTO DE VENTA!

DESEO
ROBYN GRADY

CONFESIONES DE UNA AMANTE

Cuando Celeste Prince descubrió que el millonario Benton Scott había comprado la empresa de su familia, decidió recuperarla como fuera. Pero el guapísimo Benton la atraía como ningún otro hombre y su bien urdido plan sólo conseguía llevarla a un sitio: su cama.

Benton dejó claro desde el principio que sólo podía ofrecerle una aventura. La pasión entre ellos era abrasadora, pero los sentimientos de Ben seguían helados y Celeste sabía que sólo una dramática colisión con su difícil pasado podría derretir su corazón.

N.º 571

UN NUEVO COMPROMISO

El dinámico y guapísimo millonario de Sidney Mitch Stuart sería presidente del imperio de su familia en dos semanas, y no podía permitirse ninguna distracción.

Vanessa Craig trabajaba duro para mantener su negocio a flote, aunque no podía evitar interesarse más por las mascotas de su tienda que por el dinero del banco. Mitch se ofreció a ayudarla del único modo que sabía: financieramente. Pero los cautivadores besos de Vanessa amenazaban su norma principal: no mezclar nunca los negocios con el placer.